Anne C. Voc
Lilly unter de

Anne Charlotte Voorhoeve, geboren 1963, studierte
Politologie, Amerikanistik, Alte Geschichte und
Komparatistik in Mainz und Maryland/USA.
Sie arbeitete als Redakteurin und Lektorin in
Zeitschriften- und Buchverlagen sowie in der
Öffentlichkeitsarbeit. Seit Juli 2000 ist sie freiberuflich
tätig. »Lilly unter den Linden«, ihr erstes Drehbuch,
wurde vom MDR und von Arte erfolgreich verfilmt
und für den Prix Europa 2003 nominiert.
Die Romanvorlage wurde 2005 von der Jugendjury für
den Deutschen Jugendliteraturpreis vorgeschlagen.

Anne C. Voorhoeve

Ravensburger Buchverlag

Als Ravensburger Taschenbuch
Band 58228
erschienen 2006

Die Erstausgabe erschien 2004
in der Ravensburger Jungen Reihe
© 2004 Ravensburger Buchverlag
Otto Maier GmbH

Umschlag: Constanze Spengler

**Alle Rechte dieser Ausgabe
vorbehalten durch
Ravensburger Buchverlag
Otto Maier GmbH**

Printed in Germany

1 2 3 4 5   10 09 08 07 06

ISBN-13: 978-3-473-58228-0
ISBN-10: 3-473-58228-X

www.ravensburger.de

Prolog

Er hat freundliche Augen. Ein warmes Braun mit ockerfarbenen Sprenkeln – winzige Irrlichter unter der Neonröhre der Bar –, darüber schweben wie ein Paar entschlossener kleiner Bumerangs zwei äußerst bewegliche dunkle Brauen. Freundliche Augen erinnern mich an Onkel Rolf und das ist der einzige Grund, warum ich dem Mann erlaube, sich neben mich zu setzen. Die ersten Worte, die er zu mir sagt, sind nämlich nicht sehr originell: »Gestatten Sie …? Sie sehen so traurig aus. Wie Cinderella, allein an der Bar …«

Er ist einer der vielen Doktoren, die in meiner ersten Arbeitswoche an mir vorbeigeschwirrt sind. Im Gewirr von Namen habe ich seinen sofort verloren. »Gregor Hillmer«, stellt er sich noch einmal vor. »Abteilung Vor- und Frühgeschichte.«

»Hillmer?«, horche ich auf.

Sofort tut es mir Leid, ich wollte kein Interesse zeigen. Ich wollte nur unauffällig hier an der provisorischen Bar den Abend absitzen, weil es, wie man mir bedeutet hat, im Historischen Museum auch für Volontäre üblich ist, zum gemeinsamen Sommerfest zu erscheinen. Bei Regen, heute also, findet es drinnen statt, in der großen kühlen Vorhalle zwischen steinernen Kaisern und Gladiatoren, Schlachtrössern mit verlorenen Vorderbeinen und prachtvollen Göttern, denen auf dem Weg durch zwei Jahrtausende das Gesicht abhanden gekommen ist. Sie stehen im Halbschatten der Partyleuchten, würdevoll und still, lassen die Musik über sich ergehen, die merkwürdig hohl von den Wänden prallt, und träumen von längst vergangenen Festen am Nil, am Tiber, am Euphrat. Wir sind weit von zu Hause entfernt.

Dr. Gregor Hillmer zieht die Augenbrauen in die Höhe, ich werde rot. »Entschuldigung, ich kannte einmal jemanden … aber es ist bestimmt kein Verwandter von Ihnen. Ich habe gehört, dass er in den Mittleren Osten gegangen ist.«

Ein bedauerndes Hm. »War er Archäologe?«

»Nein. Stasi-Offizier.«

Zwischen drei als Ensemble arrangierten Glasvitrinen umtanzt ein einzelnes, nicht mehr ganz junges Mädchen selbstvergessen sein Weinglas. Ich wünsche mich dringend nach Hause, aufs Sofa, auch Kartons gibt es noch auszupacken. »Nun ja«, bringt sich der unerschütterliche Dr. Hillmer wieder in Erinnerung. »Dann hat er ja gewissermaßen auch am Menschen geforscht.«

Er hebt sein Glas, genauso überrascht wie ich von meinem unterdrückten Kichern, und ich riskiere einen schnellen, zweiten Blick. Schön würde ich ihn nicht nennen – gibt es überhaupt schöne Archäologen? –, aber nun doch sympathisch: mittelgroß, volles dunkles Haar, die Krawatte lässig auf Höhe des zweiten Hemdknopfes geschlungen, mit schätzungsweise Mitte dreißig etwa zehn Jahre älter und selbstbewusster als ich. »Wissen Sie eigentlich, dass Sie das ungewöhnlichste Kleid des Abends tragen? Ja, glauben Sie mir, alle schauen zu Ihnen hinüber.«

Das ist es ja – unter anderem. Ich hatte keine Ahnung, was

man zum Sommerfest eines Museums anzieht. Für mich hatte die Einladung formell geklungen und da mein Kleiderschrank nichts Passendes hergab, habe ich mich in meiner Not an Mamis alte Sachen erinnert, die wir all die Jahre aufgehoben haben. Ein schmales, elfenbeinfarbenes Modell, in dessen grob gewebten Stoff kleine weiße Perlen versenkt sind und in dem ich sie als Kind besonders geliebt habe. Hat gepasst wie angegossen. Und nun muss ich eine zwanglose Party geradezu beschämend *overdressed* überstehen! Morgen werde ich darüber lachen, tröste ich mich, aber im Augenblick und unter all den fremden neuen Kollegen ist es so ziemlich das Schlimmste, was mir passieren konnte. Als ob ich nicht schon niedergeschlagen genug wäre.

Doch ich beschließe, mir nichts anmerken zu lassen, und erkläre einigermaßen selbstverständlich: »Meine Mutter hat es für ein Titelblatt von *Elle* getragen.«

Er legt den Kopf in den Nacken, zeigt ein makelloses Obergebiss und lacht herzhaft (*Homo sapiens, frühes 21. Jahrhundert, Privatpatient*) und ich ärgere mich noch mehr über mich selbst. Hätte ich mir nicht denken können, dass er es für einen Witz halten wird? Ein Stasi-Offizier und eine Mutter auf dem Titelblatt von *Elle*! Gleich wird er eine Bemerkung über »unseren Neuzugang aus dem Osten« machen. Professor Engel hat mich so vorgestellt – jedem Einzelnen, der mir die Hand gab und daraufhin bedeutungsvoll, aber auch ein wenig ratlos »Aah …!« ausrief.

»Sie scheinen uns überaus ärgerlich zu finden«, meint Dr. Hillmer stattdessen. »Sitzen allein an der Bar, schwenken Ihr Glas, schauen nicht einmal auf. Dabei sind wir ein ganz netter Haufen, wenn man uns erst einmal kennt, Lilly ... darf ich Lilly sagen? Sie sind nicht zum ersten Mal in den alten Bundesländern, oder?«

»Ich bin hier aufgewachsen. In Hamburg.«

Verblüfft sieht er mich an.

»Ich bin nur ein halber Ossi«, erkläre ich. »Zur Hälfte durch meine Mutter. Zur Hälfte auch, oder wenigstens beinahe, wenn man die Lebensjahre zählt, die ich in Hamburg und in Jena verbracht habe. Aber in Jena in der Schule war ich der Wessi, bis zum Schluss.« Ich trinke den letzten Schluck aus meinem Glas und stehe auf. »Ich glaube, ich gehe jetzt lieber. Entschuldigung, aber mir ist nicht nach Party zu Mute.«

»Warten Sie doch. Habe ich Sie gekränkt? Glauben Sie mir, dieses Gerede von Ost und West – mehr als zehn Jahre nach der Einheit! – geht mir selbst auf die Nerven, aber wenn's drauf ankommt, fällt einem doch nichts Besseres ein.« Der Arme sieht mit einem Mal ganz bestürzt aus. »Es ist erst halb elf ...!«, fügt er beschwörend hinzu.

Mein kurzes Zögern ermutigt ihn, mir den Barhocker zurechtzurücken, unter meinen Arm zu greifen und mir andeutungsweise wieder hinaufzuhelfen, als ob ich es alleine nicht geschafft hätte. Ich komme mir vor wie in der Tanzstunde.

»Erzählen Sie doch mal. Wenn Sie in Hamburg aufgewachsen sind, aber die Hälfte Ihres Lebens in Jena verbracht haben, dann war das ... dann muss das auf jeden Fall noch vor der Wende gewesen sein. Dann sind Ihre Eltern mit Ihnen in die DDR gegangen! Das ist ja allerhand. Entschuldigen Sie, aber wie erlebt man so etwas, als junges Mädchen? War das denn nicht ... höchst ungewöhnlich?«

»Nicht für mich. Meine Eltern waren tot, ich wollte meine Verwandten wiederfinden. Aber Sie haben Recht, ganz einfach war es nicht.«

»Sie sind allein gegangen?«

»Ja ... nein. Das ist eine lange Geschichte, Herr Dr. Hillmer.«

»Nennen Sie mich Gregor. Und bitte erzählen Sie mir die Geschichte.«

»Ich wüsste gar nicht, wo ich anfangen sollte.«

»Irgendwo. Bei Ihren Eltern. Bitte. Es ist erst halb elf.«

Warum nicht, denke ich. Erzählen soll helfen gegen Heimweh. Und so schließe ich einen kurzen Moment die Augen – und das reicht, schon sind die Bilder wieder da.

Es ist September und der Apfelbaum auf der Wiese vor dem Krankenhaus trägt schwere Last. Ich hole mir aus der Küche eine Trittleiter, hänge mich an einen Ast und schüttle und es prasselt geradezu um mich herum von dicken, rotgrünen Äpfeln. Ich weiß nicht, warum vor mir noch keiner auf den Gedanken gekommen ist – wo der Apfelbaum doch froh sein muss, ein paar Äpfel abzugeben! Ganz leicht steht er anschließend da, und ich schleppe eimerweise Äpfel auf die Station. Später bin ich sehr froh, dass ich das getan habe, denn es ist der letzte Tag, an dem Mami etwas essen kann, und der fruchtig süße Apfel wird der letzte Geschmack sein, an den sie sich erinnert.

Es ist Oktober und Mamis Bett steht so, dass sie den Wolkenhimmel sehen kann. In diesem Jahr wird es früh Winter. Nasses Laub schimmert auf der Wiese; ich mache das Fenster auf, damit Mami hört, wie der Regen darauf fällt. Wie viele stille kleine Geräusche man hören kann, wenn man aufhört zu sprechen. Ich liege in Mamis Armen, ganz vorsichtig wegen der Infusionsschläuche und weil ihre Arme so dünn geworden sind, dass ich fürchte, sie zu zerbrechen. Noch heute kann ich ihre hauchzarte Gestalt in meinem Rücken spüren. Wir liegen da und schauen aus dem Fenster, und ich glaube, ich habe damals alle Wolken gesehen, die ich in meinem Leben sehen muss.

Ich glaube damals auch, dass ich alle Geschichten gehört habe. Ich bin überzeugt, dass es nichts gibt, was ich nicht über sie weiß nach den dreizehn Jahren, in denen wir zusammengelebt haben – mehr wie Geschwister als wie Mutter und Tochter, denn Mami war noch jung, als sie mich bekam, und hat anders mit mir geredet, als meine Freundinnen es von ihren Müttern erzählten. Ich weiß noch, dass ein Mädchen nicht mehr mit mir spielen durfte, weil ich mit acht Jahren schon berichten konnte, was Mann und Frau im Schlafzimmer veranstalten, wie die Kinder zur Welt kommen und auch, was eine Fehlgeburt ist. Ich sehe Mami im Badezimmer schreien und weinen und in die Handtücher bluten, und ich wähle mit zitternden Fingern die 112 und rufe mit ganz hoher Stimme nach einem Krankenwagen …

Achtzehn Jahre wäre mein kleiner Bruder heute alt, acht Jahre jünger als ich, genauso weit auseinander wie Mami und ihre Schwester Lena, die sie nie wiedergesehen hat nach jener Nacht, in der sie mit meinem Vater über eine Grenze flüchtete, von der es kein Zurück geben würde.

Es ist November und Pascal macht seinen letzten Besuch.

Hinterher essen wir eine Pizza zusammen und wissen nichts mehr miteinander anzufangen. Es ist, als seien Mami und ich schon in die andere Welt hinübergegangen. Pascal weiß, dass er uns im Stich gelassen hat, sie und mich, aber er weiß nicht, dass ich ihm gar nicht böse bin. Denn zum Schluss sind Mami und ich wieder allein, wie in der alten Zeit, an die ich mich erinnern kann, und ich halte diese Zeit ganz fest und glaube, dass sie das Kostbarste ist, was ich in meinem Leben besitzen werde …

1

Mein Vater war ein Held. Er hatte meine Mutter aus der DDR befreit und war auf einen Berg geklettert. Das eine hatte geklappt, das andere nicht. Nur ein Foto war mir von ihm geblieben. Er stand, meine Mutter im Arm, an eine Säule gelehnt – »Unter den Linden«, erzählte Mami verträumt –, und beide lachten. Sie waren neunzehn, frisch verliebt, hatten sich ein paar Monate zuvor in Budapest kennen gelernt und seitdem an jedem ersten Samstag im Monat um dieselbe Zeit am selben Ort in Ostberlin verabredet. Mein Vater war aus Hamburg, meine Mutter aus Jena. Nur in Ostberlin konnten sie sich treffen und immer nur für ein paar Stunden. Kurz bevor sich um Mitternacht die Mauer für Menschen aus dem Westen wieder schloss, brachte meine Mutter meinen Vater an den Grenzübergang, sie winkten einander noch einmal zu, und anschließend fuhren sie unglücklich und sehnsüchtig in unterschiedliche Richtungen des geteilten Landes nach Hause. Dass sie das nicht lange aushalten würden, war klar.

Mein Vater hieß Jochen. Jochen Kupfer. Mich haben sie Lilly genannt, nach dem Lied »Lili Marleen«. Mamis Schwester heißt nämlich eigentlich Marlene und Mami wollte ein Zeichen setzen, dass wir zusammengehörten, trotz Mauer und allem. Die beiden schrieben sich, schickten Fotos und Päckchen hin und her, und wenn ich zu Weihnachten Stollen aus Thüringen aß, dachte ich daran, dass wir Familie im Osten hatten. Aber Lenas lange Briefe interessierten mich nicht – ich kannte ja niemanden, von dem sie berichtete – und die Fotos sagten mir auch nichts. Ich fand Lena nicht halb so schön wie Mami (welch ein Irrtum!), und mein Onkel Rolf erinnerte mich viel zu sehr an meinen Klassenlehrer Dr. Gotthold, als dass ich ihn unbekannterweise ins Herz hätte schließen können. Es gab noch einen Cousin, Till, der nur einige Jahre jünger war als ich, aber Jungs waren für mich – mit zehn, elf – sowieso das Letzte.

Nur einmal stockte mir fast der Atem. Lena schickte ein Familienfoto, das sie in einem Studio hatte machen lassen. Ich erinnere mich an Mamis Gesicht, als sie es ansah. Sie sah aus, als hätte sie alles um sich herum vergessen. Und als ich ihr über die Schulter schaute, entdeckte ich, dass zwischen Tante Lena und Onkel Rolf und meinem Cousin Till ein Mädchen stand. Sie blickte mürrisch drein und wurde offenbar genauso ungern fotografiert wie ich.

»Wer ist die denn?«, fragte ich erstaunt.

»Das ist deine Cousine Katrin«, sagte Mami leise.

Meine Cousine Katrin! Ich war sprachlos. Ich war fast zwölf Jahre alt, hatte schon tausend Geschichten von Mamis Familie in der DDR gehört, aber bis zu diesem Zeitpunkt hatte kein Mensch es für nötig gehalten, mir zu sagen, dass ich eine Cousine hatte! Ich nahm Mami das Bild aus der Hand und sah es fassungslos an.

»Sie ist zwei Jahre älter als du«, erklärte Mami.

»Ist sie adoptiert oder so was? Ich meine, wo kommt sie denn auf einmal her?« Das war, wie ich heute weiß, so ziemlich das Schlimmste, was ich fragen konnte, aber ich hatte wirklich keine Ahnung. »Ich dachte, Lena hätte nur den Till?«

Da war etwas in Mamis Augen, ich konnte nicht sagen, was es war, aber es hielt mich davon ab, weiter zu fragen. Meine Cousine Katrin beschäftigte mich noch einige Tage lang, dann gab es eine Nachricht, die alles andere in den Hintergrund drängte.

Mami wurde wieder krank. Wir dachten schon, sie hätte es geschafft, weil über ein Jahr keine neuen Metastasen aufgetreten waren. Ich weiß noch, dass wir ganz ausgelassen waren in diesem Sommer: Mami, ihr Freund Pascal und ich. Pascal stellte alles Mögliche an, um uns zum Lachen zu bringen – und das, obwohl ihm ohnehin schon genug Pannen passierten und nicht einmal ich ihn so richtig ernst nahm! Pascal ist der Typ, der im Freibad mit Sicherheit in die einzige Scherbe weit und breit tritt, dem in der Mikrowelle die Kaffeetasse explodiert und den der zahnlose Dackel von nebenan so an der Wade erwischt, dass er mit vier Stichen genäht werden muss. Nur mit der Kamera ist er so richtig geschickt. Ich habe nie schönere Fotos gesehen als die, die Pascal von Mami in dem Sommer machte, bevor wir erkannten, dass sie sterben würde.

Wir waren gerade umgezogen in eine große schöne Wohnung am Isekanal. Ich ging schon seit zwei Jahren in das Gymnasium, das gleich um die Ecke lag, und hatte Französisch zu lernen begonnen, was ich *très chic* fand. Pascal, der Franzose ist, machte sich einen Spaß daraus, mich damit zu ärgern, wie schlecht meine Aussprache war. Ständig sprach er Französisch mit mir und ich platzte fast vor Wut. Aber in die Schule ging ich gern; es gab Freundinnen, die ich mochte, und Jungs, die uns ärgerten. Wir standen im Pausenhof, Nase in die Luft, und legten sehr große Anstrengung hinein, sie zu ignorieren. Das fehlte mir fast am meisten, als ich, kaum hatte das neue Schuljahr begonnen, ins Internat nach Poppenbüttel musste.

Denn hier gab es nur Mädchen. Hier gab es nur Lehrerinnen, und statt meines großen Zimmers mit Blick auf den Isekanal gab es für jede nur ein kleines Kabuff mit einem Bett, einem Schreibtisch und einem in die Wand eingelassenen Schrank. Internat nannte sich das, und interniert fühlte ich mich auch. Aber ich glaubte fest daran, dass Mami wieder gesund werden und mich hier herausholen würde. Sie würde es schaffen! Dass sie mit 34 Jahren sterben und mich allein zurücklassen würde ... das schien mir völlig undenkbar.

Ich weigerte mich zu sehen, dass sie schwächer wurde. Schließlich hatten wir das alles schon einmal erlebt und auch beim ersten Mal war es irgendwann wieder aufwärts gegangen. Wenn ich sie nachmittags besuchte, gab ich mich fröhlich, wir machten Pläne für die Zeit nach ihrer Krankheit, vom Internat erzählte ich ihr fast nichts. *Klar, es ist alles in Ordnung.* Und: *Ja, natürlich habe ich schon eine Freundin, sie heißt Meggi Pfeiffer und sitzt in Bio neben mir ...*

Meggi Pfeiffer saß wirklich in Bio neben mir und sie war tatsächlich diejenige, die als Freundin in Frage gekommen wäre, wenn ich Lust auf so etwas gehabt hätte. Aber wozu? Ich würde das Internat ja bald wieder verlassen, Mami würde gesund werden, ihr werdet schon sehen! Meine Klassenkameradinnen interessierten mich nicht.

Und dann kam Frau Gubler. Im ersten Augenblick – dort im Besprechungsraum des Internats – dachte ich an nichts Böses und war ganz aufgeschlossen, denn Frau Gubler sah aus wie diese nette Schauspielerin, die gerade als Mutter in einer Vorabendserie berühmt geworden war. Wir tranken Saft und unterhielten uns ganz locker, und ich hatte keine Ahnung, dass sie vom Jugendamt war, bis sie nach einer halben Stunde endlich damit rausrückte, was sie eigentlich von mir wollte. Sie wollte mich kennen lernen, weil das Jugendamt mein gesetzlicher Vormund sein würde, wenn meine Mutter starb.

Gewusst habe ich das schon immer. Daran gedacht hatte ich bis zu diesem Moment nie. Noch heute kann ich nicht über das Gefühl reden, das von mir Besitz ergriff und mich nicht mehr loslassen wollte. Ich glaube, es war Panik. Nackte Angst, die einen Menschen beschleicht, wenn etwas Furchtbares unaufhaltsam auf ihn zukommt und er nichts, aber auch gar nichts dagegen tun kann.

Als ich an diesem Nachmittag ins Krankenhaus fuhr, sah ich Mami mit anderen Augen. Es war, als sähe ich zum ersten Mal, wie dünn und blass sie geworden war und dass sie nicht einmal mehr alleine essen konnte, als würde mir zum ersten Mal bewusst, dass die Ärzte die Behandlung eingestellt hatten und aus den Infusionsschläuchen nur noch Schmerzmittel und Flüssignahrung floss.

Meine Mutter würde sterben.

Wusste sie es auch?

Am Fenster prangte noch das Bild vom Zuckerhut, das ich einige Wochen zuvor an die Scheibe gemalt hatte. Wir hatten immer davon gesprochen, zusammen dorthin zu fliegen, sobald Mami wieder gesund und kräftig genug war. Als ich klein war, hatte ich mir Geschichten über den Zuckerhut ausgedacht. Ich glaubte, es sei der Eingang zum Schlaraffenland und dahinter sei ein riesiger Garten mit Musik und glücklichen Menschen, die Schokoladenbäume anknabberten. Ich malte mir gern aus, wer dort wohnte, was sie erlebten und was sie wohl sagen würden, wenn ich sie eines Tages besuchte.

Plötzlich konnte ich das Bild gar nicht mehr ansehen. Plötzlich war mir klar, dass Mami und ich nie dorthin fliegen würden. Plötzlich musste ich nur noch daran denken, was Mami gesagt hatte, als ich das Bild ans Fenster malte. »Und jetzt mal noch die Mauer dazu«, sagte sie, als ich fertig war.

»Da gibt es keine Mauer, Mami.«

»Aber sie gehört dazu. Das sind deine Wurzeln. Vergiss das nie, hörst du? Du kannst zum Zuckerhut fliegen, aber zu deinen eigenen Leuten kannst du nicht. Fang bloß niemals an, das normal zu finden!«

Meine Mauer um den Zuckerhut sah ein bisschen seltsam aus, weil mir mittendrin die braune Farbe ausgegangen war und ich grau weitermalen musste. Es war eine lange Mauer, von der linken unteren Fensterecke um den Zuckerhut herum bis nach rechts oben, wo fast schon der Rollladen begann. Lang genug, um alle Träume wieder einzusperren. Dass Mami schon keine mehr hatte, als ich mein Bild malte, begriff ich erst an diesem Nachmittag.

Ich wünschte, wir hätten darüber reden können. Ich stelle mir vor, wie sich Mami nach jemandem gesehnt haben muss, dem sie sich anvertrauen konnte – mit ihrer Angst vor dem Sterben, ihrer Sorge, mich allein zurückzulassen und mit all den anderen Dingen, von denen ich damals nichts wusste. Die Einzige, die ihr hätte helfen können, war so weit entfernt, wie ein Mensch es nur sein konnte. Mauer, Grenzzäune und Stacheldraht lagen zwischen uns, Selbstschussanlagen und der so genannte Todesstreifen, wo Wachposten mit Hunden patrouillierten und Scheinwerfer das Gebiet nach den Schatten derer absuchten, die über den Zaun in den Westen flüchten wollten. Denn der Zaun behütete ein grimmig entschlossenes kleines Land, das vorgab, seine Bewohner vor der Welt dort draußen schützen zu wollen, und sie stattdessen wie Gefangene hielt.

Es war beinahe wie im Märchen von Dornröschen, nur war leider weit und breit kein Prinz in Sicht.

2

Einmal habe ich in der Zeitung von einem Mann gelesen, der nach einem Raubüberfall vorübergehend sein Gedächtnis verloren hatte. Als man ihm erzählte, was er erlebt hatte, konnte er es einfach nicht glauben. Er erinnerte sich weder an den Überfall selbst noch an die Zeit unmittelbar davor. »Und das ist auch das Beste«, erklärte er. »Sonst erlebt man es doch in der Erinnerung wieder und wieder.« Ich verstand genau, was er meinte. Ich erinnere mich an jedes kleine Detail der Stunde, in der mein bisheriges Leben aufhörte – der Stunde, in der ich die Nachricht von Mamis Tod bekam. Damals spielte ich sie in meinem Gedächtnis immer wieder durch und es dauerte lange, bis ich den Biologieraum meiner Schule endlich wieder betreten konnte, ohne dass mir schwindlig wurde.

Dass die Wunder der Natur an der neuen Schule ausgerechnet von Inge Gründel unterrichtet wurden, hatte mir einen schweren Schlag versetzt. Bis vor kurzem hatte ich das Fach Biologie noch geliebt, doch nun begann jede Unterrichtsstunde mit dem gleichen qualvollen Ritual: Inge Gründel setzte sich auf die Versuchsbank, die den Bioraum von links nach rechts durchzog, nahm ihr Notizbuch zur Hand und durchforstete in langer Stille die Liste der Schülerinnen auf der Suche nach ihrem Tagesopfer. Die Klasse verharrte in einmütigem Schrecken, bis Frau Gründel die Spannung reichlich ausgekostet hatte und wie ein Pistolenschuss einen Namen hervorknallte. Während dreißig Seelen sich in einem dankbaren »Hhhh« Luft machten, kam die Aufgerufene beklommen nach vorne, musste sich mit dem Gesicht zur Klasse aufstellen und wurde über den Stoff der letzten Wochen abgefragt. Frau Gründels lauernder Gesichtsausdruck ließ dabei keinen Zweifel aufkommen, dass es ihr hauptsächlich um einen Stoff ging, der gar nicht auf dem Lehrplan stand: das Gesetz des Stärkeren …

Ich wusste, dass es mich an diesem Tag treffen würde. Meine eiskalten Finger umklammerten den Kugelschreiber, während ich blind auf mein Arbeitsbuch starrte und mein eigener Herzschlag mir in den Ohren dröhnte. Meine Zunge war so trocken, dass ich befürchtete, beim Schlucken kleine Stücke davon abzubrechen. Ich versuchte mich zu erinnern, worum es in der letzten Biostunde gegangen war, aber mein Kopf war wie ausgehöhlt. Neben mir riss Meggi Pfeiffer kleine Papierstückchen aus ihrem Aufgabenheft und rollte sie in ihrer Qual zu kleinen Würstchen.

»Jutta Polze«, schmetterte Frau Gründel.

Jutta Polze war in der Woche zuvor schon geprüft worden, hatte ihre Sache ordentlich gemacht und sich vermutlich als Einzige in der Klasse in Sicherheit gewähnt. Ihr Protest bestand in einem einzigen kurzen Klagelaut, bevor sie wie ein Lamm zur Schlachtbank schlich.

Ich spürte, wie das Blut wieder durch meinen Körper zu fließen begann und sich ein fast triumphierendes Lebensgefühl bei mir einstellen wollte. Wieder eine Biostunde überlebt! Jeden Dienstag verdichtete sich mein Daseinskampf auf diese fünf Minuten Panik zwischen halb und fünf nach halb zehn, in denen mir meine anderen Probleme beinahe nichtig erschienen. Die Entspannung danach war so stark, dass ich vom Unterricht selbst fast nichts mehr mitbekam. Meine Gedanken begannen bereits abzudriften ...

Ein scharfer Seitenstoß von Meggi holt mich jäh in die Gegenwart zurück: »Lilly, penn doch nicht! Du bist *dran*!«

Ich starre, hilflos verblüfft, nach vorne. Jutta Polze sitzt längst wieder an ihrem Platz, und an die gerade noch blank geputzte Tafel hat jemand ein erstaunliches Gebilde gekritzelt. »Die *Staubblätter*! Die *Staubblätter*!«, flüstert Meggi jetzt beschwörend.

Selbst aus der Distanz kann ich erkennen, wie Frau Gründels Augen sich zu schmalen Schlitzen verengen. Sie beginnt zu lächeln und die Kreide in der Hand zu wiegen wie einen Wurfspieß. »Komm doch mal nach vorne, Lilly«, sagt sie. »Zeichne uns doch bitte mal die Staubblätter ein.«

Ich stolpere die Treppenstufen hinab nach vorn. Frau Gründel hält mir die Kreide hin. »Die Staubblätter«, wiederholt sie fast freundlich. Wahrscheinlich ahnt sie bereits, dass ich das Wort Staubblatt eben zum ersten Mal gehört habe.

Meine kleinen grauen Zellen fahren alle Notreserven auf, während ich mich der Tafel nähere. Staub. Schutz. Außenwelt. Aha. Das an der Tafel muss eine Blüte sein, und das Staubblatt ist sicher nichts anderes als ein Blatt, das die Blüte vor Staub schützt! Verhaltenes Kichern perlt hier und da auf, als ich eine kleine Decke aus zarten Kreidestrichen um Frau Gründels Blüte hülle. Frau Gründel lässt mich zeichnen, ein Lächeln der Vorfreude umspielt ihre Lippen.

Und erstirbt. Ein Klopfen an der Tür, eine ältere Schülerin

im Eingang, ein Blick, eine Ahnung. »Ist Lilly Engelhart hier in der Klasse? Sie soll zur Direktorin kommen ...«

Ich zerspringe, zersplittere in tausend Stücke. Die Hand, die mir eben noch gehört hat, legt die Kreide sorgfältig auf die Tafelschiene. Meine ehemaligen Füße bewegen sich auf die Tür zu, in der die fremde Schülerin vor mir zurückweicht. Ich höre trotzdem, dass Frau Gründel ein reflexartiger Rest von Bosheit entschlüpft, vor dem sie selbst erschrickt: »Da bist du ja noch mal davongekommen ...«

Ich, Lilly Engelhart, dreizehn Jahre alt, höre am Dienstag, dem 22. November 1988 um 9.55 Uhr auf zu existieren.

3

Über Nacht hatte es geschneit, es schneite immer noch in dicken Flocken, und wie ein frisches, unbeschriebenes weißes Blatt breitete sich der Park vor mir aus. Ich konnte die neuen Flocken auf den Schnee fallen hören, was beunruhigend war, denn ansonsten hörte ich nichts: keine Autos auf der Straße, keine anderen Menschen, keinen Vogel im Baum. Es war absolut still, nur die Schneeflocken surrten und lärmten wie ein frecher winterlicher Bienenschwarm. Die Schneedecke schien meine Füße festhalten zu wollen, sodass ich sie kaum bewegen konnte, und mit meinen Händen stimmte ebenfalls etwas nicht, denn als ich mich bückte und meine flache Hand auf den flockigen Neuschnee legte, spürte ich nichts. Keine Kälte, keine Nässe, nicht das wollfeine Gefühl frisch gefallenen Schnees. Ich blieb stehen und legte den Kopf in den Nacken, wartete auf das harte Prickeln der Schneeflocken auf meinem Gesicht – nichts.

Ich bin tot!, dachte ich verblüfft. Nicht Mami, sondern ich! Ja, so muss es sein ... ich habe an der Tafel einen Herzschlag bekommen.

Aber als ich mich wieder umdrehte, sah ich meine Fußspuren im Schnee. Vom Hintereingang des Krankenhauses führten sie an Bänken und Gartenteich vorbei hinunter zum Wäldchen. Hier unten streckten die Tannen dem Schnee ihre Arme entgegen, dass er sie rein wasche vom fast vergangenen Jahr, hier unten flüsterten die Knospen der Laubbäume bereits vom kommenden Frühjahr, hier unten hatte jeder Baum seinen eigenen Wintertraum. Es war ungeheuerlich, nicht zu glauben, nicht zu verzeihen, dass die Welt mit Mamis Tod nicht stehen geblieben war, dass meine taub gewordenen Glieder das einzige Zeichen dafür waren, dass ihr Leben zu Ende gegangen war ...

Jetzt stand Schwester Judith im Eingang und winkte mir zu. Es war Zeit, Abschied zu nehmen.

Auf Mamis Gesicht lag ein leicht überraschter Ausdruck, als ob sie als Letztes hatte sagen wollen: Das hatte ich mir aber anders vorgestellt! Der Tod hatte die Falten geglättet, die in den letzten Monaten um ihren Mund und unter den Wangenknochen entstanden waren, und unter dem hellen Licht der Leuchtstoffröhren warfen ihre Augenwimpern einen bläulichen Schatten wie eine Decke über ihr schlafendes Gesicht. Es hatte keinen Todeskampf gegeben, nur Schlaf, Frieden, Erlösung, und dies so rasch und still, dass keine Zeit gewesen war, mich noch rechtzeitig zu benachrichtigen.

»Mach dir darüber keine Sorgen«, sagte Schwester Judith leise. »Du warst doch immer bei ihr, als Einzige. Es ging so schnell ... ich glaube, sie hat gar nicht mehr gemerkt, dass du diesmal gar nicht da warst.«

»Aber irgendjemand war da«, flüsterte ich und sah in Mamis Gesicht. Ich hatte nicht damit gerechnet, dass Mami noch einmal so schön aussehen würde. »Jemand hat sie erwartet ...«

Schwester Judith kamen die Tränen. Ich konnte nicht weinen. Ich hoffte, dass Mami mir noch ein Zeichen gab, dass irgendein Gedanke, ein Bild zu mir hinüberflog, aber nichts geschah. Nur jene unerklärliche Ahnung hatte sie mir hinterlassen, die Ahnung von einem großen Geheimnis.

Frau Gubler stand auf, als Schwester Judith und ich durch den Flur auf sie zukamen. Sie verlor wirklich keine Zeit, ihre Ansprüche auf mich anzumelden. Sie war es auch gewesen, die im Büro der Direktorin auf mich gewartet hatte, aber im Krankenhaus hatte ich sie einfach stehen gelassen. Schwester Judith und ich hatten allein Mamis Sachen zusammengepackt und den Zuckerhut vom Fenster gewischt. »Lilly, was ... was wird denn jetzt mit dir?«, fragte Schwester Judith beklommen.

Ich machte eine Kopfbewegung zu Frau Gubler hin. »Sie wird's mir schon sagen.«

Dann gingen wir rasch über den Parkplatz auf Frau Gublers Auto zu. »Da du weiter im Internat bleiben wirst, wird sich rein äußerlich für dich ja gar nicht so viel ändern«, behauptete sie.

Ich hätte ihr viele Dinge darauf antworten können, aber stattdessen fragte ich nur: »Was machen wir denn mit der Wohnung?«

»Wir gehen zusammen eure Sachen durch«, sagte Frau Gubler. »Was du behalten willst, lagern wir ein. Der Rest kommt in eine ... Wohnungsauflösung, nennt man das.«

»Aber vielleicht möchte Pascal die Wohnung behalten! Können wir mit der Kündigung noch warten, bis er zurück ist?« Ich blieb stehen. »Dann könnte ich am Wochenende nach Hause fahren ...«

»Ich glaube nicht, Lilly«, sagte Frau Gubler. »Deine Mutter und Herr Plotin waren nicht verheiratet ...«

»Na und?«

»Außerdem ist er so gut wie nie zu Hause«, fuhr sie ungerührt fort. »Sei vernünftig, Lilly. Das Jugendamt würde das nie erlauben.«

»Das Jugendamt tut, was Sie ihm vorschlagen!«, schoss ich sofort zurück.

Frau Gubler wechselte geschickt das Thema. »Habt ihr ihn eigentlich erreicht?«

»Pascal? Nein.« Ich setzte mich mürrisch und unwillig wieder in Bewegung. »Der ist irgendwo in der Südsee und fotografiert Sommermode. Schwester Judith hat eine Nachricht bei seiner Agentur hinterlassen.«

»Was ist mit der Schwester deiner Mutter?«

»Ach, die ist doch in der DDR. Die kommt da nicht raus.«

»Zu familiären Anlässen geht das manchmal ...«

»Es hat noch nie geklappt«, sagte ich unwirsch. »Sie haben sich nicht wiedergesehen, seit Mami abgehauen ist. Was hat das jetzt noch für einen Zweck?«

Frau Gubler schloss die Beifahrertür ihres Golfs auf und blieb daneben stehen, bis ich mich gesetzt hatte. »Weitere Familie hast du nicht«, sagte sie. »Ich finde, du solltest sie anrufen.«

»Geht doch gar nicht. Da drüben hat nicht jeder Telefon. Wussten Sie das nicht?«

»Kein Telefon?«, staunte Frau Gubler. Das hatte sie wohl wirklich nicht gewusst. Sie stieg ins Auto.

»Lena kriegt ein Telegramm, alle anderen eine Anzeige.

Hier, ich habe schon den Text.« Ich zog ein zusammengefaltetes Blatt Papier aus der Innenseite meines Mantels. Das Blatt war zerknickt und hatte Schmutzränder, weil ich es schon eine Weile mit mir herumtrug. Mami hatte es mir einmal wortlos gegeben, ich hatte es zu Hause gelesen, aber nie wieder erwähnt. Doch das brauchte Frau Gubler nicht zu wissen. »Mami hat ihn selbst ausgesucht«, sagte ich ihr. »Es stehen auch noch ein paar andere Sachen drauf, für die Beerdigung. Musik und so ...«

Frau Gubler nahm das Blatt mit unsicherer Hand. »Das hat doch Zeit bis morgen«, sagte sie.

»Je eher, desto besser«, antwortete ich.

Später saßen wir einander am Esstisch der ungeheizten Wohnung gegenüber und schrieben Adressen auf gefütterte Briefumschläge. Ich brauchte sehr lange für jede Adresse; ich wusste nicht, wie ich mit meinen tauben Händen den Kugelschreiber halten sollte. Unsere Augen begegneten sich, ich sah rasch wieder weg. »Hast du dir die Hand verletzt?«, fragte Frau Gubler.

»Nein«, murmelte ich, obwohl ich es ihr gern erzählt hätte.

Frau Gubler wandte sich der nächsten Adresse zu. »Kann man hier eigentlich die Heizung andrehen?«, fragte sie.

»Nein«, sagte ich, ohne aufzusehen.

»Bist du sicher?«

»Schon lange abgestellt.«

Frau Gubler war anzumerken, dass sie spürte, dass ich log. Aber sie sagte nichts. Dass ich damit einen kleinen Sieg über sie errungen hatte, freute mich trotz allem.

»Ich weiß, dass mein Erlöser lebt ...« Das war die Musik, die Mami schon vor langer Zeit für den Fall ihrer Beerdigung ausgesucht hatte, und da wir ja nie darüber gesprochen hatten, konnte ich nur hoffen, dass sie dieses »Ich weiß« bis zuletzt durchgehalten hatte. Ich selbst war mir keineswegs sicher, ob ich in puncto Erlöser irgendetwas wusste, glaubte oder hoffte. Aber allein die vage Vorstellung, es könne ein Leben nach dem Tod geben und Mami könne mir in diesem Augenblick aus einer anderen Welt zusehen, reichte aus, um mich irgendwie aufrecht zu halten.

»Aufrecht«, das bedeutete, dass ich funktionierte, dass Leute mich ansprechen konnten (was wenige taten), dass ich aß und einigermaßen schlief, zur Schule ging und miterlebte, was um mich herum geschah. Es bedeutete nicht, dass irgendetwas war wie vorher. Was mir bisher unerträglich, unlösbar oder nur ärgerlich und Besorgnis erregend erschienen war, hatte keine Bedeutung mehr, nachdem ich erlebt hatte, dass das alltägliche Potpourri aus Freuden und Sorgen bedeutungslos, nur eine Momentaufnahme war, nicht einmal eine Schneeflocke im Universum und innerhalb eines Augenblicks zu Ende. Was man gemeinhin als Alltag bezeichnet, war mir seltsam gleichgültig geworden.

Dafür nahm ich anderes wahr: die Farbe des Schnees, den Geruch der Kerzen, das Knistern der pergamentenen Seiten beim Blättern im Gesangbuch, den erstaunlichen Wechsel ineinander fließender Farben und Lichter in den Altarfenstern, wenn die Sonne für einen kurzen Moment damit spielte. Und auch mich selbst konnte ich beobachten – mit Abstand und aus einem anderen Blickwinkel, so als ob ich eine andere Person wäre, die in einem Film über das Leben der Lilly Engelhart mitspielte. So aus der Distanz betrachtet, fiel mir auf, dass mein blauer Wintermantel viel zu kindlich geworden war, besonders mit der Strickmütze dazu, und ich fragte mich, warum diese Lilly nicht endlich ihren Wollschal abnahm. Dick eingemummelt saß sie allein in ihrer Bank und trug einen geistesabwesenden Gesichtsausdruck zur Schau.

Am leisen Schlurfen oder dezenten Klappern verschiedener Schuhabsätze hörte ich, dass sich die hinteren Reihen der Kapelle füllten. Die Orgel setzte ein, die Sopranistin begann zu singen, die Flügeltüren der Friedhofskapelle wurden mit leisem Knarren geschlossen und klappten mit einem gedämpften Schlag zu. Ich versuchte mich auf den Sarg zu konzentrieren, der mit zwei Kränzen geschmückt vor dem Altar stand. Ich wartete darauf, dass die Sonne zurückkehrte und ihre Strahlen wieder durch die Kirchenfenster warf. Es herrschte unbeständiges Wetter an diesem Samstagnachmittag, aber ich war sicher, dass die Sonnenstrahlen wiederkommen würden. Denn dann stand der Sarg im Licht, und ein Abschied im Licht schien für Mami der einzig angemessene zu sein.

Ich konzentrierte mich ganz auf diese Hoffnung und nahm nur am Rande wahr, dass sich die Flügeltüren ein weiteres Mal öffneten. Es ging ganz schnell und fast geräuschlos, als ob die zu spät gekommene Person nur flink hindurchschlüpfte und die Türen sich kaum bewegen mussten, um sie einzulassen. Schuhe mit flachen Absätzen bewegten sich so leise durch den Raum, wie es das unvermeidliche Quietschen von Gummisohlen zuließ. Und dieses Geräusch war es, was meine Aufmerksamkeit weckte. Denn die Schuhe blieben nicht hinten in der

Kirche, oh nein, sie kamen nach vorne, vorbei an all den anderen Reihen, ganz nach vorne zu mir und blieben dort stehen. Ich konnte nicht anders, ich wandte den Blick zur Seite. Und im gleichen Moment kehrte die Sonne zurück.

Es war ein Engel. Ein Engel, dessen Gesicht Liebe und Traurigkeit widerspiegelte und dessen lichtdurchwirkte Gestalt eine Kraft ausstrahlte, die mich wie ein Stromstoß ergriff. Ich schloss instinktiv die Augen. Ich hatte keine Ahnung, wie lange man einen Engel anschauen durfte, aber eins war klar: Seine Wirkung war bereits nach zwei Sekunden größer, als ich ertragen konnte.

Aber als ich nach kurzer Pause die Augen wieder öffnete, war der Engel noch da. Er stand still neben meiner Bank und sah mich an, als ob er mir nicht nur ein Zeichen geben wollte, sondern auch eines von mir erwartete! Und plötzlich wusste ich, wer es war.

Sie war endlich gekommen. Nach all der Zeit, nach all dem Warten – vergebens, zu spät. Mami war tot. Und es war, als ob die Wucht dieser Worte mir erst in dem Augenblick entgegenschlug, als Lena dort im Seitenschiff der Kirche stand und mich ansah. Mami war tot, tot. Nicht einmal das Erscheinen ihrer verlorenen Schwester würde sie wieder zum Leben erwecken. Es war wie ein Hohn, eine grausame Ironie des Schicksals, dass Lena ausgerechnet jetzt aus der Vergangenheit auftauchte, wo Mami sie nicht mehr brauchte.

Etwas wie Bitterkeit wallte in mir auf. Es fehlte nicht viel und ich wäre aufgesprungen und aus der Kirche gelaufen. Warum war sie hier, was wollte sie – jetzt? Es gab doch überhaupt keinen Grund mehr, herzukommen!

Es sei denn ... es ist zwar unwahrscheinlich, aber nur mal angenommen ... kann es wohl sein, dass sie *meinetwegen* gekommen ist ...?

Ich muss unwillkürlich ein klein wenig beiseite gerückt sein, denn Lena fühlt sich eingeladen, zu mir in die Bank zu kommen. Sie balanciert über die Kniebank und setzt sich neben mich, und ich kann meine Augen gar nicht mehr abwenden. Während Lena erst jetzt den Sarg vor sich sieht –, und die Augen schließt wie in einem jäh aufschießenden Schmerz – kann ich mich nicht satt sehen an meiner einzigen lebenden Blutsverwandten. Denn die lebendige Lena sieht so ganz anders aus als die nichts sagenden Fotos, die ich kenne. Sie sieht aus wie ein Porträt aus den zwanziger Jahren, wie Charleston, Zigarettenspitzen und Partys beim Großen Gatsby. Das halblange glatte Haar, die aristokratische Nase, der breite humorvolle Mund ... Sie merkt, dass ich sie ansehe, und wendet ganz leicht den Kopf, um dem Blick zu begegnen. Da ist es um mich schon fast geschehen. Es ist zwar kein Engel, der da zu mir gekommen ist, aber bei weitem die wärmste, lebendigste, unvergesslichste Person, der ich je begegnet bin.

Wie zum Beweis legt Lena behutsam ihre geöffnete Hand auf die Bank zwischen uns, und schließt sie, als ich die meine ebenso vorsichtig hineingelegt habe. Und ich merke, wie alles wiederkommt: das Gefühl in meinen Fingern, in meinen Händen und Füßen, auf meiner Haut und auch ganz tief drinnen, wo sich zwischen Dunkelheit und Kälte ein kleiner Lichtstrahl seinen Platz sucht.

Lena hat noch kein einziges Wort zu mir gesagt, aber ich lebe wieder.

4

In jenem letzten Sommer, bevor alles anders wurde, hatte ich entdeckt, dass meine Mutter Traktor fahren konnte: Meine schöne, elegante Mutter, die unbezahlbare Mode vorführte, deren makelloses Gesicht von Frauenzeitschriften lächelte und die beim Autofahren Handschuhe anzog, weil sie den Ledergeruch an ihrer Haut nicht ertrug, konnte Traktor fahren! Auch der Bauer, der uns die Ferienwohnung in der Lüneburger Heide vermietet hatte, traute seinen Augen nicht, aber sie ließ ihn mit seiner Überraschung allein und erzählte ihm nicht, wo und aus welchem Anlass sie es gelernt hatte. Meine Mutter sprach vor anderen Leuten nicht gern darüber, dass sie aus der DDR stammte, und auch ich durfte es nur erwähnen, wenn wir allein waren.

»Wieso schämst du dich eigentlich dafür?«, wollte ich wissen, als wir zwischen den Pferdekoppeln zu unserem Bungalow zurückschlenderten. Meine Mutter sah mich betroffen an und antwortete nicht, noch nicht. Erst viel später an diesem Abend, als wir gegessen, abgewaschen und Rummikub gespielt hatten und es eigentlich längst Zeit für mich war, zu Bett zu gehen, erzählte sie uns eine lange Geschichte.

Auf der Terrasse stand zwischen anderen Gartenmöbeln eine schon etwas abgewetzte Hollywoodschaukel, die leise quietschte, als Mami sich und mich sacht mit dem linken Bein wippte. Es war längst dunkel und ich wunderte mich, dass mich niemand hineinschickte. Pascal zündete Kerzen an, das ganze Terrassengeländer entlang, und die beiden tranken Rotwein aus großen Glaskelchen. Rotwein in Maßen, hatte mir Pascal erklärt, war gut für Mamis Immunsystem, ebenso wie die herbe Landluft, um derentwillen er – gegen unseren anfänglichen Protest – den Urlaub auf dem Bauernhof gebucht hatte.

Der Widerschein der Kerzenflammen tanzte im Rotweinglas in Mamis Hand und hatte eine beinahe hypnotische Wirkung; mir fielen fast die Augen zu. Es schien ein besonderer Abend zu werden und ich kuschelte mich tiefer in Mamis Arm. Sie wirkte nachdenklich und es dauerte eine ganze Weile, bis sie anfing zu sprechen.

»Treckerfahren habe ich mit fünfzehn gelernt«, sagte sie. »Wir hatten eine riesige LPG bei uns, mit Viehzucht und allem, und meine Freundin Verena und ich haben dort in der neunten Klasse unser Pflichtpraktikum in der Produktion gemacht. Es war mitten in der Erntezeit und fürchterlich anstrengend, aber zwischendurch durfte ich mich auf den Trecker setzen und fahren und war völlig verblüfft, wie einfach es war. Ich sehe es noch vor mir ... Strohreihen bis zum Horizont und darüber die flirrende Hitze und die Stechmücken.« Mami blickte so intensiv in ihr Glas, als ob sie gerade herausgefunden hätte, dass Wein die Eigenschaften einer Entwicklerlösung besitzt und auf wundersame Weise Bilder hervorbringen kann. »Später waren Lena und ich jedes Jahr beim Ernteeinsatz der FDJ dabei. Wir fuhren ins Heu, zur Apfelernte oder in die Kartoffeln. Dreißig Pfennig bekamen wir pro Korb, oder waren es zwanzig? Jedenfalls gab es schulfrei dafür und das allein war die Sache wert.«

»Mami hat nämlich die Schule *gehasst*!«, sagte ich zu Pascal, als ob er es nicht wüsste. Aber ab und zu musste ich ihn einfach daran erinnern, dass ich meine Mutter schon viel länger kannte als er! »Was ist LPG?«, wollte ich wissen.

»Landwirtschaftliche Produktionsgenossenschaft«, übersetzte Mami und blickte auf. »Ein Großbetrieb, zu dem sich mehrere Klein- und Mittelbauern zusammenschließen, damit sie produktiver arbeiten können. Und die FDJ ist die Freie Deutsche Jugend. Lilly, wenn ich nicht gerne von der DDR erzähle, dann hat das nichts damit zu tun, dass ich mich schäme«, fügte sie unvermittelt hinzu. »Es hat damit zu tun, dass die Leute es sowieso nicht verstehen und dass sich die meisten auch gar nicht dafür interessieren.«

Wenn ich ehrlich sein soll, interessierte die DDR auch mich nicht besonders. Wie alle Jugendlichen meines Alters war ich mit der Trennung der mir bekannten Welt in Ost und West aufgewachsen. Ich wusste, dass russische Raketen auf uns gerichtet waren und amerikanische Raketen sie in Schach hielten, dass Deutschland seit dem letzten Krieg in zwei Teile geteilt war, die nun unterschiedlichen Seiten eines neuen Konflikts angehörten. Gedanken machte ich mir darüber nicht. Mir genügte es zu wissen, dass die BRD, in der ich lebte, Glück gehabt hatte und dem hellen, freundlichen Westen zugeschlagen worden war, in dem man die Kriegsschäden restlos beseitigt hatte, sich ungehindert bewegen und in Wohlstand aufsteigen konnte. Von der DDR, dem Land jenseits der Grenze, hörte man nur so viel, um zu wissen, dass es dort kalt, grau und dunkel geblieben war und dass die Menschen im »Sozialismus«, in einer Art erzwungener Armut lebten. Es war ein Land, in das niemand, den ich kannte, in die Ferien fuhr. Ich nahm an, dass wir die DDR irgendwann einmal in der Schule behandeln würden, und damit konnte man es von mir aus gut sein lassen.

Aber das sagte ich natürlich nicht, denn ich spürte, dass Mami ihre Vergangenheit wichtig war, selbst wenn sie nicht oft darüber sprach. Und *wie* sie darüber sprach, das war mir auch nicht entgangen: Nie redete sie von »drüben«, wie man die DDR von Westdeutschland aus gern bezeichnete. Meine Mutter sagte: »bei uns«.

Offenbar hatte die nachmittägliche Traktorfahrt Erinnerungen geweckt und sie in Erzählstimmung versetzt. Das kam, seit Pascal zu uns gehörte, für meine Begriffe viel zu selten vor und musste bis zum Letzten ausgekostet werden, selbst wenn es dabei um die DDR ging und ich zu wissen glaubte, dass ich ihre interessantesten Geschichten aus dieser Zeit längst kannte: etwa wie sie und ihre Klassenkameraden als siebenjährige »Jungpioniere« zum ersten Mal mit einem Handwagen von Haus zu Haus ziehen und Altstoffe sammeln durften, wie sie sich gewundert hatten, dass die Großen so gar nicht fleißig waren – bis diese ihnen am Ende des Nachmittags unter Drohungen sämtliche Flaschen, Dosen und Papierbündel klauten, die sie gesammelt hatten! Ein unglückliches Häuflein heulender Jungpioniere rannte mit leeren Händen nach Hause. So viel zu Mamis unvergesslichem ersten Arbeitseinsatz für die sozialistische Gesellschaft.

Von den Pionieren wusste ich weiterhin, dass sie je nach

Alter blaue oder rote Halstücher trugen, sich ihr »großes Pionierehrenwort« gaben und bei diversen Anlässen Gelegenheit bekamen, laut ihre Parole zu brüllen: »Immer bereit!« Ich fand den Spruch vielseitig einsetzbar, hatte ihn mir gemerkt und benutzte ihn gelegentlich. Überhaupt, diese ganze Pionier-Geschichte gefiel mir: eine große, staatlich organisierte Kinderbande, ein gigantisches Fähnlein Fieselschweif – toll!

»Erzähl doch noch mal die Geschichte mit der Altstoffsammlung!«, bettelte ich, um Mami einen Gefallen zu tun.

Mami machte eine kleine Armbewegung, die eine gewisse Ungeduld verriet. »Aus dem Alter bist du doch nun wirklich heraus!«, rügte sie mich, und einen Augenblick fürchtete ich, dass ich ihr die Stimmung verdorben hatte und sie mich auf der Stelle ins Bett schicken würde, um ihre Erinnerungen nur Pascal zu enthüllen. Unwillkürlich kuschelte ich mich ein wenig enger an sie, denn sonst hätte ich vielleicht nie erfahren von Lena, Rolf und Bernd, von dem Streit, der die besten Freunde für immer getrennt hatte, und von Mamis letzten beiden Jahren in der DDR.

Begonnen hatte alles an jenem Wintertag, als meine Mutter im Krankenhaus aus dem künstlichen Dämmerschlaf erwachte, in den man sie versetzt hatte, weil sie nicht aufhörte, nach ihren Eltern zu schreien. Denn es konnte doch nur ein böser Traum sein, es durfte einfach nicht wahr sein, dass die beiden reglos und stumm nur wenige Handbreit von ihr entfernt im Auto saßen und ihr nicht mehr antworteten. Mami war zwischen Vorder- und Rücksitzen so unglücklich eingeklemmt, dass sie sich nicht bewegen, geschweige denn befreien konnte, aber sie sah, dass meine Großmutter die Augen weit geöffnet hatte und mein Großvater über dem Steuer zusammengesunken war. Meine Mutter, siebzehn Jahre alt, hatte irgendwo einmal gehört, dass auch Bewusstlose oft noch in der Lage waren, Stimmen zu verstehen. Zweieinhalb Stunden lang redete sie mit den beiden, machte ihnen Mut und berichtete ihnen, wie weit die Retter schon vorangekommen waren, dass sie Äste und Sträucher weggeschnitten hatten und sich nun zum Auto vorarbeiteten, es konnte sich nur noch um Minuten handeln ... Meine Mutter redete noch mit ihren toten Eltern, als sie auf der Bahre festgeschnallt und in den Krankenwagen geschoben wurde. Erst als man die Tür hinter ihr zuwarf, begann sie zu schreien.

Es erwies sich als nicht einfach, die ältere Tochter der Verunglückten aufzuspüren, denn diese war zwar offiziell noch in der Wohnung ihrer Eltern gemeldet, lebte aber eigentlich schon bei ihrem Freund, dem Physikstudenten Bernd Hillmer. Erst einen Tag nach dem Unfall saß die fünfundzwanzigjährige Lena Engelhart verstört, aber aufrecht am Bett ihrer jüngeren Schwester, hielt Ritas Hand und versprach ihr, von nun an für sie da zu sein und ihr die Eltern zu ersetzen, so gut sie es vermochte. Falls Lena Zweifel an ihren eigenen Worten hegte, ließ sie es Rita zumindest nie merken.

Dabei hatten sich die beiden Schwestern bis zu diesem Zeitpunkt nicht einmal besonders nahe gestanden – der Altersunterschied von acht Jahren war einfach zu groß. Lena war fast erwachsen, als Rita die Milchzähne ausfielen, und bereits aus dem Haus, als Rita das Alter erreicht hatte, in dem sie auf annähernd gleichem Niveau miteinander hätten reden können. Falls sich überhaupt ein Gesprächsstoff gefunden hätte, denn ihre Interessen lagen so weit auseinander, dass es Rita fast unglaublich schien, dass sie derselben Familie entstammten.

In diesem Winter bezweifelte sie ohnehin, dass es noch irgendetwas gab, für das sie jemals wieder Interesse würde aufbringen können. Das Bild der toten Eltern war unauslöschlich, ging ihr nicht mehr aus dem Kopf, es war, als beanspruche es jeglichen Platz darin und ließe nichts anderes mehr zu. Doch die Ärzte versicherten, dass sie den Unfall ohne bleibende Schäden überstanden hatte, ohne sichtbare Beeinträchtigungen mit Ausnahme einer Halsstütze, die nach wenigen Wochen entfernt wurde und deren Beseitigung für viele in Ritas Umgebung offenbar eine Art Neubeginn markierte. Rita, so lautete die einhellige Meinung, war alt genug, um ihre Eltern nicht mehr zu brauchen, und jung genug, um über das tragische Erlebnis hinwegzukommen. Jeder lobte sie für die Tapferkeit und die vorzügliche Haltung, die sie an den Tag legte.

Zwei Tage, nachdem die Halsstütze abgenommen worden war, brach Mami auf dem Pausenhof in Tränen aus und wollte nicht mehr aufhören zu weinen. Eine Traube aus Lehrerinnen und Klassenkameradinnen umringte sie in dem ebenso rat- wie fruchtlosen Bemühen, ihr Trost zu spenden, bis schließlich jemandem einfiel, dass doch Ritas Schwester als Lehramtsanwärterin an der Schule hospitierte. Lena bekam unterrichtsfrei und fuhr Rita auf dem Gepäckträger ihres Fahrrades nach Hause, wo sie einige Stunden guten Zuredens brauchte, um festzustellen, dass ausgerechnet die Entfernung der Halsstütze Ritas seit Wochen schwelende Depression zum Ausbruch gebracht hatte.

»Jetzt sieht man nicht einmal mehr, dass überhaupt etwas

passiert ist!«, schluchzte Rita. »Dabei ist hier drinnen«, sie schlug heftig an ihre Brust, »alles kaputt! Ich kann nicht mehr schlafen, nicht mehr lernen, ich träume schreckliche Sachen und mag niemanden mehr sehen! Ich wünschte, ich wäre tot! Warum kann ich nicht auch tot sein?«

»Vielleicht wirst du noch für irgendetwas gebraucht«, sagte Lena mit zitternder Stimme und streichelte Ritas tränennasse Wange. »Von mir ganz bestimmt, wenn ich auch zugeben muss, dass das ein schwacher Trost ist.«

»Erzähl keinen Mist!«, weinte Rita und putzte sich heftig die Nase. »Wenn ich mit den anderen gestorben wäre, hättest du nicht wieder nach Hause ziehen müssen! Du wärst lieber bei Bernd geblieben, gib es ruhig zu!«

»Bernd ist doch noch da und kann jederzeit hierher kommen. Rita, ich vermisse Mama und Papa auch ganz fürchterlich, aber ich will, dass wir es uns hier trotzdem schön machen. Das ist unser Zuhause, deins und meins ...« Jetzt weinte Lena ebenfalls und musste eine Minute verstreichen lassen, ehe sie weitersprechen konnte. »Wir sind noch am Leben und wir haben einander. Ist das nichts?«

»Und wie soll es weitergehen?«

Die Frage stand einen Augenblick im Raum. Dann sagte Lena: »Von früher behalten wir alles, was geht. Ein paar neue Dinge kommen hinzu. Dann sehen wir weiter.«

Ein paar neue Dinge ... dazu zählten ganz gewiss die Leseabende, die nun nicht mehr abwechselnd bei den sieben oder acht Mitgliedern von Lenas kleinem Lesezirkel stattfanden, sondern nur noch bei Engelharts zu Hause, wo sie eine verwaiste kleine Schwester zu beaufsichtigen hatte. Es war ein klirrend kalter Winter, so kalt, dass die Fensterscheiben knisterten und man an den langen Abenden nicht allein sein wollte.

Mami hatte keine Ahnung, wer aus der Gruppe die Bücher besorgte, die in der DDR nicht erhältlich waren, zum Teil sogar auf dem Index, der Liste verbotener Literatur, standen – sie wollte es auch lieber gar nicht wissen.

Aber dass Lena von Rudi, dem Studenten mit der Mütze, ab und zu einen dicken Stapel handgeschriebener Seiten bekam, war nicht zu übersehen.

Rita nahm an, dass Rudi einen »Giftschein« besaß, der ihm – natürlich rein aus Forschungszwecken – Zugang zu den entsprechenden Regalen in der Bibliothek verschaffte, in denen er Artikel aus der Öffentlichkeit nicht zugänglichen Zeitschriften heimlich abschrieb.

Das gedämpfte Klack-klack der kleinen Erika-Schreibmaschine, die Lena seit vielen Jahren benutzte, begleitete Rita in den folgenden Nächten in den Schlaf. Und morgens roch es in der Küche nach verbranntem Durchschlagpapier, da Lena lieber nicht riskieren wollte, dass jemand die Beweise ihrer nächtlichen Aktivitäten im Mülleimer fand.

»Hast du denn gar keine Angst?«, fragte Rita nicht ohne einen gewissen Vorwurf in der Stimme. Sie fand es zwar auch nicht gut, dass man in ihrem Land nicht alle Bücher lesen durfte, die es gab. Aber mit Sicherheit blieben doch ausreichend *erlaubte* Bücher übrig, mit denen man sich die Zeit vertreiben konnte.

»Ach, Angst«, sagte Lena wegwerfend. »Wir sind doch nur ein kleiner Kreis und wir kennen uns gut. Es ist ganz sicher niemand dabei, der etwas nach außen trägt, und im Übrigen werden sich die Dinge ohnehin bald ändern, pass mal auf!«

Lena und ihre Freunde setzten große Hoffnungen in Erich Honecker, den neuen Ersten Sekretär des Zentralkomitees, der ganz offen davon gesprochen hatte, dass es auf dem Gebiet der Kunst und Kultur im Sozialismus keine Tabus geben dürfe. Schon bald, davon waren sie überzeugt, würde in diesem Land ein anderer Wind wehen, und die neue Kulturpolitik würde erst der Anfang sein! Jeder aus Lenas kleinem Lesezirkel glaubte fest an die Macht des geschriebenen Wortes. Etwas wie Aufbruchstimmung lag in der Luft, deren Ausläufer auch Rita anwehten, selbst wenn sie nur der wohligen Wärme im Wohnzimmer wegen bei den anderen saß und mit halbem Ohr lauschte.

Ja, es entging selbst Rita nicht, dass in diesem Winter eine gänzlich andere Stimmung herrschte als noch vor drei Jahren, als der Einmarsch sowjetischer Truppen in der Tschechoslowakei dem hoffnungsvollen »Prager Frühling« ein Ende bereitet hatte. Damals war an Lenas Uni die Hölle los gewesen, und Rita erinnerte sich noch gut an den Streit, den ihr Vater vom Zaun gebrochen hatte, als er per Linoldruck vervielfältigte Flugblätter bei ihrer Schwester fand: »Hoch lebe Dubček! Unterstützt das tschechoslowakische Volk! Okkupanten raus aus der ČSSR!«

»Willst du deinen Studienplatz verlieren?«, herrschte er sie an. »Dann mach nur so weiter, aber nicht hier unter meinem Dach!«

Rita glaubte nicht, dass Papa Lena wirklich hatte hinauswerfen wollen, aber wenig später zog sie tatsächlich mit Sack und Pack zu ihrem Freund Bernd, mit dem sie bereits seit der Schulzeit zusammen war. Von dem Tag an hatten sich die beiden Schwestern nur noch selten gesehen. Ganz gewiss gehörte es auch zu den »neuen Dingen«, von denen Lena gesprochen hatte, dass sie einander wieder neu kennen lernen mussten.

Vielleicht hoffte sie, dass Ritas Teilnahme an den Leseabenden dazu beitrug. Aber Rita hatte keine Lust, den Lesungen zuzuhören, sie war kein Bücherwurm und überdies noch viel zu sehr mit sich selbst und ihrer veränderten Lebenssituation beschäftigt, um irgendwelchen womöglich illegalen Aktivitäten einen Reiz abzugewinnen. Politik war ihr egal, die ihr zugedachte Erziehung zum »sozialistischen Menschen« ließ sie kalt, im Gegensatz zu Lena hegte Rita auch nicht die Hoffnung, in der Welt etwas bewegen zu können. Sie hoffte, dass die Versorgung mit tragbarer Jugendmode sich bessern würde, dass sie, nachdem der arme Papa das Auto kaputtgefahren hatte, nicht wieder fünfzehn Jahre auf ein neues würden warten müssen, dass sie vielleicht sogar ein Telefon bekamen wie erst vor kurzem die Familie von Margot, die in der Schule neben ihr saß. Rita hatte bescheidene Wünsche, und sie wollte von nichts träumen, was sie ja ohnehin nicht beeinflussen konnte.

Dabei musste sie ehrlicherweise zugeben, dass sie nicht wenig Neid empfand, wenn Lenas Freunde eintrafen, wenn sie sich in vertrauter Runde um den Couchtisch auf den Boden setzten, an Sofa und Sessel gelehnt, und wenn der Vorleser mit seiner weichen Stimme vorzutragen begann. »Der Vorleser«, so nannte sie ihn, weil sie sich an den Namen, mit dem er sich vorgestellt hatte, nicht erinnern konnte. Er war einige Jahre älter als die anderen, oder vielleicht wirkte er nur so, da er eine so ruhige, besonnene Art hatte?

Von den anderen kannte und mochte sie nur Lenas jovialen, immer vergnügten Freund Bernd, der häufig am Familientisch zu Gast gewesen war und bei der Beerdigung sogar eine Rede gehalten hatte. Offenbar sah er sich bereits als neues Familienoberhaupt. Rita hatte nichts dagegen, sie fand, dass Lena mit Bernd Glück gehabt hatte. Bernd gehörte nicht zu diesen wichtigtuerischen Intellektuellen, die anderen fortwährend ihre Meinung aufdrängen mussten; er schrieb an seiner Diplomarbeit im Forschungszentrum des VEB Carl Zeiss Jena und hatte außer seinem Steckenpferd, dem wissenschaftlichen Kleinstgerätebau, wenig im Sinn. Ständig tüftelte und zeichnete er, selbst sein winziger Taschenkalender war mit Skizzen übersät und ab und zu reichte er »Erfindungen« ein. Rita vermutete, dass er nur Lena zuliebe die Abende im Lesezirkel absaß. Bei der Diskussion, die der Lektüre folgte, redete er fast ebenso selten wie Rita, die nie den Mund aufmachte, und wenn sie verstohlen ein Gähnen unterdrückte, zwinkerte er ihr zu. Rita hatte einen heimlichen Verbündeten in der Runde, und das tat gut. Allerdings war Bernd nicht regelmäßig dabei; er war ein geschickter Handwerker, der nach Feierabend recht ordentlich verdienen konnte, und Lena würde es bei ihm auch in dieser Hinsicht an nichts fehlen.

Während der Vorleser Seite um Seite umblätterte, schweiften Ritas Gedanken in die Ferne und drehten sich um die Frage, wie sie selbst ohne die Unterstützung ihrer Freundin Verena das Abitur und weitere dunkle Stunden der nahen Zukunft bewältigen sollte. Seit dem Unfall hatte Rita mit einem geradezu katastrophalen Einbruch ihrer schulischen Leistungen zu kämpfen. Seit der ersten Klasse hatten sie und Verena miteinander gelernt, die blitzgescheite Verena aber hatte im letzten Sommer nicht mit ihr auf die Oberschule wechseln dürfen, da sie als überzeugte Christin kein ausreichendes »gesellschaftliches Engagement« an den Tag legte. Beiden Mädchen war immer klar gewesen, dass es so kommen würde, denn Verena hatte schon als Kind nicht den Jungpionieren angehört, später die Jugendweihe verweigert, und man wusste, worauf das hinauslief. Trotzdem hatte Rita zum ersten Mal in ihrem Leben einen Anflug von Trotz und Rebellion gegen ihr Land verspürt, als sie nach den Sommerferien ohne ihre beste Freundin den Klassenraum betrat. Dass Verena nicht das Abitur machen durfte, bloß weil sie kein Blauhemd trug, das war einfach nicht gerecht! Dass sie ausgerechnet im Jahr des Unfalls nicht mehr da war, wo Rita mehr denn je eine Freundin gebraucht hätte, war schlimm. Und dass Rita in diesem Jahr ohne sie ins Zivilverteidigungslager fahren musste, war eine grauenhafte Vorstellung.

Denn nicht nur ihre immer schlechter werdenden Noten, auch das obligatorische ZV-Lager für die Mädchen am Ende der elften Klasse lag wie ein Schatten über dem Rest des Schuljahrs. Rita fragte sich, wie sie es ohne Blamage überstehen sollte. Seit dem Unfall hatte sie Angst vor vielen Dingen, aber am meisten fürchtete sie die strenge Disziplin des zweiwöchigen Lagers, den militärischen Drill und die hervorgebellten Befehle, die lächerlichen Strafen für schlecht gemachte Betten und unordentliche Spinde. In ihren Träumen lebte Rita in permanenter Angst davor, irgendetwas angestellt zu haben, dessen Entdeckung durch den Röntgenblick eines weiblichen Unteroffiziers nur eine Frage der Zeit sein konnte. Man würde sie vor allen anderen zur Rede stellen, und wenn sie dann zu weinen begann, war sie für den Rest des Lagers unten durch, ein begehrtes Objekt für Zank und Quälerei. Rita gab sich keinen Illusionen hin, sie wusste, dass sie in ihrer derzeitigen Verfassung die Tränen nicht würde zurückhalten können, wenn man sie anbrüllte oder auch nur schief ansah.

Wozu sollte sie da »Nachdenken über Christa T.«? Was hatten die Lieder von Wolf Biermann mit ihr zu tun?

Aber im tiefsten Inneren beschlich Rita eine mit jedem Leseabend deutlichere Ahnung, dass man die Härten des Alltags besser ertrug, wenn man Hoffnungen und Visionen hatte wie Lena und ihre Freunde, wenn es einem gelang, das Blickfeld zu weiten. Und das, weniger die Vertrautheit der jungen Leute untereinander, war der Grund für ihren Neid.

Als sie eines Abends aufstand und die Teetassen forträumte, während die anderen sich verabschiedeten, kam der Vorleser hinter ihr her in die Küche.

»Lena hat mir erzählt, dass du Probleme in Mathe hast«, kam er ohne Umschweife zur Sache. »Ich helfe dir, wenn du willst.«

»Nein, danke, nicht nötig«, antwortete Rita sofort. Es stimmte zwar, Lena half ihr in allen anderen Fächern bis auf Mathe, wo sie selbst überfordert war. Doch warum hatte sie nicht wenigstens vorher gefragt, ob sie jemanden darum bitten durfte? Ritas Ohren färbten sich rosa. »Ich komme schon klar.«

Der Vorleser nahm ihr die Tassen aus der Hand und stellte

sie in den Spülstein. »Überleg es dir«, sagte er. »Es kostet euch nichts, ich mache das gern.«

Er bedachte Rita mit einem scheuen, freundlichen Lächeln, bevor er zu den anderen hinausging. Seine schöne Stimme kannte sie schon, doch noch nie waren ihr seine warmen, freundlichen Augen aufgefallen. Rita dachte einige Tage darüber nach, und am Ende des nächsten Leseabends fasste sie sich ein Herz und teilte dem Vorleser mit, dass sie es gern versuchen würde.

Seltsam, aber von da an wurde alles leichter: Andere Menschen, unbekannte Situationen, die langen Nächte und düsteren Befürchtungen, die sie um den Schlaf gebracht hatten, verloren einen großen Teil ihres Schreckens, nachdem Rita zum ersten Mal seit langem wieder einen Schritt aus ihrem Schneckenhaus gewagt hatte.

Meine Mutter Rita wurde nie eine gute Schülerin, aber sie hielt sich über Wasser und erlangte im Frühjahr 1973 mit einer durchschnittlichen Note das Abitur – gemeinsam mit ihrer Schulkameradin Hanna, die beim Zivilverteidigungslager ihre neue Freundin geworden war. Sie blieb ihr Leben lang ein wenig schüchtern, aber der Vorleser war es auch, und es dauerte nicht lange, bis sie feststellten, dass sie einander vertrauten. Rita wurde nie ein großer Bücherfreund, aber dem Vorleser hörte sie gern zu und manches von dem, was er gelesen hatte, erkannte sie noch viele Jahre später wieder, als sie längst im Westen lebte und ihr achtzehntes Lebensjahr sehr, sehr weit entfernt schien.

Natürlich kannte sie da längst seinen Namen. Der Vorleser hieß Rolf, Rolf Wollmann. Er würde Ritas Schwager, Lenas

Ehemann, mein Onkel werden, aber das konnte zu diesem Zeitpunkt noch niemand wissen – oder doch?

Ich konnte es kaum abwarten, bis es am nächsten Tag wieder Abend wurde und meine Mutter weitererzählte. Natürlich bestürmte ich sie mit vielen Fragen. Vor allem wunderte es mich, dass die Gruppe keinen gewitzten Fluchtplan ausgeheckt und sich auf abenteuerlichen Wegen in den Westen durchgeschlagen hatte, wo sie hätten lesen können so viel sie wollten.

Aber Mami sagte: »Selbst wenn die Grenzen weit offen gestanden hätten, wären sie nicht gegangen. Sie waren aus tiefstem Herzen Kommunisten. Es gab von ihrer Seite viel Kritik an dem, was bei uns ablief … aber niemals einen grundsätzlichen Zweifel am Sozialismus. Das war die Staatsform, unter der sie leben wollten, das bessere Deutschland – so einfach war das.«

»Das verstehe ich nicht. Hier ist es doch viel besser!«, rief ich enthusiastisch. »Wir sind frei, wir können alles kaufen, was wir brauchen, wir können uns ins Auto setzen und fahren, wohin wir wollen …«

»Moment! Du und ich, wir können das«, erwiderte Mami. »Aber denk doch mal an Herrn Fitz, der keine Arbeit mehr hat. Kann der alles kaufen, was er gern hätte? Kann er im Ausland Urlaub machen? Er kann sich nicht einmal ins Auto setzen und losfahren, weil er sich gar kein Auto leisten kann! Von der Freiheit, die wir haben, profitiert nämlich nicht jeder im gleichen Maße. Die Kommunisten wollen, dass es keine Unterschiede mehr gibt. Sie wollen Besitztümer so umverteilen, dass sie allen gemeinsam gehören, dass jeder das Gleiche hat.«

»Dann werde ich auch Kommunist«, erklärte ich kurz entschlossen. »Das finde ich gut.«

Pascal kicherte.

»Wenn es so einfach wäre, Lilly«, sagte Mami leise. »Die Menschen wollen doch gar nicht das Gleiche. Sie wollen immer mehr und immer besser sein als andere. Die Kommunisten glauben, man könne sie zum Umdenken erziehen. Sie stellen eine Menge Regeln und Verbote auf und wachen mit allen Mitteln über deren Einhaltung.

Aber gleichzeitig machen sie für sich selbst Ausnahmen und verschaffen sich alle möglichen Vorteile. Dann fängt eine kleine Gruppe an, Dinge für sich zu behalten, die eigentlich für alle bestimmt sind, und niemand kann etwas dagegen tun, weil diese Gruppe zu mächtig ist. Sie tut alles, um ihre Stellung zu bewahren und Widerstand zu unterdrücken, und so passiert es dann. Die Bevölkerung und die, die sie regieren, stehen sich auf unterschiedlichen Seiten gegenüber.«

Mami nahm einen großen Schluck Wein.

»Wenn du mich fragst – Gleichheit für alle gibt es nicht«, sagte sie hart. »Das liegt einfach nicht in der Natur des Menschen.«

»Mami, warum verbietet man eigentlich Bücher?«

»Weil sie die Leute auf Ideen bringen.«

Im Herbst 1972 feierte meine Mutter ihren achtzehnten Geburtstag, ging ins letzte Schuljahr und dachte darüber nach, was anschließend aus ihr werden sollte. Zum Studieren hatte sie keine Lust, und die Möglichkeiten zur Facharbeiterausbildung waren in den Jenaer Betrieben so zahlreich, dass sie sich umso schlechter entscheiden konnte. Lena brachte diese Unentschlossenheit zur Verzweiflung. »Willst du etwa warten, bis sie dich irgendwo zuteilen?«, fragte sie entrüstet.

In Wahrheit fand Rita es gar nicht so schlimm, einen Ausbildungsplatz zugeteilt zu bekommen, was in der Mehrzahl der Fälle ohnehin passierte, selbst wenn die künftigen Lehrlinge einen konkreten Berufswunsch hatten. Rita war es egal, was sie machte, solange es einigermaßen sauber war und ihren Lebensunterhalt gewährleistete. »Dieses phlegmatische Desinteresse am Leben« trieb ihre Schwester die Wände hoch, aber was konnte Rita dafür? Ihr fehlte einfach die Fantasie, in die Zukunft zu blicken und zu erkennen, was möglicherweise in ihr steckte. Sollten das doch die Lehrer tun!

Mitten in eine ihrer Auseinandersetzungen hinein klingelte es an der Wohnungstür – zweimal kurz, einmal lang, Rolfs Zeichen, und Lena stand auf. Komisch, dachte Rita, wir hatten doch für heute gar nichts ausgemacht?

Sie ging in den Flur, wo Lena Rolf die Jacke abnahm und an die Garderobe hängte. »Überraschung!«, rief Lena. »Rolf bleibt zum Abendessen.«

Rolf förderte aus seiner Aktentasche einen kleinen Schinken zu Tage. »Hausschlachtung bei meiner Vermieterin«, sagte er. »Mit solch einem Fest kann man doch nicht allein bleiben.« Er ging schnurstracks in die Küche, fand ein Messer und malträtierte ungeschickt den Schinken.

Rita folgte ihm langsam und stellte sich auf einen anstrengenden Abend ein, denn zweifellos würde Lena auch den Nachhilfelehrer dazu bringen, auf sie einzuwirken. Aber nichts dergleichen geschah, es war, als hätte Lena völlig vergessen, worüber sie erst vor wenigen Minuten leidenschaftlich gestritten hatte. Sie setzte die Teekanne auf und erkundigte sich dann eingehend danach, wie Rolf den Tag verbracht hatte.

Rolf Wollmann hatte eine romantisch-traurige Geschichte, die Ritas Herz anrührte. In den letzten Kriegstagen in Berlin geboren, hatte er seinen in Russland vermissten Vater nie kennen gelernt; die Mutter war im Hungerwinter 1946/47 gestorben und hatte ihn in der Obhut einer unverheirateten Weimarer Großtante zurückgelassen, von der Rolf mit großer Zuneigung sprach. Sie hatte ihm, als sie vor fünf Jahren hochbetagt starb, ein wenig Geld, ein Klavier und einen fast neuen Wartburg vermacht, mit dem sie bis zuletzt selbst in der Stadt herumgekurvt war – der Schrecken von Weimar, behauptete ihr Neffe. Rolf, der eine kaufmännische Lehre absolviert hatte, hatte die Wohnungseinrichtung verkauft, das Klavier untergestellt, einige Erinnerungen in den Wartburg gepackt und war nach Jena aufgebrochen, um zu studieren und Verlagslektor zu werden. Er wohnte eine Zeit lang im selben Haus wie Lena und Bernd, und ihre Freundschaft hatte damit begonnen, dass sie ihn auf die Pakete westdeutscher Verlage ansprach, die er ab und zu erhielt.

Ohne Zweifel musste der arme Rolf einsam sein, wenn er abends von seinem Schreibtisch im Verlag in die kalte, leere Wohnung zurückkehrte. Trotzdem hatte Rita nicht damit gerechnet, dass er nach diesem ersten gemeinsamen Abendessen so oft bei ihnen auftauchen würde. Er ließ ein Paar Hausschuhe da, kannte das Versteck ihres Wohnungsschlüssels (im kleinen Schlitz unter der obersten Treppenstufe), und wenn Rita nicht alles täuschte, war Lena sogar dazu übergegangen, größere Mengen einzukaufen.

»Er kommt zur Mathestunde, zum Leseabend und praktisch jeden Freitag und Samstag«, sagte Rita eines Morgens. »Ich glaube, Rolf wird uns bald fragen, ob er hier einziehen darf.«

»Das hat er schon«, entgegnete Lena und lächelte vergnügt vor sich hin.

Rita brauchte einige Augenblicke, um sich von ihrer Überraschung zu erholen. »Und was hast du gesagt?«

»Dass wir es uns überlegen.«

»Und Bernd?«

Lena schürzte die Lippen. »Sagen wir ...«, erwiderte sie gedehnt, »er ist Bestandteil meiner Überlegungen ...«

Die Stunden und Tage bis zu Rolfs nächstem Besuch zogen sich hin. Ausgerechnet jetzt, wo Rita ihn neugierigst erwartete, ließ er sich auf einmal nicht mehr blicken. Erst am nächsten Leseabend fast eine Woche später, als ein Herbststurm um die Ecken fegte und Rita schon dachte, das Treffen würde ausfallen, hatte sie Gelegenheit, ihn und Lena mit Argusaugen zu beobachten und eine Reihe merkwürdiger Veränderungen festzustellen.

Es fing damit an, dass Lena vor dem Eintreffen der anderen fast anderthalb Stunden im Bad zubrachte, sich die Haare wusch und föhnte, Nagellack, Lippenstift und einen dezenten Hauch von Parfüm auflegte. Rita hatte das noch nie bei ihrer Schwester erlebt, die es durchaus fertig brachte, ihren Besuch in Kittelschürze und Pantoffeln zu empfangen. Sie hatte nicht einmal gewusst, dass Lena überhaupt ein Parfüm besaß! Hinter der verschlossenen Tür hörte sie das Badewasser plätschern und Lena leise Lieder summen.

Da fühlte Rita, wie eine jämmerliche, herzklopfende Angst

sich ihrer bemächtigte. War es denn möglich, dass das Leben, das sie und Lena sich im letzten Dreivierteljahr eingerichtet hatten, schon wieder vorbei sein sollte? Es kam ihr vor, als hätte sie gerade erst begonnen, sich in jenem beruhigenden Rhythmus alltäglicher kleiner Rituale heimisch zu fühlen: die morgendliche Badezimmerordnung, die gemeinsame Fahrradfahrt zur Schule, die Tasse Kakao vor dem Schlafengehen und all die vielen kleinen Dinge, mit denen es Lena gelang, aus der leeren, elternlosen Wohnung wieder ein Zuhause zu machen.

Schlagartig wurde Rita bewusst, wie sehr sie das Zusammenleben mit ihrer Schwester trotz all ihrer Gegensätze zu schätzen gelernt, wie gewissenhaft Lena das Versprechen erfüllt hatte, das sie ihr im Krankenhaus gegeben hatte. Lena war es, die ihrer beider Lebensunterhalt verdiente, die nach Feierabend auf die zermürbende Jagd nach den Gütern des täglichen Bedarfs ging, Ritas Taschengeld auszahlte und sich den Kopf über ihre Zukunft zerbrach. Sie sorgte, stritt und kämpfte für die kleine Schwester, und Rita wusste, dass sie sich auf Lena verlassen konnte, wie sich ein Kind auf seine Mutter verlässt. Und wie ein Kind erfüllte die Aussicht auf Veränderungen sie mit Panik.

Denn Rolf Wollmann war ein ganz anderes Kaliber als der pflegeleichte Bernd, der Lena klaglos wieder ins Elternhaus hatte ziehen lassen, der sein eigenes Leben führte und zufrieden war, wenn sie ab und zu das Wochenende mit ihm verbrachte. Rolf war jemand, mit dem man alt wurde und eine eigene Familie gründete. Wenn Lena sich für ihn entschied, würde Rita in diesem Haushalt überflüssig sein.

Einer nach dem anderen traf ein, schüttelte die nasse Regenjacke aus und freute sich, dem Wetter getrotzt zu haben. Als Rolf endlich kam, waren er und Lena ernster als sonst, gaben einander die Hand und schienen sich dabei mit einem raschen, prüfenden Blick zu messen.

Vielleicht, dachte Rita mit leiser Hoffnung, war die Entscheidung doch noch nicht gefallen?

Aber an der Art, wie Lena Rolf beim Lesen intensiv beobachtete, wie er sich wiederholt verhaspelte und die Unruhe der beiden im Laufe des Abends immer mehr zunahm, war unschwer zu erkennen, dass eine Frage im Raum stand und dass sie sie so rasch wie möglich klären wollten.

An diesem Abend wollte die Diskussion nicht recht in Gang kommen, als hätten mehrere der Beteiligten kein Wort von dem gehört, was gelesen worden war. Trotzdem wurde es halb elf, bis sich die Besucher in das unwirtliche Wetter verabschiedeten, ohne dass auch nur ein Wort zwischen Lena und Rolf gefallen war. Er schlüpfte in seinen Mantel, klemmte den altmodischen Regenschirm unter den Arm, wünschte eine Gute Nacht und war mit den anderen verschwunden. Verwirrt sah Rita zu, wie Lena in Gedanken versunken das Teegeschirr wegspülte. Sollte das alles gewesen sein?

Zehn Minuten später hängte ihre Schwester gewissenhaft das Abtrockentuch auf die Leine, zog ihren Mantel an und verließ die Wohnung, und Rita, die sich an der Fensterscheibe die Nase platt drückte, sah, wie sie aus dem Haus trat und fast im Laufschritt die Straße überquerte. Der Regen prasselte gegen die Scheibe, doch undeutlich erkannte Rita, wie sich zwischen den Bäumen der gegenüberliegenden Straßenseite eine Gestalt löste. Sie blieb vor Lena stehen und es bedurfte offenbar nicht vieler Worte, denn aus ihrer beider Schatten war urplötzlich ein einziger geworden, der bewegungslos im Regen stehen blieb und vollkommen zu verschmelzen schien.

Lena Engelhart und Rolf Wollmann heirateten im Januar 1973. Bernd Hillmer, der sich als ein zwar erstaunter, aber fairer Verlierer erwies, organisierte den Sektempfang nach der Trauung, und er und Rita saßen danach noch lange zwischen ausgetrunkenen Gläsern am Tisch und meditierten darüber, dass sich ihr Leben durch diese Ehe möglicherweise ebenso einschneidend verändert hatte wie das von Lena und Rolf. Wieder einmal hatte Rita das tröstliche Gefühl, in Bernd einen Verbündeten zu haben.

»Was wirst du jetzt machen?«, fragte sie. »Du kommst doch weiter zum Leseabend?«

»Angesichts der Tatsache, dass die verdammten Bücher uns auseinander gebracht haben, werde ich von heute an lieber Platten hören«, meinte Bernd, aber er lachte dabei und Rita hatte nicht das Gefühl, dass er Lena irgendetwas nachtrug.

Vier Wochen später musste Rudi mit der Mütze, der an der Jenaer Universität Deutsch und Geschichte studierte, mitten im Semester plötzlich seinen Leseausweis abgeben. Offenbar war der »Missbrauch« entdeckt worden, den er damit trieb: Er schrieb unerlaubt Zeitschriften aus dem nichtsozialistischen Ausland ab und verbreitete diese in der Öffentlichkeit! Rudi wurde nicht exmatrikuliert – das kam später –, aber sein Studium war ohne einen Bibliotheksausweis so gut wie beendet. Er ließ Lena über einen Kommilitonen eine Warnung zukommen, dass sie möglicherweise von der Staatssicherheit überwacht wurden; sehen lassen wollte er sich bei ihr nicht mehr, um die Gruppe nicht in Gefahr zu bringen.

Der kleine Lesezirkel war in heller Aufregung. »Was können die uns schon anhaben?«, versuchte Rolfs Nachbar Heinrich die anderen zu beruhigen. »Wir lesen die Bücher, die Rolf vom Suhrkamp-Verlag bekommt. Da ist doch nichts dabei. Das sage ich jedem, der es hören will, ins Gesicht!«

Nein, etwas ausdrücklich Verbotenes hatten sie mit Ausnahme von Rudi nicht getan. Aber woher waren all die Einzelheiten bekannt, mit denen man Rudi konfrontiert hatte und die nur jemand wissen konnte, der dabei gewesen war? Der Verdacht lag nahe, dass es in ihrer Runde eine undichte Stelle gab, und man brauchte nicht lange zu warten, bis der Name desjenigen fiel, der seit Lenas und Rolfs Hochzeit fehlte.

Lena und Rita mochten den alten Freund noch so vehement verteidigen: Plötzlich glaubten alle zu wissen, dass Bernd als künftiger Wissenschaftler anfällig sei für Beeinflussung durch die »Stasi«, dass er viel zu viel zu verlieren habe, um sich eine Ablehnung leisten zu können, wenn man an ihn herantrat. Man wusste doch, wie der Geheimdienst einem nützlichen Informanten zusetzen konnte und mit welchen Maßnahmen man ihm für den Fall gedroht haben konnte, dass er sich weigerte zu kooperieren! Und hatte Bernd nicht mitunter ernsthafte Meinungsverschiedenheiten mit Rudi gehabt? Die bebrillte Susann, Lehrerin wie Lena, behauptete, immer gespürt zu haben, dass die beiden sich nicht mochten.

»Wir haben nie erfahren, was wirklich passiert ist«, erzählte meine Mutter, »aber es war der Anfang vom Ende der Leseabende. Plötzlich war das Misstrauen da. Lena war überzeugt, dass Bernd Rudi nicht verraten hatte – aber wenn nicht Bernd, wer dann? Es gab viele dieser halb legalen Lesekreise in Privathaushalten, aber sie alle beruhten auf dem Prinzip des Vertrauens. Es wurde dabei ja nicht nur vorgelesen. Es wurden Meinungen geäußert, es wurde offen kritisiert, es wurden Witze über die Partei gemacht. Wenn man nicht mehr sicher sein konnte, vor den anderen frei sprechen zu können, konnte man genauso gut zu Hause bleiben. Tja, und so ist es auch gewesen. Einer nach dem anderen blieb einfach zu Hause.«

»Und Bernd?«

»Ein paar Wochen später stand er vor der Tür, fröhlich wie immer, und wollte eine Flasche Wein mit uns trinken. Er hatte sein Diplom mit Auszeichnung bestanden und auch schon eine interessante Arbeitsstelle in Aussicht.« Die Stimme meiner Mutter hatte plötzlich einen ironischen Unterton. »Das Ministerium für Staatssicherheit wollte ihn haben. Er würde einer Abteilung angehören, die die Kleinstgeräteentwicklung weiter vorantreiben sollte.«

»Dann hat er es also doch getan, das Schwein«, stellte Pascal fest.

»Wir haben es nie erfahren«, wiederholte Mami. »Aber sein Wissen in den Dienst der Stasi zu stellen und zu helfen, all die schlauen kleinen Geräte zu entwickeln, um Leute noch besser überwachen und abhören zu können – das hat das Fass zum Überlaufen gebracht. Als er damit rausrückte, hat Lena ihm seinen Wein mitten ins Gesicht geschüttet. Sie ist einfach aufgestanden und gegangen und hat nie mehr ein Wort mit ihm gesprochen. Rolf war vorsichtiger, er wollte keinen Feind bei der Stasi haben, und Bernd war im ersten Moment vollkommen perplex. Er hat gar nicht verstanden, was los war, er hat ja nur seine wissenschaftlichen Möglichkeiten gesehen. Als er merkte, dass die beiden das verwerflich fanden, ist er wütend geworden. Da habe ich das erste Mal gespürt, dass Bernd auch gefährlich sein konnte. Er war ein lustiger, gutmütiger Typ, aber er hatte seinen Ehrgeiz und seinen Stolz, und Lena hatte ihn furchtbar beleidigt.«

Unter der Terrasse raschelte es, vielleicht ein Igel, der einen Regenwurm ausgrub. »Nach diesem Abend habe ich immer Angst um Lena gehabt«, sagte meine Mutter und fügte leiser hinzu: »Bis ich Lillys Vater traf. Von dem Zeitpunkt an dachte ich an andere Dinge.«

»Aber ihr hattet doch Hoffnung. Es sollte doch alles besser werden mit diesem neuen Mann an der Spitze«, wandte ich ein.

»Es sah eine Zeit lang auch ganz so aus. In Jena entstanden kritische literarische Zirkel und Arbeitskreise, die anfangs von der FDJ sogar ermutigt wurden. Die Nervosität des Staatsapparates kam erst, als man merkte, dass sich diese Gruppen nicht kontrollieren ließen. Mitte der siebziger Jahre wurden etliche Studenten exmatrikuliert, mehrere Facharbeiter entlassen, Schriftsteller und Liedermacher verhaftet oder des Landes verwiesen. Der kulturelle Frühling, auf den viele gehofft hatten, war schnell zu Ende.« Mami schüttelte den Kopf. »Aber das habe ich alles gar nicht mehr mitbekommen. Da war ich längst weg. Da war ich in Hamburg und hatte dich, mein Spatz, und war einfach nur froh, dass das alles hinter mir lag.«

Das konnte ich gut verstehen, und ich war so froh, dass mein Vater gekommen war und meine Mutter aus der DDR gerettet hatte! Nicht auszudenken, wenn Mami und ihre Freundin Hanna nach dem Abitur nicht die Reise nach Budapest gemacht und im Zug nicht meinen Vater kennen gelernt hätten, der in den Semesterferien mit einem Schlafsack und einem Interrail-Ticket durch Europa trampte. Für den Sportstudenten Jochen Kupfer gab es keine Grenzen. »Lasst euch das bloß nicht einreden, Mädels«, sagte er, und Hanna lachte über den ahnungslosen Jungen aus dem Westen.

Aber meiner Mutter imponierte er. Als er sie wiedersehen wollte, stimmte sie sofort zu, und als er tatsächlich am ersten Samstag des nächsten Monats um die vereinbarte Zeit »Unter den Linden« in Ostberlin auf sie wartete, wusste sie, dass es wieder einmal so weit war und ein vertrauter Lebensabschnitt zu Ende ging.

Meine Mutter trug noch seinen Ring, als wir sie an diesem kalten Novembertag beerdigten. Und ich saß neben Lena, die erst ihre große Schwester, später ihre Ersatzmutter gewesen war, und hatte plötzlich die seltsame, unerklärliche und gänzlich aberwitzige Vorstellung, dass Mami mich ihr übergeben wollte.

5

Bis an mein Lebensende werde ich mich an das Geräusch erinnern, mit dem die feuchte Erde auf Mamis Sarg aufschlug. Es traf mich wie ein Donnerschlag, als ich erst mein kleines Blumengebinde und dann die rituelle Schaufel Sand hinunterwarf. Ich hatte das Gefühl, meterweit nach hinten katapultiert zu werden, aber in Wirklichkeit blieb ich stehen, stumm vor Schock, und die Explosion spielte sich nur in meinem Inneren ab. Ich versuchte mich auf anderes zu konzentrieren, so wie es vorhin in der Kirche noch funktioniert hatte: auf das knisternde Tauen der Wassertropfen in den Zweigen, das Knirschen von Schuhen im Kies. Doch die leisen dumpfen Schläge ließen sich auch von der Stille des Friedhofs nicht übertönen. Ich versuchte an Mami zu denken und sie auf diese Weise wissen zu lassen, dass sie in meiner Erinnerung niemals begraben werden würde, aber es wollte mir nicht gelingen. Mein Kopf war wie leer gefegt.

Aber dann passierte etwas Seltsames. Unter den Trauergästen, die am Grab vorbeidefilierten, erkannte ich Teresa Dommertin. Ich hatte sie drei Jahre zuvor zum ersten und letzten Mal gesehen, als Mami und ich in Köln gewesen waren, um ein Theaterstück zu besuchen, in dem Teresa mitspielte. Sie war die Frau, die meinem Vater geholfen hatte, meine Mutter in den Westen zu holen. Dass sie Schauspielerin war, hatte bei

Mamis Flucht eine entscheidende Rolle gespielt. Ich liebte diese Geschichte, und die unerschrockene Teresa war immer eine Heldin für mich gewesen. Dass sie den ganzen Weg von Köln nach Hamburg gekommen war, um an der Beerdigung teilzunehmen, beeindruckte mich. Und obwohl sie kaum noch Kontakt zueinander gehabt hatten, nahm Mamis Tod sie offenbar sehr mit. Teresa hatte wie Mami immer auffallend gut ausgesehen, aber jetzt wirkte sie fahrig und verhärmt, als sie mich küsste und sagte, wie Leid es ihr tue.

Danach sah Teresa ängstlich auf Lena, die neben mir stand, und ich konnte buchstäblich hören, wie Lena der Atem stockte. Von einer Sekunde auf die andere wurde meine Tante schneeweiß – und Teresa wandte sich jäh ab und ging aufrecht und mit raschem Schritt davon. Lena stand wie angewurzelt und sah ihr nach. Ihre rechte Hand machte eine kleine Bewegung, als wolle sie Teresa aufhalten. Aber dann war der Moment vorbei, und sie stand wieder still neben mir.

Ich begriff nichts. Ich konnte es einfach nicht zusammenbringen. Teresa war schließlich nur ein einziges Mal in der DDR gewesen – in der Nacht, in der sie Mami geholfen hatte, mit meinem Vater zu fliehen. Lena war doch gar nicht dabei gewesen. Woher kannten sie sich? Wieso *erschraken* sie, als sie einander sahen?

Diese Gedanken gingen mir blitzartig durch den Kopf und waren blitzartig wieder verschwunden, denn gleich nach Teresa stand Meggi Pfeiffer vor mir. Ich hatte nicht erwartet, dass jemand aus meiner Klasse zur Beerdigung kommen würde, aber wenn ich mir jemanden hätte wünschen dürfen, wäre es Meggi gewesen. Meggis offenes, mitfühlendes Gesicht, ihre ausgestreckte Hand waren eine einzige Einladung zur Freundschaft. Ich ergriff die Hand, und wir mussten ganz überraschend beide lächeln.

Dann standen Lena und ich allein im Schnee neben dem Grab. Zwei Männer hatten begonnen, es zuzuschaufeln, und jetzt, wo alles schon fast vorbei war, hatte ich plötzlich das Gefühl, es keine Sekunde länger aushalten zu können. »Ich kann das nicht hören«, stieß ich hervor und schloss die Augen.

»Das geht mir genauso«, sagte Lena. Sie legte mir einen Moment die Hand auf die Schulter, und wir gingen langsam davon. Leichter Schneefall hatte wieder eingesetzt, und ich blinzelte in die Sonne. »Wo hast du deine Sachen?«, fragte ich.

»In der Kirche«, sagte Lena. »Ein Schirm ist aber leider nicht dabei.«

Mein Herz tat einen kleinen Sprung, ich blieb stehen. »Weißt du, dass das die ersten Worte sind, die wir miteinander sprechen?«

»Du hast Recht«, antwortete meine Tante. »Ach ...! Hätte ich da nicht etwas Schöneres sagen können als: *Ein Schirm ist leider nicht dabei?*«

Wir standen einander gegenüber und sahen uns neugierig an. Ein kleines braunes Eichhörnchen huschte dicht neben uns über den Weg, blieb kurz auf den Hinterbeinen stehen und hoppelte gemächlich zwischen den Gräbern davon. »Vorhin in der Kirche«, hörte ich mich sagen, »das war wie ... das kann man gar nicht beschreiben. Ich dachte, da steht ein Engel.«

»Ein Engel?«, wiederholte Lena.

Ich sprach schnell weiter, um meine Verlegenheit zu überspielen. »Nicht so ein ... so ein Lichtdings«, sagte ich, »sondern ein richtiger Engel. Etwas total Lebendiges, mit so viel Kraft, dass dir das Herz stehen bleibt. Einer, der dir geschickt wird, wenn du in Gefahr bist oder nicht mehr weiter weißt. Du brauchst ihn nur anzusehen, das reicht schon, dann kannst du wieder. Ich dachte, du wärest einer ... aber weißt du was? Es macht überhaupt nichts aus, dass du kein Engel bist. Das Engel-*Gefühl*, das ist immer noch da.«

Ich hielt etwas atemlos inne. Selbst in meinen eigenen Ohren klangen diese Worte seltsam – aber es stimmte, ich fühlte mich stärker, als ich je für möglich gehalten hätte, und ich hatte auch schon fast den Mut, Lena zu umarmen, einfach so! Ich konnte mich gar nicht erinnern, wann ich das letzte Mal irgendjemanden außer Mami umarmt hatte, aber Lena schien die richtige Person, es zu versuchen. Der Wunsch war plötzlich fast übermächtig, aber wie fing man so etwas an?

Lena fand – natürlich – die Zauberworte. »Ach Lilly«, sagte sie, »wenn das so ist ... kannst du mich dann nicht ein bisschen trösten?«

Wie einfach es war! Nur ein einziger kleiner Schritt, die Arme ein wenig ausbreiten, das Gesicht in Lenas weitem Mantel vergraben, ganz still dastehen und spüren, wie eine zarte Hand mir über den Kopf streicht und eine Stimme flüstert: »Lilly, mein Herz, darauf habe ich so lange gewartet.«

Die Wohnung verströmte einen eigenartigen Geruch, ein Gemisch aus vertrockneten Grünpflanzen, ungelüfteten Kleidern und angestaubten Teppichen. Anfangs war ich einmal in der Woche hier gewesen, hatte die Fenster geöffnet, die Pflanzen gegossen, allein auf der Wohnzimmercouch gesessen und sämtliche Reklamesendungen durchgeblättert. Aber mit der Zeit wurde es immer schwerer, in eine Wohnung zurückzukehren, in der man nicht mehr schlief, in der nur noch die Bruchstücke eines früheren Lebens abgestellt waren. Hin und wieder diente die Wohnung Pascal als Schlafplatz, wenn er zwischen zwei Aufträgen kurz nach Hamburg kam. Pascal konnte es nicht ertragen, Mami leiden zu sehen. Wenn er in der Stadt war, rief er mich jedes Mal an, um zu fragen, ob es Mami wirklich gut genug ging, um Besuch zu empfangen. Ich hatte sogar den leisen Verdacht, dass er in der letzten Zeit einige Male in der Wohnung übernachtet hatte, ohne sich bei uns zu melden.

Aber seine Fotos von Mami waren noch da: an den Wänden, auf dem Kaminsims, selbst im Badezimmer, von überall schaute sie uns an. Ich nehme an, dass es für Lena ein Schock war, unsere Wohnung zu betreten. Sie ging an den Bildern entlang und guckte und staunte, und ich hörte nicht ein einziges Wort von ihr, während ich in Mamis Schlafzimmer auf einen Stuhl kletterte und Bettwäsche und Handtücher aus dem obersten Schrankfach holte.

»Die Heizung wird schon warm, merkst du's?«, rief ich schließlich. »Du kannst es dir aussuchen: Möchtest du im Gästezimmer schlafen, in Mamis Zimmer oder in meinem?«

Lena erschien in der Tür. »Und du?«, fragte sie.

Ich verzog enttäuscht das Gesicht. »Ach, ich wusste doch nicht, dass du kommst. Jetzt habe ich keinen Ausgangsschein und muss im Internat schlafen.«

»Und da kann man nichts machen?«

»Gar nichts. Im Büro ist am Wochenende niemand.«

»Ach, wie schade. Na, dann nehm ich doch das Gästezimmer«, entschied Lena.

»Hier entlang bitte!« Ich tanzte beinahe vor Lena durch die Wohnung. In meinem Kopf flimmerte es; ich war todmüde und hatte gleichzeitig das Gefühl zu schweben. »Also, hier ist mein Zimmer, hier Mamis Zimmer, hier die Dunkelkammer ...«

»Welche Dunkelkammer?«, rief Lena.

»Na, die von Pascal, wenn er hier ist.« Ich knipste das Rotlicht in der Dunkelkammer an und genoss Lenas überraschten Blick. »Mamis Freund. Er hat alle Bilder gemacht, die du hier siehst. Hier werden die Fotos entwickelt. Ich hab ihm oft geholfen. Macht Spaß.«

Wir gingen ins Gästezimmer am Ende des Flurs und begannen gemeinsam das Bett zu beziehen. »Und wo ist er jetzt?«, fragte Lena. »Ich meine ...«

»Irgendwo in der Südsee. Hat's mal wieder nicht geschafft.«

Als ich erwachte, wusste ich sekundenlang nicht, wo ich mich befand. Ich lag zugedeckt in meinen Kleidern auf dem Gästebett, die Nachttischlampe brannte, weil es draußen schon dunkel war, und als ich mich aufsetzte, fühlte ich mich so erhitzt und schwindlig wie in einem Fieber. Nur langsam kehrte die Erinnerung zurück. Mami! Lena! Mein Leben ein heilloses Durcheinander, und ich war einfach eingeschlafen! Ich erinnerte mich, dass wir auf dem Bett gesessen und uns unterhalten hatten. Aber dann ...

»Hallo, mein Schatz«, sagte meine Tante fröhlich. Sie hatte ihre Beerdigungsbluse gegen einen dicken Wollpullover ausgetauscht, die Heizung herunter- und einen klassischen Radiosender angedreht und irgendwo in den verlassenen Küchenschränken eine Fertigpackung Spagetti mit Tomatensoße aufgespürt. Die blubberte nun im Kochtopf vor sich hin, während Lena den Tisch deckte: mit unserem schönsten Geschirr aus dem Wohnzimmerschrank, einem feinen Tischtuch und einer Kerze, die sie vorsichtig anzündete, bevor sie sich lächelnd zu mir umwandte. Ich sah, dass Lenas Augen nicht weniger strahlten als die Kerze. Das ist für Mami, dachte ich. Das ist unser Erinnerungsfest.

Meine Kehle zog sich zusammen. »Wo hast du das bloß alles gefunden?«, fragte ich.

»Ich kenne doch meine kleine Schwester«, erwiderte Lena verschmitzt. »Ich wusste immer, wo sie ihre Schätze aufbewahrt ...«

»Arme Mami!« Ich musste lachen.

Lena zog mit großer Geste einen der Stühle nach hinten. »Bitte!«, sagte sie.

Ich stand stumm da. Lena musste mich vor ein paar Stunden praktisch schlafen gelegt haben, hatte mir Schuhe und Mantel ausgezogen und die Bettdecke glatt gestrichen und ich bedauerte, dass ich mich an keine dieser liebevollen Berührungen erinnern konnte.

Etwas wie Sorge huschte über Lenas freundliches Gesicht. »Was ist denn?«, fragte sie. »Ist dir das zu ...«

»Nein, nein.« Ich stieß mich vom Türrahmen ab und kam verlegen an den Tisch. »Das ist schön, wirklich ... ich bin nur so furchtbar müde. Mein Kopf ist wie ein Luftballon, da ist gar nichts drin, ich kann überhaupt nicht denken ...«

Lena schob mir den Stuhl zurecht, verschränkte von hinten

die Arme über meiner Brust und legte ihre weiche, kühle Wange an meine Stirn. So verharrte sie eine ganze Weile. »Du bist viel zu tapfer, Lilly«, sagte sie, bevor sie mich wieder losließ und zum Herd zurückkehrte.

Ich weiß nicht, wo genau es angefangen hat – dort in der Küche zwischen Kerzen und Spagetti, auf dem Friedhof oder in jenem unvergesslichen Moment in der Kirche. Ich weiß nur, dass es ausgerechnet der Tag der Beerdigung meiner Mutter war, an dem ich erstmals seit langer Zeit wieder diesen kleinen inneren Luftsprung verspürte, diese Alles-wird-gut-Leichtigkeit, die die Menschen Hoffnung nennen.

»Kneif mal die Augen ein bisschen zu«, sagte Lena. »So, dass du ein bisschen verschwommen siehst.«

Ich kniff die Augen zu. Wir standen auf dem Balkon, es war sehr still und ich hörte, wie die U-Bahn sich entfernte, die eben noch hell erleuchtet den Isekanal überquert hatte. »Jetzt stell dir ein leises Plätschern vor von einem kleinen Bach. Dann kannst du fast meinen, du wärst bei uns«, meinte Lena.

»Wirklich?« Ich blinzelte zu Lena und bemerkte, dass sie sich ganz darauf konzentrierte. Wir standen beide mit halb zugekniffenen Augen im Dunkeln und starrten in die Gegend. Ich konnte mich nicht erinnern, jemals so etwas gemacht zu haben.

»Ja, ja, es ist ganz ähnlich!«, bestätigte meine Tante. »Das Licht hinter den Fenstern, die Straßenlaternen, der Schatten der hohen Bäume ... lange Reihen hoher alter Häuser ... dunkle Hinterhöfe, in denen die Katzen auf die Jagd gehen ... ab und zu hörst du ein Auto über das Kopfsteinpflaster rumpeln … und jetzt machst du die Augen wieder auf. Peng!« Sie lachte ihr fröhliches, tiefes Lachen. »Plötzlich ist alles wie verzaubert! Funkelnagelneu!«

»Hast du nie daran gedacht, zu türmen?«

»Warum sollte ich?«, meinte Lena. »Das ist doch mein Zuhause. Und dass einem immer alles gefällt … das gibt's doch sowieso nicht.«

»Und du wohnst sogar noch im selben Haus wie früher!«

»Mein ganzes Leben. Erst mit den Eltern, dann Rita und ich, und jetzt mit meiner eigenen Familie. Manchmal sehe ich richtig Gespenster. Dann bin ich wieder zwanzig und sehe Paps am Küchentisch sitzen. Oder meine kleine Schwester schimpft über den Hausaufgaben und ich merke, hoppla, das ist ja meine Tochter!« Lena schüttelte den Kopf. »Als wäre die Zeit stehen geblieben.«

»Wenn es doch so wäre«, murmelte ich.

Wir schwiegen eine Weile. Ich dachte erst, Lena hätte mich gar nicht gehört. Dann fragte sie: »Wo würdest du sie denn anhalten?«

»Ich weiß nicht genau. Bevor Mami krank wurde. Aber vielleicht auch … gerade jetzt.« Ich warf Lena einen scheuen Blick zu. Sie streckte die Hand aus und berührte ganz leicht meine Wange. Dabei sah sie mich wieder mit diesem traurigen, zärtlichen Blick an, der mich schon in der Kirche getroffen hatte.

»Mami ist einfach immer weniger geworden«, hörte ich mich leise sagen. »Ihr Handgelenk war so dünn wie meins, und ihr Gesicht … grau und ganz faltig. Ich bin jeden Nachmittag hingefahren. Dann haben wir darüber geredet, wie schön wir es uns machen, wenn sie wieder gesund ist. Nur ... irgendwann hörte sie auf zu hoffen. Das hab ich genau gemerkt. Und von ihren Freunden kam auch keiner mehr.«

»Pascal ...?«, fragte sie leise.

»Pascal kann es nicht ertragen, wenn Schönheit zerstört wird. Das lähmt ihn, sagt er. Er ist wenigstens ehrlich. Alle anderen lähmt es auch, aber sie geben es nicht zu und denken, du merkst es nicht.«

Ein Hupen ertönte, wir zuckten beide zusammen. Ich beugte mich vor und spähte hinunter. »Das Taxi ist da!«

Ich war fast ein wenig erleichtert. Das Hupen hatte mich in die Gegenwart zurückgeholt; ich weiß nicht, was ich Lena sonst noch alles von uns erzählt hätte. Es war ein seltsames, fast unheimliches Gefühl: diese Vertrautheit mit einem Menschen, den ich erst vor wenigen Stunden zum ersten Mal gesehen hatte. Dabei gehöre ich gar nicht zu denen, die leicht Freundschaft schließen oder sich anderen anvertrauen. Ich hatte so etwas noch nie erlebt. Es zog mich an und machte mir gleichzeitig Angst. Ich hatte es fast ein bisschen eilig, von Lena wegzukommen.

Aber im Taxi, als ich durchs Rückfenster sah, wie sie winkte und immer kleiner wurde, während ich wegfuhr, überfiel mich eine solche Verlassenheit, dass ich in Tränen ausbrach. Ich konnte gar nicht mehr aufhören zu weinen. Ich weinte den ganzen Weg bis Poppenbüttel. Der Taxifahrer reichte Papiertaschentücher nach hinten und redete tröstend auf mich ein, aber ich hörte nicht ein Wort von dem, was er sagte.

6

Später habe ich erfahren, was in dieser Nacht noch passiert ist – wie Pascal zu später Stunde vom Flughafen nach Hause kam und merkte, dass jemand in der Wohnung war, und wie sie einander fast zu Tode erschreckten. Pascal behauptet, dass Lena gellender geschrien habe als eine Dampfpfeife. Sie behauptet, das habe nicht annähernd gereicht, um ihn zu übertönen. Die beiden mögen sich und necken sich gern und haben einander diese Nacht nach Mamis Beerdigung nicht vergessen, in der sie, die beiden Wildfremden, bis in die Morgenstunden hinein Erinnerungen austauschten, miteinander weinten und sich gegenseitig trösteten.

Und als ich am nächsten Morgen erwartungsvoll in die Küche kam – Radiomusik und Kaffeeduft drangen schon durch die Tür –, stand er gerade an der Anrichte und zupfte eine gelbe Serviette auf einem Frühstückstablett zurecht. »Pascal?«, fragte ich völlig überrascht – nicht nur, weil ich Lena erwartet hatte, sondern auch, weil ich Pascal noch nie etwas Derartiges hatte tun sehen.

»Hallo, Lilly!«, sagte Pascal ertappt. Er stopfte die Serviette hastig in die Kaffeetasse, kam auf mich zu und küsste mich zaghaft rechts, links, rechts auf die Wangen.

»Wann bist du denn angekommen?«, fragte ich. Es klang vorwurfsvoll, obwohl ich das gar nicht beabsichtigt hatte.

»Gestern Nacht«, erwiderte Pascal schuldbewusst. »Mein Flug ... tja ...«

Wir waren beide befangen. Ich weiß noch, dass ich wie ein Kind mit dem Zeigefinger auf dem Küchentisch malte. »Tut mir Leid, dass ich es nicht mehr rechtzeitig geschafft habe«, sagte Pascal lahm.

Das Schweigen begann bereits auf uns zu lasten. Rasch nahm er das Tablett und drückte es mir in die Hand. »Hier, sieh doch mal nach unserem Gast!«

Aus der Gästebettecke drang kein Laut, als ich mit dem rechten Arm die Türklinke herunterdrückte und erwartungsvoll das Zimmer betrat. Ich stellte das Frühstückstablett im Halbdunkeln auf den Nachttisch, ging zum Fenster und zog die Rollladen hoch. Es wurde laut, es wurde hell. Lena seufzte und schlief weiter.

»Lena kann immer und überall schlafen«, hörte ich plötzlich die Stimme meiner Mutter so deutlich, als stünde sie direkt neben mir. Es dauerte einen Augenblick, bis ich begriff, dass es meine Erinnerung war. »Wie ich sie beneidet habe! Auf jeder elend langen Fahrt in den Urlaub, im Zelt, wenn der Regen durchtropfte, oben auf dem Heuwagen beim Ernteeinsatz ...«

... oder in einem verbotenen Land, in das sie noch nie einen Fuß hat setzen dürfen, ging es mir durch den Kopf. Wie mochte sich Lena unter uns fühlen? Traurig? Neidisch? Misstrauisch? Fremd?

Ich hoffte, dass sie froh war, hier bei mir zu sein – aber wie konnte sie froh sein, da sie doch wieder zurückmusste hinter den »Eisernen Vorhang«?

Ich trat einen Schritt näher heran, um meine Tante zu betrachten. Aber wie in einer Vision sah ich plötzlich gar nicht sie, sondern Mami dort liegen. Wie oft hatte ich so an Mamis Krankenbett gestanden und sie einfach angeschaut, während sie schlief! Schnell vertrieb ich das Bild, goss etwas Kaffee in die Tasse und wedelte Lena damit vor der Nase herum.

Lena schlug sofort die Augen auf. »Eduscho?«, fragte sie begierig.

»Du warst ja doch wach!«, rief ich.

Lena lachte. »Ich war mir nicht ganz sicher. Ich dachte, ich träume! Seit meiner Hochzeitsreise hat mir niemand mehr das Frühstück ans Bett gebracht! Wie spät ist es denn?«

»Gleich neun.«

»Was? Das kann nicht wahr sein!« Lena setzte sich auf, ich drückte ihr das Tablett in die Hand. »Ach, Herzchen«, sagte meine Tante. »Das hast du ja wirklich schön gemacht. Aber ich dachte eigentlich, wir würden zusammen frühstücken.«

»Dachte ich auch. Das hier ist von Pascal.«

»Nee …!«, sagte Lena völlig verblüfft.

Wir sahen uns an und brachen gleichzeitig in unterdrücktes Gekicher aus. Schuldbewusst schaute Lena zur Tür, aber Pascal ließ sich nicht blicken. »Ich zieh mich schnell an. Halt mal!«

Sie gab mir das Tablett, schlüpfte aus dem Bett und tappte zu der Stelle hinüber, wo sie den Inhalt ihrer Reisetasche ausgebreitet hatte.

Sie trug einen weiten karierten Pyjama, der genauso gut Onkel Rolf hätte gehören können, und ich musste daran denken, was Mami dazu gesagt hätte. Mami hatte ihr ganzes Leben gegen ein vermeintliches Gewichtsproblem gekämpft, vor jedem Fotoshooting rigoros gehungert und war mit ihrem Aussehen dennoch nie zufrieden gewesen. Und vielleicht war sie aus demselben Grund auch ziemlich ungnädig mit dem Erscheinungsbild anderer Frauen umgegangen. »Gerade noch schlank« – mit dieser spitzen Bemerkung hätte sie Lena jetzt vermutlich bedacht, deren zeltartiges Nachtgewand anheimelnde weibliche Rundungen umhüllte. Im Gegensatz zu Mami machte Lena allerdings den Eindruck, als ob sie mit ihrem Äußeren völlig zufrieden war, und es störte sie auch nicht, dass ich sie betrachtete. Ich wurde ein bisschen rot, als unsere Blicke sich begegneten, denn ich fand sie richtig schön.

»Ich nehme an«, sagte sie augenzwinkernd, »Pascal ist den Anblick von Frauen im Schlafanzug gewöhnt.«

»Eher nicht«, bekannte ich. »Mami schlief nackt.«

Lena riss die Augen auf. Sie wankte rückwärts gegen die Tür, schlug die Hand vor den Mund und klagte mit tiefer Stimme: »Riiita ...!«, bevor sie in gespieltem Entsetzen in den Flur floh. Das Tablett auf den Knien, ließ ich mich lachend rücklings aufs Bett fallen.

Wie dumm es von mir gewesen war, zu glauben, dass Lena sich von den äußeren Umständen niederschmettern ließ! Das Einzige, was zählte, war, dass wir einander gefunden hatten.

Manchmal ist es ja so, dass man sich jedes Detail eines besonderen Tages genau einzuprägen versucht, um sich später für immer daran zu erinnern. Aber meistens gelingt das nicht. Auch mir blieben – außer dem *Gefühl* dieses ersten Adventssonntags – nur so vereinzelte Erinnerungen im Gedächtnis, dass es mir später schwer fiel, die vielen Fotos, die Pascal gemacht hatte, meinen eigenen inneren Bildern zuzuordnen.

Ich erinnere mich an Mamis verstaubten BMW, den wir mit vereinten Kräften aus der Tiefgarage schoben, und an Lenas kindliches Entzücken, als der Wagen endlich ansprang und sie zum ersten Mal in ihrem Leben über 200 PS herrschte. In Pascals gefütterter Lederkappe sah sie aus wie ein weiblicher Charles Lindbergh, und dessen Triumphgefühl über dem Atlantik kann kaum größer gewesen sein als das von Lena auf der Elbchaussee. »Haben wir Winterreifen drauf? Haben wir Winterreifen drauf?«, fragte Pascal die ganze Zeit.

Ich saß hinten und hielt den Drachen. Das ist alles ein Traum, dachte ich. Siehst du uns zu, Mami?

Am Strand von Blankenese war es so eiskalt und windig, dass wir ihn ganz für uns hatten. Lena und ich plagten uns mit dem Drachen ab, aber als wir ihn endlich oben hatten, wurde uns innerhalb kürzester Zeit so kalt, dass wir ihn wieder einholten. Ich schlüpfte mit unter Lenas weiten Capemantel und sie hielt mich ganz fest umarmt, während wir zum Leuchtturm marschierten. Pascal versuchte mit uns Schritt zu halten, während er fotografierte. Normalerweise hasse ich diese Knipserei, aber diesmal störte es mich gar nicht. Eigentlich merkte ich nicht einmal, dass Pascal überhaupt da war.

Zum Mittagessen gingen wir in ein kleines gemütliches Fischrestaurant in Blankenese. »Gibt es so etwas bei euch auch?«, fragte ich Lena, die mir gegenübersaß.

»Du meinst Gaststätten?« Sie nippte an ihrem Wein und schmunzelte. »Aber natürlich! Das Angebot ist ungefähr so groß –«, sie zeigte mit zwei Fingern die Größe eines Zuckerwürfels, »denn wenn etwas auf der Speisekarte steht, heißt es nicht, dass es das auch wirklich gibt. Aber natürlich haben wir Gaststätten!«

Ich wurde verlegen. »Entschuldigung. War 'ne blöde Frage.«

»Rita hat dir wohl nicht viel von uns erzählt?«, fragte Lena zurück.

»Doch, klar«, erwiderte ich schnell. Plötzlich standen mir die Abende auf der Terrasse in der Lüneburger Heide vor Augen und ich fügte ein wenig herausfordernd hinzu: »Ich weiß eine ganze Menge über dich.«

»So? Was denn?«

»Zum Beispiel dass du und Mami zusammen gewohnt habt, nachdem eure Eltern verunglückt waren«, sagte ich triumphierend, »dass ihr verbotene Bücher gelesen habt, bis Rudi mit der Mütze verpfiffen wurde, und dass du um ein Haar gar nicht Onkel Rolf geheiratet hättest, sondern einen Erfinder namens Bernd. Ihr habt zusammen studiert und wart sogar richtige …« Ich sah kurz nach rechts und links, beugte mich vor und raunte: »*Kommunisten!*«

Lena lehnte sich zurück und lachte. Pascal sah mich strafend an. »So schlimm ist das doch auch wieder nicht, oder?«, fragte ich bestürzt.

Lena griff über den Tisch nach meiner Hand. »Weißt du, Lilly«, sagte sie, »im Grunde wünscht sich die ganze Welt dasselbe: Frieden und dass es allen gut geht. Leider hat diesen Zustand noch niemand erreicht, und solange das so ist, werden die Menschen immer weiter streiten, was der beste Weg sein könnte.«

»Siehst du«, sagte ich vorwurfsvoll zu Pascal.

Lena grinste mich an. Sie hat ein unschlagbares Grinsen, beinahe von Ohr zu Ohr. »Und willst du auch wissen, was ich über dich weiß?«, fragte sie.

»Na klar!«

»Hm. Du magst Sport und Französisch und fährst im Winter in den Skiurlaub, du gehst gern ins Kino und liebst Gummibärchen, aber Rauchen und Motorräder magst du überhaupt nicht. Und ... du hast einen Hamster namens Elvis.«

»Nicht mehr – den durfte ich nicht ins Internat mitnehmen. Aber sonst stimmt alles haargenau! Ist es nicht toll, dass Lena und ich so viel voneinander wissen, ohne dass wir uns je getroffen haben?«, fragte ich Pascal.

»Na, so viel auch wieder nicht«, erwiderte er ein wenig verdrießlich und warf Lena einen vielsagenden Blick zu.

»Du Miesmuffel«, sagte sie sanft.

Am frühen Nachmittag fuhren wir in die Stadt zurück. In der Petrikirche gab es ein Adventskonzert, und ich schloss die Augen und kuschelte mich in Lenas Arm, während wir zuhörten. Als wir aus der Kirche traten, war es draußen bereits dunkel und ich tappte eine Weile ganz benommen an Lenas Hand über den Weihnachtsmarkt und kam mir vor, als wäre ich wieder fünf Jahre alt. Es war ein schönes Gefühl.

Leider währte es nicht lange.

»Der wäre was für unsere Katrin!«, meinte Lena, als sie an einem Stand einen Hut probierte, und ich stand eine Weile stumm und eifersüchtig dabei, während Pascal und Lena diskutierten, ob er ihr den Hut kaufen durfte. Lenas Katrin und Lenas Till hatte ich ganz vergessen. Vielleicht konnte Lena es kaum abwarten, dass sie morgen wieder zu ihren eigenen Kindern zurückkam ... Ich wandte mich ab und ging allein weiter und hatte ein kleines Gefühl der Genugtuung, weil Lena und Pascal fast eine Viertelstunde besorgt nach mir suchten.

Zum Schluss schlenderten wir schweigend am Alsterufer entlang, während die Kinoreklamen hinter uns glitzerten. Es war spät geworden, weil niemand von uns wusste, wie man den Tag am besten beschließen konnte: unseren einzigen gemeinsamen Tag, bevor Lena wieder für alle Zeiten hinter ihrem Zaun verschwand. Ich war traurig und wollte am liebsten gar nichts mehr sagen, aber es störte mich sehr, dass meine Tante ab und zu kleine Steine aufhob und ins Wasser warf. »Was machst du da?«, fragte ich schließlich etwas unwillig.

»Steinchen werfen«, entgegnete Lena. »Machst du das nie?«

»Macht mir keinen Spaß«, brummte ich. »Meine hüpfen nicht.«

»Brauchen sie doch auch nicht«, meinte Lena und blieb stehen. Sie streckte ihre Hand aus, auf der ein kleiner dunkler Stein lag. »Hier, schau dir diesen Stein mal an. Nimm ihn in die Hand.«

Sie zog mir den Handschuh aus und legte den Stein in meine Hand. »Na und?«, fragte ich verständnislos.

»Lilly, das ist Geschichte, was du da in der Hand hast! Was glaubst du, was dieser kleine Stein schon alles gesehen hat, wo er überall war, bevor er in deiner Hand gelandet ist! Und was passiert wohl, wenn du ihn ins Wasser wirfst?«

Lena sah mich erwartungsvoll an. »Er ist weg?«, bot ich an.

»Nein, ist er nicht. Er ist nur woanders.«

Der Stein fühlte sich kalt, glatt und rund an. Ich betrachtete ihn verblüfft. »Na, was hältst du davon?«, fragte Lena.

Ich hörte den Fluss leise plätschern. Irgendwo hupte ein Auto. »Ich glaube, ich würde ihn lieber behalten«, sagte ich.

»Das kannst du natürlich auch!«, meinte Lena leichthin. »Ich persönlich werfe meine lieber hinein. Es kann ganz schön spannend sein, wenn man plötzlich gezwungen ist, etwas ganz anderes zu machen. Dieser Stein landet jetzt tief unten auf dem Grund des Flusses ...«

Sie warf einen Stein ins Wasser. Es machte leise *plopp*, wir lauschten ihm hinterher und ich konnte beinahe hören, wie er unten ankam. »Und jetzt?«, fragte ich verblüfft.

Lena schüttelte sich. »Brrr, ist das kalt!« Beide Arme nach vorn gestreckt, tastete sie sich blind auf mich zu. Ich hatte noch nie einen Menschen in die Rolle eines Steins schlüpfen sehen und rechnete halb damit, dass sie uns beide nur um der Erfahrung willen ins eiskalte Wasser stürzte. Vorsichtshalber trat ich einen Schritt zurück.

»Ich sehe ja gar nichts!«, klagte meine Tante. »Na, dann muss ich es irgendwie anders anfangen, fühlen kann ich ja schließlich noch. – Nanu, was ist denn das? Da kommt ja ein Fisch!«

Ehe ich mich versah, wurde ich gepackt, blitzschnell gedreht und von hinten fest umschlungen. »Der Fisch nimmt mich ins Maul und trägt mich davon! He, was soll das?« Ich wehrte mich, kichernd vor Schreck und Wonne, während Lena mich fortschleppte. Lena ist ziemlich klein, und ich bin immer überrascht, wie viel Kraft sie hat. Ich steckte wie in einem Schraubstock. »Wo bringt er mich denn hin?«, protestierte Lena.

Wir blieben stehen. »Wohin denn?«, fragte ich. Ich spürte Lenas Wange an meinem Haar.

»Das kann man nie wissen«, sagte meine Tante sanft. »Das ist ja das große Abenteuer! Wenn du etwas loslässt, weißt du vorher nie, was du dafür zurückbekommst. Du kannst nur sicher sein, dass sich etwas verändert, dass der Stein wieder ins Rollen kommt, so dunkel es auch scheinen mag …«

»Lena«, flüsterte ich, »glaubst du an Gott?«

Kleine Wellen rollten murmelnd zwischen den Lichtern davon, die die Stadt aufs Wasser zauberte.

»Ich glaube an die Sehnsucht nach Gott«, flüsterte Lena. »Und an das oder den, der uns diese Sehnsucht ins Herz legt. Vielleicht ist das Gott?«

Kühl und glatt lag der Stein in meiner Hand, als ich die Finger fest darum schloss. Ringe überzogen die glitzernde Wasseroberfläche, als er in die fremde Welt fiel, dann war alles still.

Hinter dem Fenster sausten beleuchtete Schaufenster und Kinoreklamen vorbei. Die Ampeln standen auf Grün. Das Internat war fast dunkel, Pascal schaltete Motor und Scheinwerfer aus. »Na dann«, sagte ich und öffnete die Tür.

Ich hatte diesen Moment den ganzen Tag gefürchtet, doch jetzt war ich beinahe froh, dass er sich nicht mehr aufschieben ließ, dass er schon fast hinter mir lag. »Ich bring dich noch rein«, sagte Lena und stieg mit mir aus.

»Brauchst du nicht.« Ich blieb stehen. Ein kleiner fester Knoten steckte in meiner Brust und regte sich nicht mehr. Er ließ meine Stimme kühl klingen, obwohl ich es gar nicht so meinte.

»Ich mach's aber gern«, erwiderte Lena.

Es klang fragend, sie hatte schon verstanden. Ich hielt ihr die Hand hin. »Nein, wirklich, ich sag lieber hier Tschüss.«

Ich war wie ein Brett, als Lena mich in den Arm nahm. Dabei hätte ich ihr so gern etwas Unvergessliches gesagt. »Wann geht dein Zug?«, fragte ich in ihren Mantel hinein.

»Um elf. Denk an mich, ja?«

Lena ließ mich wieder los. »Komm bald wieder«, brachte ich heraus.

»Ich versuch's.« Lena konnte sprechen, ohne die Lippen zu bewegen.

»Ich ruf dich an!«, rief Pascal mir nach, als ich auf das Internat zuging.

Ich hörte, ahnte vielmehr, wie Lena mit ganz fremder Stimme »Verdammt, verdammt, verdammt!« in meinen Rücken sagte.

Die Nachtpförtnerin schaute Fernsehen.

7

Marion Bach hatte sich die Haare nicht gewaschen. Links und rechts fielen kleine weiße Flocken auf ihre Schultern, während sie, nach vorne gebeugt, ruckartig Miss Schnitzlers berüchtigtem Diktattempo zu folgen versuchte. Marions Schuppen waren mir, die ich in der Klasse hinter ihr saß, schon früher aufgefallen; noch nie hatte ich Anstoß daran genommen. Aber an diesem Morgen konnte ich einen ungewöhnlich klaren Blick in mein so genanntes zukünftiges Leben tun. Ich konnte nichts erkennen, was die Bezeichnung »Leben« überhaupt rechtfertigte, nichts, wofür es sich lohnte, zu schlafen und aufzustehen, sich an- und auszuziehen, zu essen und erwachsen zu werden. Die fremden Haare, die ich morgens in der Dusche gefunden hatte, der verklebte Löffel in der Frühstücksmarmelade und Miss Schnitzlers affektiertes »th«, bei dem sie wie eine Viper vor sich hin züngelte, vereinten sich mit den Schuppen der armen Marion zu einer dunklen Wolke, die sich drohend über mir zusammenbraute.

»Having taken the dog to the veterinarian …«, Miss Schnitzler riss die Augen bei jeder zweiten Silbe weit auf, »Harold drove back to his house. Full stop.«

Full stop … Ich hatte nicht zugehört, was die Lehrerin diktierte. Mein Füller bewegte sich automatisch über das Blatt, und als ich später nachsah, was ich geschrieben hatte, stand dort: NEIN NEIN NEIN NEIN, viele Male hintereinander in Großbuchstaben. Aber *Full stop*, das war das Wort, mit dem ich im Nebel zusammenstieß.

»His wife had already removed the carpet. Full stop.«

Miss Schnitzler bewegte sich mit rezitatorischem Schwanken im Mittelgang hin und her. Jetzt war sie an mir vorbei und gab den Blick frei auf die Wanduhr. Zehn Uhr zweiundzwanzig.

»The floor looked blank ...«

Ich hörte auf zu schreiben. In meinem Ohr war ein Geräusch, eigentlich nur ein leises nervöses Summen, aber es klang wie ein Nebelhorn. Da war ein Schiff. Zehn Uhr vierundzwanzig.

»And the entire house seemed very sad without the dog. Full stop."

Zweiunddreißig Mädchen und die Lehrerin zuckten zusammen, als mein Stuhl polternd nach hinten fiel. Der Füller rollte über den Tisch, das Heft stürzte über die Klippe. Ich stürmte aus der Klasse und rannte buchstäblich um mein Leben.

»Lilly! Return to your seat at once!«

Die Tür knallte ins Schloss. Im Schutz der allgemeinen Verblüffung beugte sich Meggi verstohlen in den Gang, um mein Heft aufzuheben. NEIN NEIN NEIN NEIN stand da, und Meggi klappte das Heft schnell zu, ehe die Schnitzler es sehen konnte.

Das einzige nicht abgeschlossene Fahrrad im Fahrradständer war zwei Nummern zu groß, der Rahmen klapperte und die Kette schleifte, aber die Klingel funktionierte ausgezeichnet.

Wie auf Knopfdruck sprangen Menschen aus dem Weg, als ich durch den Bahnhof brauste. Die Anzeigetafel verriet mir, was ich wissen musste: Der Zug war noch da, es war noch nicht zu spät.

»Tante Lena!«, schrie ich über das Gleis.

Der erste richtige Hilferuf meines Lebens quietschte dünn heraus, weil ich so außer Atem war. Lena und Pascal gingen bereits am Zug entlang, die Reisetasche zwischen sich, ganz weit hinten auf dem Bahnsteig, und es war eigentlich unmöglich, dass mein kraftloses Piepsen bis zu ihnen drang. Es muss ein familiärer sechster Sinn gewesen sein, der Lena anhalten und sich umdrehen ließ.

Da war ich schon fast bei ihr. Nie werde ich Lenas Augen vergessen, als das Rad zu Boden schepperte und ich ihr weinend in die Arme flog.

»Ich will mit! Lass mich nicht hier!«

»Lilly! Oh nein, das darf nicht wahr sein!«

Die Umarmung war dieselbe, aber war das wirklich Lenas Stimme? Konnte Lena so ratlos und erschrocken klingen? »Bitte, Herzchen, das kann ich doch nicht, das darf ich doch gar nicht!«

Der Zugführer pfiff. Ich blickte auf und schaute Lena an und konnte nicht glauben, was ich sah.

Von hinten riss Pascal an meiner Schulter, meinen Armen. »Lilly, sei doch vernünftig. Komm, mein Mädchen, ich bin doch auch noch da.«

Eine nicht gekannte Woge des Zorns schlug über mir zusammen, erfüllte mich heiß bis in die Fingerspitzen und machte sich in einem Gebrüll Luft. »Wieso kannst du nicht?«, schrie ich Lena ins Gesicht. »Du bist meine Familie! Du kannst doch jetzt nicht einfach wegfahren!«

Der Zugführer pfiff nochmals, dann kam er zu uns hinüber. Lena wirkte wie erstarrt, als die beiden Männer an mir herumzerrten. Ich wollte ihr den Mantel zerreißen, mit beiden Händen das Gesicht zerkratzen, das mich verriet, das mir nicht half. Ein Gewirr von Armen war um mich herum.

»Lilly, jetzt ist es gut!« Pascal war peinlich berührt. »Der Zug fährt ab! Was glaubst du, was für Schwierigkeiten Lena bekommt, wenn sie den Zug verpasst!«

»So ein großes Mädchen«, sagte der Zugführer. »Jetzt lass die Mama schon fahren.«

Ich ließ los, doch ich konnte nicht verhindern, dass ich laut zu schluchzen anfing, als Lena in den Zug stieg, dass mein Herz zu zerspringen schien, als der Zug anfuhr und Lena hilflos aus dem Fenster sah, ein weißer Fleck, der sich entfernte.

Rings um uns waren einige Leute stehen geblieben, die jetzt den Blick senkten und weitergingen, ohne etwas zu sagen. Nur ein sehr alter Mann stieß fest seinen Gehstock auf den Boden, als er an uns vorbeikam, und sagte zwischen den Zähnen: »Verdammte Sauerei!«

Ich weiß nicht, wen der alte Mann in den Zug über die Grenze gesetzt hatte. Aber plötzlich hatte ich das Gefühl, in einem Meer von Tränen zu versinken.

In den nächsten Tagen und Wochen konnte ich kaum verstehen, was mit mir geschah. Trauer, Zorn, Sehnsucht – all diese widerstreitenden Gefühle wechselten sich ständig in mir ab, bis sie zu einer inneren Unruhe geworden waren, die ich fast nicht mehr aushielt. Ich konnte nicht sagen, wen von beiden ich mehr vermisste: Mami oder Lena. Die Erinnerung an Lenas Lachen, ihre warme Stimme, ihre liebevolle Umarmung löste größere Sehnsucht in mir aus, vielleicht weil es so lange her war, dass ich mit meiner Mutter ähnlich glücklich gewesen war. Andererseits waren es Mamis Fotos, die ich wie unter Zwang immer wieder ansah. Die beiden verschwammen für mich allmählich zu einer einzigen Person. Manchmal fragte ich mich, ob ich im Begriff war, verrückt zu werden.

Am schlimmsten waren die Nachmittage, wenn ich nicht mehr wie gewohnt ins Krankenhaus fuhr. »Warum schaust du eigentlich dauernd auf die Uhr?«, fragte mich Meggi einmal irritiert. Sie war zu dem Zeitpunkt schon meine Freundin, aber ihr zu erklären, dass der Busfahrplan von Poppenbüttel zur Uniklinik immer noch wie ein Fernschreiber in meinem Kopf ratterte – das wagte ich nun doch nicht.

Ich erzählte ihr auch nichts von meinen abendlichen Spaziergängen, von der Siedlung, in der ich »Lenas Haus« gefunden hatte. So nannte ich es: Lenas Haus. Eigentlich war nichts Besonderes daran, es war irgendein altes Haus. Aber an jenem ersten Abend, als ich über die Straße darauf zuging, ganz versunken in die üblichen traurigen Gedanken vor dem Zubettgehen, hatte hinter einem der Fenster ein Licht gebrannt. Ich hatte ohne zu überlegen die Augen zu Schlitzen zusammengekniffen, wie mit Lena auf unserem Balkon, war langsam weitergegangen ... und konnte plötzlich spüren, wie sich ein warmes Glücksgefühl in mir ausbreitete. Seitdem stahl ich mich jeden Abend noch einmal hinaus, lief die paar hundert Meter zur Siedlung hinüber und schaute nach, ob das Licht brannte. Ich hatte überhaupt keine Probleme, mir vorzustellen, dass es Lena war, die dort oben hinter dem erleuchteten Fenster wohnte. Ich musste mich zusammenreißen, um nicht die Hand nach der Klingel auszustrecken. Manchmal weinte ich auf dem Weg nach Hause, manchmal war ich getröstet.

War ich mit anderen zusammen, war alles wie früher – obwohl meine Klassenkameradinnen eine Zeit lang sehr vorsichtig mit mir umgingen und sich nicht einmal trauten, mich beim Völkerball abzuwerfen. Aber niemand erwähnte meine Mutter und ich war froh, wenigstens zwischendurch so tun zu können, als ob alles, so wie es war, völlig normal wäre. Es war mir jedenfalls sehr recht, dass kein Mensch in meiner Umgebung eine Vorstellung davon hatte, was in mir vorging, wenn ich allein war.

In der ganzen Zeit erhielt ich von Lena keine einzige Zeile. Später erfuhr ich, dass sie etliche Briefe angefangen und wieder zerrissen hatte, weil sie einfach keine Worte an mich fand. Unser Abschied auf dem Bahnhof ging ihr nicht aus dem Kopf und sie hatte das Gefühl, mich furchtbar enttäuscht zu haben. Sicher hätte es sie beruhigt zu wissen, dass ich gar nicht mehr daran dachte, dass ich auch nicht einen Augenblick befürchtete, sie hätte mich vergessen. Ich habe von Anfang an nicht daran gezweifelt, dass sie mich ebenfalls liebte und dass sie unter der Trennung genauso litt wie ich.

Ich glaube, den Verlust meiner Mutter werde ich mein Leben lang spüren, auch wenn ich mich natürlich längst damit abgefunden habe. Aber wenn man einen Menschen verliert, der noch lebt, ist es etwas anderes. Man wird immer versuchen, ihn wiederzufinden. Man findet sich nie damit ab.

8

Meine Freundin Meggi hat Sommersprossen, blaue Augen und blonde Wuschellocken, die ihr bis tief in den Rücken fallen und dort fast ununterbrochen wippen, denn Meggi ist die meiste Zeit in Bewegung.

Sie quasselt und lacht ununterbrochen und ab und zu wird man von ihren fröhlich fuchtelnden Händen getroffen. Meggi trug weite Latzhosen, schon lange bevor diese in Mode kamen, und es war ihr schnuppe, wenn andere sich darüber den Mund zerrissen. Denn Meggi ist so hübsch, dass sie selbst in einen Jutesack gehüllt den Rest der Klasse in den Schatten gestellt hätte, und auch die, die sie nicht leiden konnten, wären eigentlich lieber mit ihr befreundet gewesen.

Warum sie sich damals ausgerechnet mich ausgesucht hat, kann ich nicht sagen. An dem traurigen Nachmittag von Lenas Heimfahrt stand sie schüchtern vor meiner Zimmertür, hielt mir meine auf der Flucht verlorenen Englischsachen hin und sagte: »Hi. Ich bring deine Englischsachen.«

Pascal hatte mich ins Internat zurückgefahren, damit ich etwas zu essen bekam. Abzüge seiner Fotos vom Wochenende hatte er mir auch mitgegeben und ich war gerade damit beschäftigt, zwei oder drei für meine Pinnwand auszusuchen, die bis auf einen Stundenplan noch völlig leer an der Wand hing. Meggi drückte sich an mir vorbei ins Zimmer, sah sich nicht um – die kleinen Kästen, in denen wir wohnten, sahen alle gleich aus – und sagte: »Die Schnitzler ist fast ausgeflippt. Wo wolltest du denn hin?«

Ich legte Schulheft und Mäppchen auf den Schreibtisch und starrte mit dem Rücken zu Meggi aus dem Fenster. Draußen strebten einige glückliche Lehrerinnen, die nicht im Internat wohnten, nach Hause.

»In die DDR«, sagte ich.

»Auf'm Fahrrad?«, staunte Meggi hinter mir.

Ich drehte mich um. »Hat ja auch nicht geklappt.«

Auf Meggis Stirn erschien eine kleine Sorgenfalte. »Lilly, geht's dir nicht gut oder so was?«

»War nur 'n Scherz«, behauptete ich. »Willst du dich nicht setzen?«

Wir setzten uns aufs Bett und sahen einander verlegen an. »Also, hm ... tja«, bemerkte ich.

Meggi holte tief Luft. »Ich hatte Geigenstunde und dachte ich komme einfach mal vorbei findest du es nicht auch ganz schön eng hier was machst du gerade?«, fragte sie ohne Punkt und Komma.

Ich griff im Sitzen nach den Fotos, die auf meinem Schreibtisch lagen, und Meggi stürzte sich erleichtert darauf. »Die sind ja super! Professionell, oder? Woher hast du die?«

»Der Fotograf ist ein guter Freund von mir.«

Ich war mir keineswegs sicher, ob dies auf Pascal wirklich zutraf. Aber auf Meggi verfehlten die Worte ihre Wirkung nicht. »Solche Leute kennst du? Toll!«, meinte sie bewundernd. Dann sah sie auf das oberste Foto und bemerkte: »Und die? Die kenne ich doch. Die war auf der Beerdigung.«

Beim Wort Beerdigung zuckte sie leicht zusammen und ließ einen schnellen Blick über mich huschen, als wolle sie um Verzeihung dafür bitten, dass es ihr entschlüpft war. Ich nahm ihr das Foto aus der Hand. »Meine Tante Lena. Mamis Schwester.«

Pascal hatte das Bild am Elbufer auf der Terrasse von Baurs Park gemacht. Lena und ich lehnten oben über der Mauer und blickten zu ihm hinunter, unsere Arme berührten sich und unsere Haare wehte der Wind ineinander, sodass man kaum noch unterscheiden konnte, welche der fliegenden Strähnen zu wem gehörten …

»Sie hat dich gern«, sagte jemand neben mir. Meggi war nah an mich herangerückt und schaute mit mir auf das Bild.

Einen Augenblick war ich wie blind von Tränen. »Wir haben uns gleich gemocht. Dabei hatten wir uns noch nie gesehen«, brachte ich heraus.

»Wieso denn das?«

»Weil sie aus der DDR ist. Sie durfte nie raus und meine Mutter nie rein, weil sie mit neunzehn abgehauen ist.«

»Ooooh!«, machte Meggi. »Jetzt verstehe ich! Darum wolltest du … Mensch, das ist ja traurig. Die DDR …! Deine arme Tante!«

»So arm ist sie gar nicht«, hörte ich mich sagen, obwohl ich erst gestern noch genau das Gleiche gedacht hatte. »Sie ist so … so lebendig … so schlimm kann's da drüben gar nicht sein.«

»Warum müssen sie die Leute dann einsperren, damit sie dableiben?«, gab Meggi zurück und begann die übrigen Fotos anzusehen.

»Lena müssten sie gar nicht einsperren. Die will überhaupt nicht weg. Höchstens mal zu uns«, sagte ich nachdenklich und setzte eher für mich selbst hinzu: »Früher ...«

»Und deine Mutter?«, fragte Meggi.

»Mein Vater hat sie zu sich rübergeholt. Und dann ist er bei einer Bergtour abgestürzt ... da war ich gerade auf der Welt, und sie planten ihre Hochzeit ...«

Meggi blickte wieder auf. »Oje«, sagte sie bestürzt. Als sie sich überwand, an meine Tür zu klopfen, hatte sie bestimmt nicht damit gerechnet, auch noch mit einem zweiten Todesfall in meiner Familie konfrontiert zu werden.

Aber auch mit einer Geschichte, auf die ich stolz war! Meine Stimmung hob sich beträchtlich, als ich ein weiteres Foto vom Nachttisch nahm und Meggi zeigte. »Hier, das sind meine Eltern in Ostberlin. Da haben sie sich immer getroffen, und von dort aus sind sie auch über die Grenze, damals in der Nacht ... eine Freundin von meinem Vater hat Mami ihren Pass gegeben und dann so getan, als wäre sie beklaut worden.«

»Mann!«, entfuhr es Meggi. »Die hatte ja Nerven!«

»Teresa ist Schauspielerin! Die mussten ihr einfach glauben!«, sagte ich triumphierend.

Für einen kurzen Moment sah ich alles wie in einem Film vor mir: die schlecht beleuchtete Toilette der Gastwirtschaft, in der Teresa meine Mutter frisierte, bis sie aussah wie das Foto im Pass, die Scheinwerfer am Grenzübergang, als meine Eltern Hand in Hand in die Freiheit gingen, wenig später Teresas großer Auftritt vor den Grenzbeamten ... so hatte ich es mir immer ausgemalt, wieder und wieder, für mich war es *die* Geschichte schlechthin ...

»Und deshalb bist du jetzt hier und deine Tante dort«, sagte Meggi nüchtern.

Ich schwieg. Sie hatte Recht. Deshalb war ich jetzt hier und Lena dort, unerreichbar wie früher. Mit einem Unterschied. Jetzt war Mami tot. Jetzt war ich allein ...

»Hast du nicht Lust, mich mal zu Hause zu besuchen?«, fragte Meggi. »Ich habe zwei Katzen und es gibt im Keller einen Pool.«

»Und warum bist du dann im Internat?«

»Meine Eltern arbeiten bei der EU in Brüssel – zwei Jahre noch. Aber sie kommen jedes Wochenende nach Hause, und die Woche über haben wir eine Haushälterin.«

»Wir könnten auch zu mir fahren«, sagte ich zögernd. »Wir hätten die Wohnung ganz für uns, es ist niemand da ... außer vielleicht Pascal, und der stört uns nicht.«

»Wow, wirklich? Warte mal ... morgen Nachmittag hab ich Ballett, Donnerstag Handball ... aber Mittwoch geht!«, schlug Meggi sofort vor.

»Abgemacht«, sagte ich schon fast wieder froh. »Mittwoch Nachmittag bei mir ...«

Ich konnte Meggis Besuch kaum erwarten. Am nächsten Tag fuhr ich in die Stadt, kaufte in einer kleinen Teestube Tee, Kandisstäbchen und feine Plätzchen und wählte Servietten und zwei passende Kerzen dazu aus. Dann fuhr ich zu Hause vorbei, um Pascal guten Tag zu sagen. Aber die Wohnung war still und leer, seine Toilettensachen verschwunden, die Heizung abgestellt – er war wieder abgereist, ohne mir zu sagen wohin, geschweige denn, sich zu verabschieden!

Ich ließ mein feierlich erworbenes Teezubehör ins Spülbecken fallen und meinen Tränen freien Lauf. Ja, es stimmte, ich hatte kaum mit ihm gesprochen, als er mich tags zuvor zur Schule zurückbrachte. Aber das war doch kein Grund, klammheimlich zu verschwinden!

Plötzlich ergriff mich eine schreckliche Vorahnung. »Geh nie ohne ein freundliches Wort; es kann sein, dass du den anderen nicht wiedersiehst«, hatte Mami mir oft genug eingebläut … Halb in Panik stürzte ich ins Schlafzimmer und riss Pascals Kleiderschrank auf.

Erleichterung! Alles war an seinem Platz, es war wohl nur wieder irgendein Auftrag. Jetzt war ich nur noch wütend auf ihn, als ich die Teetafel für Meggi und mich vorbereitete. Merkte er denn gar nicht, wie gemein er war? Ich wollte ja gern freundlicher zu ihm sein, aber immer passierte irgendetwas, es wollte einfach nicht klappen …

»Der Typ ist einfach überfordert«, erklärte Meggi am nächsten Tag, als wir an unseren Teetassen schlürften. Der Tee war gut gelungen, Plätzchen und Kerzen dufteten. Es war richtig adventlich, wie wir so an unserer Küchenbar saßen, und wir kamen uns sehr erwachsen vor.

»Überfordert?«, wiederholte ich. »Wovon denn?«

»Von der Situation«, meinte Meggi. »Was weiß ich? Ich kenne ihn doch gar nicht.«

»Er macht, was er will«, sagte ich. »Wenn ihn das überfordert, ist er selber schuld.«

»Vielleicht fühlt er sich unzulänglich«, bot Meggi an.

Ich stellte meine Tasse ab. »Unzulänglich«, wiederholte ich. Es fehlte nicht viel und ich hätte mir an die Stirn getippt.

»Warum denn nicht?«, fragte Meggi leicht gereizt. »Musst du eigentlich dauernd alles wiederholen, was ich sage?«

Wenn's Stuss ist, schon, dachte ich, aber das sagte ich natürlich nicht. Ich war ja froh, dass Meggi da war, auch wenn sie sich anhörte wie Dr. Alexander Borell, der Sorgenonkel aus der Fernsehzeitung. »Erzähl mir lieber von deinen Katzen«, sagte ich.

Weiter kamen wir nicht. Die Wohnungstür flog auf und knallte gegen die Garderobe, und im Flur erklang ein solches Gepolter, dass uns beinahe die Tassen aus der Hand fielen. Wir starrten einander an – ich sehe Meggi noch vor mir, mit offenem Mund und der Hand in der Plätzchenschale – und konnten uns vor Schreck nicht rühren. Dann sah ich eine Bewegung an der Küchentür vorbei und eine altbekannte Zottelmähne, die hinter brauner Pappe in Richtung Wohnzimmer wippte.

Er musste auch etwas gemerkt haben, denn plötzlich wurde es still, dann kam als Erstes die Pappe wieder ins Blickfeld, und schließlich sahen wir uns Auge in Auge mit Pascal Plotin, der mehrere ausgeklappte Umzugskartons umklammerte.

Meine feurigen Blicke waren leider nicht im Stande, sie in Flammen aufgehen zu lassen. »Pascal Plotin – Meggi Pfeiffer«, sagte ich mit einer sehr knappen Handbewegung vom einen zur anderen.

»Tach«, sagte Meggi verdutzt.

»Hallo Mädels«, Pascal hob für einen Sekundenbruchteil eine Hand von der Pappe, um zu winken. Dann verschwand er eilig mit seinen Kartons.

»Das war er?«, raunte Meggi. »Ich nehme alles zurück. Was für ein komischer Vogel!«

»Entschuldige mich mal kurz«, erwiderte ich würdevoll und rutschte von meinem Barhocker.

Im Wohnzimmer ging ich sofort zum Angriff über. »Kannst du mir sagen, was du da machst?«, zischte ich, obwohl die Sachlage ganz eindeutig war – Pascal faltete gerade einen Umzugskarton zusammen – und auch über das Ziel der Aktion kein Zweifel bestehen konnte.

Pascal ging auch gleich in die Offensive: »Ein paar von den Büchern gehören mir, hast du das vergessen?«

Wir standen einander gegenüber wie ein Ehepaar im Scheidungskrieg. Unfassbar, unerträglich, blitzartig ziehen gute und schlechte Tage an einem vorbei und es tut einfach nur furchtbar weh. »Verdammt, Lilly«, sagte Pascal rau. »Woher sollte ich denn wissen, dass du ausgerechnet heute …! Ich … ich wollte es dir ja sagen, aber wann denn? Ich ziehe in eine WG, das ist alles.«

»Das ging ja schnell«, sagte ich verbissen. Da war es wieder, das Gefühl ohnmächtiger Wut und Trauer, das ich am Bahnhof auch Lena gegenüber verspürt hatte. Ich hätte mich am liebsten auf ihn gestürzt.

Als ob er es ahnte, hob Pascal abwehrend die Hände. »Lilly, nein! Dieser Ton gefällt mir jetzt überhaupt nicht!«

»Du wolltest einfach verschwinden, gib's zu!« Ich horchte in den Flur – ich wollte unbedingt vermeiden, dass Meggi etwas von alldem mitbekam! »Wenn ich nicht zufällig heute hier wäre, hätte ich dich nie wiedergesehen!«

»Sag mal, spinnst du? Ich will lediglich ein paar Sachen …«

»Ich dachte, du behältst unsere Wohnung!«

Jetzt war es heraus, gleichzeitig mit einem Schwall von Tränen, der plötzlich hinter meinen Augen aufstieg und sie zum Brennen brachte. Aber den Gefallen wollte ich ihm nicht tun. Ich verschränkte die Arme, legte den Kopf in den Nacken (vielleicht liefen die Tränen wieder ab!) und sah mit zusammengekniffenen Lippen zur Zimmerdecke hoch.

»Wie denn? Du weißt doch, was das hier kostet!« Pascal fuchtelte hilflos herum.

Dann kam er ungelenk auf mich zu. Ich rückte trotzig weg, er hob die Stimme: »Ja, meinst du denn, mir macht das Spaß? Ich war hier glücklich mit deiner Mutter! Mein Herz blutet mit jedem Teil, das ich in diesen Karton lege!«

»Ich glaub dir kein Wort!«, flüsterte ich.

»Lilly, jetzt mach's mir doch nicht zusätzlich schwer!« Pascal verlegte sich aufs Bitten. »Ist das alles vielleicht meine Schuld? Siehst du! Pass auf, ich mach dir einen Vorschlag. Wir stehen das gemeinsam durch, okay? Und die Wohnungsauflösung, die machen wir auch zusammen. Stell dir vor, sogar deine Frau Gubler hat angeboten zu helfen!«

»Sie ist nicht *meine* Frau Gubler!«, schrie ich beinahe.

Pascal sah mich aus schmalen Augen an. Jetzt hatte er mich erwischt, das wussten wir beide. »Du bist ganz schön ungerecht, weißt du das?«, fragte er. »Die Frau ist nett! Sie will dein Bestes – genau wie ich. Komm endlich runter von deinem hohen Ross und gib ein paar Leuten eine Chance!«

Der Nachmittag endete damit, dass Meggi und ich Pascal halfen, seine Kisten einzuräumen. Meggi fand ihn nachher sogar sehr nett. Aber ich, ich kam mir vor, als legte ich eigenhändig mein ganzes Leben in Trümmer.

Pascal schien das zumindest zu ahnen. »Lilly, das fällt doch gar nicht auf, dass überhaupt etwas fehlt!«, sagte er ein ums andere Mal und rückte Bücher im Regal herum, um die Stellen auszufüllen, an denen er etwas herausgenommen hatte.

Ich sagte nichts. Nur als er anfing, uns zu fragen, ob wir nicht in die WG mitfahren und »die Jungs« kennen lernen wollten, schnitt ich ihm kurzerhand das Wort ab: »Das glaubst du doch wohl selbst nicht«, gab ich kühl zurück.

9

Und während Eisblumen an den Fensterscheiben wuchsen und niemand merkte, wie alles um mich barst und splitterte, passierte es tatsächlich. In einem anderen Teil der Welt bebte die Erde, rissen Gräben auf, stürzten Menschen vom Schlaf in den Tod. Meine Mutter hatte er sich geholt, aber das reichte ihm nicht, jetzt holte er tausende in der kleinen Stadt Spitak. Ich träumte, dass ich mit bloßen Händen im Schutt grub. In der Fußgängerzone verkaufte meine Klasse Kuchen für Armenien, doch ich wollte jemanden auferstehen sehen. Das Fernsehen zeigte Gerettete, nach Tagen noch. Nächtelang träumte ich davon.

Mittwoch, das hatten wir so ausgemacht, war Frau-Gubler-Tag.

Beim ersten Mal brachte sie mir ein flaches Päckchen mit, das ich misstrauisch öffnete. Es enthielt ein kleines stoffgebundenes Buch, abschließbar. »Damit du alle Gedanken aufschreiben kannst, die dir jetzt durch den Kopf gehen«, erklärte sie mir. Ich sagte höflich Danke. Ich wollte nichts aufschreiben, ich wollte Antworten haben! Aber das Tagebuch habe ich immer noch. Es ist abgeschlossen, obwohl nichts drinsteht, und den Schlüssel muss ich wohl verloren haben.

Beim zweiten Mal warteten andere Überraschungen auf mich. Eine parkte auf der Straße in der Autoreihe, wenige

Meter von unserem Haus entfernt. Es war Mamis BMW, blank geputzt und mit einem großen Schild im Seitenfenster: ZU VERKAUFEN – SCHNÄPPCHEN! Darunter standen der Preis und Pascals neue Telefonnummer. Ich fiel über den kleinen Hund, der ans nächste Auto pinkelte, weil ich weitergegangen war, ohne meine Augen von dem Schild zu wenden. »Hast du keine Augen im Kopf?«, schimpfte die Hundebesitzerin, als sie meinen Fuß aus der Leine wickelte.

Ich fuhr im Aufzug nach oben und versuchte ruhig zu bleiben. »Wir gehen eure Sachen durch und schauen, was du behalten willst«, hatte Frau Gubler gesagt. Das klang vernünftig, und dass ich den BMW nicht behalten konnte, leuchtete mir ein. Trotzdem setzte alles in mir zum Sprung an, um zu verteidigen, was die Hand meiner Mutter jemals berührt hatte. In Kampfstimmung betrat ich die Wohnung.

Und traute meinen Augen nicht. An der Wand, den ganzen Flur entlang, waren Umzugskisten gestapelt. Die Bilder waren abgehängt, die Flurgarderobe zerlegt, die ganze Wohnung hallte und verstärkte jedes kleine Geräusch, denn auch die Teppiche waren bereits zusammengerollt. Zwei fleißige Arbeiter waren offenbar schon seit Tagen am Werk: Pascal, der mich verlegen aus dem Schlafzimmer grüßte, und Frau Gubler, die im Wohnzimmer den Staub vom leeren Bücherregal wischte. Ihr verschlug es die Sprache, als sie mich im Türrahmen stehen sah.

»Ich dachte, wir wollten das zusammen machen!«, brachte ich nach einer ganzen Weile heraus.

»Und wir dachten«, sagte Frau Gubler beklommen, »so sei alles vielleicht ein bisschen weniger schmerzhaft für dich.«

»Aber woher soll ich jetzt wissen, was ich behalten will?« Ich drehte mich auf dem Absatz um, zog wahllos einen Karton vom Stapel und riss ihn auf. Da! In meinem eigenen Zimmer waren sie also auch schon! Rote und gelbe Blitze zuckten in meinem Kopf. »Ich glaub, ich spinne!«, schrie ich. »Das ist ja alles meins!«

Pascal trat aus dem Schlafzimmer. Die beiden sahen stumm zu, wie ich kramte und mit Büchern um mich warf. Die kleine Hexe! Meine ganzen Janosch-Bände! Mein Krieg-der-Sterne-Album! Relikte meiner Kindheit, die – unbeachtet – über Jahre hinweg Staub angesetzt hatten, kamen zu neuer, ungeahnter Bedeutung. Hagen von Tronje wirft sich über den Nibelungenschatz! »Seid ihr bescheuert oder was?«, brüllte ich aus voller Kehle.

Frau Gubler kam beschwichtigend auf mich zu. »Lilly, das sind doch die Sachen, die wir behalten wollen!«

»Die *wir* behalten wollen? Na, vielen Dank!« Ich richtete mich zu meiner vollen Größe von einem Meter zweiundfünfzig auf und trompetete sie an: »Ich will Ihnen mal was sagen! Das sind alles *meine* Sachen, die ganze Wohnung! Wenn *ich* etwas behalten will, dann weiß ich das schon selbst!«

Ich ging zur nächsten Kiste über, doch Pascal fiel mir in den Arm. »Lilly, du wirst doch jetzt nicht anfangen, alles wieder auszupacken! Das war eine Heidenarbeit, und es sind immer noch Berge …«

»Du hältst dich da raus!«, zischte ich ihn an. »Erst abhauen und mir dann sagen, was ich tun soll! Was machst du denn überhaupt hier?«

Ich ließ die Bücherkisten stehen und ging ins Schlafzimmer

und der Boden tat sich vor mir auf. Weit offen stehende, leere Schränke. Eine weiße Matratze auf dem Bett. Modezeitschriften in der Zimmerecke, fürs Altpapier gestapelt. Der persönliche Besitz meiner Mutter passte in zwei Koffer und fünf Umzugskartons, mehr war nicht übrig von ihr.

Stille. Der vertrocknete Ficus Benjamini ließ ein knisterndes Blatt zu Boden fallen. Ich wandte mich ganz langsam wieder um, holte aus und schlug die Zimmertür mitten in die blassen, angespannten Gesichter der beiden Fremden draußen im Flur.

Als Mami das erste Mal aus dem Krankenhaus wiederkam, hatte sie mir ein kleines geheimnisvolles Pappkistchen mitgebracht. Das Kistchen hatte Löcher und roch nach Sägespänen, und als ich überrascht daran rüttelte, riefen Mami und Pascal im Chor: »Nicht!« Vorsichtig öffnete ich das Kistchen, und heraus kletterte mein Hamster Elvis.

Fast ein ganzes Jahr war Elvis überall mit dabei. Er fuhr sogar mit uns in den Urlaub. Ich hatte mich bald so sehr an ihn gewöhnt, dass ich nachts aufwachte, wenn das Geräusch seiner Fitnessübungen auf dem Laufrad verstummte. Es war sehr schwer, ein neues Zuhause für ihn zu finden, als ich ins Internat musste. Meine Freundin Mia nahm ihn dann schließlich, aber bei ihr musste er in der Waschküche wohnen. Schluss mit dem Lego-Trainingsparcours im Flur, Schluss mit dem Versteckspiel hinter der Badewanne, mit dem Nüsschenkegeln unter meinem Bett. Mein Hamster Elvis war das erste Opfer unseres neuen Lebens, und er verstand wahrscheinlich noch weniger als ich, was eigentlich passiert war.

Ich musste an Elvis denken, während ich Mamis Schlafzimmer verwüstete: an sein atemloses, irres Rennen im Laufrad und daran, wie er ab und zu innehielt und sich umschaute, als ob er erwartete, dass er ein Stück vorangekommen war und seine Umgebung sich verändert hatte. Ich fragte mich, was ihn wohl dazu brachte, es unermüdlich immer wieder zu probieren. Ich jedenfalls war nach minutenlanger Raserei völlig erledigt. Aber im Gegensatz zum armen Elvis konnte ich einen Unterschied erkennen – und wie! Ich ließ mich auf den Boden fallen und betrachtete mit grimmiger Zufriedenheit alle Einzelheiten meines Zerstörungswerks, und dabei fiel mein Blick auf die Handtasche.

Es war die alte Krokotasche, die schon meiner Großmutter gehört und die alles enthalten hatte, was Mami in jener Nacht aus der DDR hatte mitnehmen können: ein kleines Geldtäschchen, einige Taschentücher, einen Kamm und Teresas Pass. Diese paar Dinge – natürlich mit Ausnahme des Passes – befanden sich immer noch darin, wie ich wusste, aber was aus der Tasche hervorschaute, war etwas anderes: ein zusammengeschnürtes Bündel alter gelblicher Briefe mit Lenas großer, ausladender Handschrift auf dem Umschlag. Langsam ging ich aus dem Schneidersitz nach vorn auf die Knie, streckte mich nach der Tasche aus und zog sie zu mir hinüber. Ich streifte die Schnur ab und öffnete den Brief, der zuoberst lag. Er war sehr kurz, und er war alt: 15. November 1976, stand darauf.

»Liebe Rita«, las ich, »nun tappe ich also herum wie eine Rückkehrerin von einer Zeitreise und gehöre weder zu der einen noch zu der anderen Welt, und Rolf hält dauernd meine Hand, als befürchte er, ich könne gleich wieder verschwinden!

Drei Jahre sind nur ein winziger Augenblick in der Ewigkeit, und trotzdem ist das Leben in der Zwischenzeit derart schnell ohne mich weitergegangen, dass ich kaum noch aufspringen kann. Nächste Woche holen wir unsere Katrin nach Hause. Wie schaut sie mich an – wie eine Fremde? Aber jetzt fängt ein neues Leben an. Und was uns beide betrifft, Rita … heißt es nicht, dass Liebe und Sehnsucht Mauern niederreißen? Eines Tages wird es so weit sein, und bis dahin träume ich mich über die Mauer hinweg zu dir …«

Pascal und Frau Gubler saßen in der Küche und tranken Tee. Sie hatten *meinen* Tee aufgebrüht, den ich für Meggi und mich besorgt hatte, aber das interessierte mich gar nicht mehr.

»Pascal«, sagte ich geradeheraus und ich erkannte meine Stimme kaum wieder, weil sie so erschrocken klang. »War Lena auch mal schwer krank?«

Die beiden blickten mich verblüfft an. Im Gegensatz zu mir hatten sie noch nicht vergessen, dass ich, als sie mich das letzte Mal sahen, einen Wutanfall gehabt und das Schlafzimmer verwüstet hatte. »Krank?«, wiederholte Pascal. »Nicht dass ich wüsste.«

»Dann versteh ich das nicht!« Meine Stimme war ganz hoch. »Da muss etwas gewesen sein! Sie hat ihre Tochter drei Jahre lang nicht gesehen! Hat Mami dir etwas erzählt? Sie muss doch irgendjemandem davon erzählt haben!«

Pascal sagte in schneller Folge: »Erzählt? Mir? Nein. Nie!«

Ich kannte ihn ziemlich gut. Ich konnte genau erkennen, dass er log. Was ich nicht wusste, war: Warum? Ich ahnte nur instinktiv, dass es etwas sehr Ernstes sein musste, wenn erst

Mami und nun auch Pascal nicht wollten, dass ich es erfuhr. Pascal wich sofort meinem Blick aus und rührte umständlich in seiner Teetasse. Ohne zu wissen wieso, erfüllte es mich mit sprachloser Bestürzung.

»Was hast du denn da?«, fragte Frau Gubler.

Ich merkte, dass ich das Bündel Briefe noch in der Hand hielt. Langsam steckte ich es hinter meinen Rücken. »Nichts«, sagte ich. »Nur ein paar Briefe. Nicht so wichtig.«

»Willst du eine Tasse Tee?«, fragte sie.

Ich schüttelte stumm den Kopf.

»Was hast du denn?«, wiederholte sie ratlos und schaute von mir zu Pascal.

»Ich gehe aufräumen«, murmelte ich und wandte mich ab.

Zurück im Schlafzimmer, versuchte ich einen klaren Gedanken zu fassen. Ich hatte natürlich nicht nur den einen Brief, sondern das ganze Bündel gelesen, aber ich wurde einfach nicht schlau daraus. Während ich mechanisch die überall verstreuten Kleidungsstücke einsammelte, faltete und in die Kartons zurückschichtete, gingen mir seltsame Sätze durch den Kopf wie: »Nichts davon ist deine Schuld!«, oder: »Bitte glaub mir, dass ich nichts bereue.« Ich wünschte, Lena hätte irgendwo in diesen Briefen auch nur einen Hinweis darauf gegeben, was sie meinte. Aber dann fiel mir ein, dass sie dies wohl nicht hatte tun können, da Briefe in der DDR geöffnet werden und Absender und Empfänger in Schwierigkeiten bringen konnten. Ich nahm an, dass viele Familien miteinander in einer solchen Rätselsprache kommunizierten. Das ist ja völlig verrückt!, schoss es mir durch den Kopf.

Und das Verrückteste war, dass Mami in all dem Schrecken,

den wir in den letzten Monaten miteinander geteilt hatten, ein Geheimnis vor mir bewahrt haben sollte. Nicht irgendein Geheimnis, nein – ein Geheimnis ausgerechnet um Lena, meine fröhliche, liebevolle, nach zwei Tagen des Kennenlernens schon schmerzlich vermisste Tante.

Stimmen drangen durch die halb offene Tür: Im Flur verabschiedete sich Frau Gubler. Sie blickte kurz zu mir hinein und winkte lächelnd, und dann hörte ich sie gedämpft mit Pascal sprechen: »Das ist jetzt eine wichtige Phase der Trauerarbeit. Nach dem Schock kommt die Wut. Es ist ganz normal, dass sie jetzt ein wenig aggressiv ist.«

Ich ließ den Pullover sinken, den ich gerade in der Hand hielt, und lauschte. Pascal machte sich nicht einmal die Mühe, seine Stimme zu senken. »Wann, äh ... wann kommt eigentlich die Pubertät? Damit ist doch jetzt auch bald zu rechnen, oder?«

Frau Gublers Antwort, schon im Treppenhaus, verstand ich nicht mehr. Die Wohnungstür klappte zu, Pascal kam ins Schlafzimmer, lehnte sich an die Wand und musterte mich wortlos. Ich rauchte fast vor Zorn über das, was ich eben gehört hatte.

»Ist sie weg?«, fragte ich schließlich angriffslustig.

»Ist sie«, sagte Pascal. Er verschränkte die Arme. »Warum musst du auch so furchtbar kindisch sein?«

»Warum musst du mich anlügen?«, schoss ich sofort zurück und wollte noch viel mehr hinzufügen, aber Pascal schnitt mir das Wort ab.

»Jetzt hör mir mal zu, mein Mädchen!«, sagte er streng. »Wir sollten endlich eine Sache klarstellen. Es gibt Dinge zu erledigen, die für uns beide nicht gerade leicht sind. Aber dabei kann sich nicht ständig alles nur um dich drehen! Ich habe deine Mutter auch verloren! Das Letzte, was ich jetzt brauche, sind deine Auftritte!«

»Ich hab gehört, was du brauchst!«, rief ich. »Was hast du ihr noch von uns erzählt? Dass Mami an den Nägeln gekaut hat? Dass du kotzen musstest, als du ihre Narbe gesehen hast?«

Pascals Augen traten aus den Höhlen. Sekundenlang starrte er mich nur sprachlos an. Dann holte er tief Luft und brüllte aus Leibeskräften: »Jetzt reicht's! Bist du vollkommen übergeschnappt?«

»Brüll mich nicht an!«, brüllte ich zurück.

Pascal schlug sich an den Kopf. Er drehte sich einmal um sich selbst, die Arme wie ein verirrter Falter nach links und rechts ausgestreckt, dann stürzte er aus dem Zimmer und ich hörte ihn durch den leeren Flur rasen. »Warum tu ich mir das überhaupt an?«, tobte er. »Warum packe ich nicht einfach meine Sachen und verschwinde? Leihwagen gefällig? Anruf genügt! Mein Krempel ist in zehn Minuten hier raus!«

Ich lief zur Tür und sah ungläubig zu, wie er vom Wohnzimmer zurück in den Flur rannte und dabei wilde Gesten gegen die Überreste unserer Wohnung vollführte. »Bücher, Bilder, Teppiche, Möbel! Was habe ich damit zu schaffen?« Die Bretter der Flurgarderobe gerieten ins Wanken und fielen krachend zur Seite, als er seine Jacke an sich riss. »Jawohl!«, schrie Pascal. »Das geht mich doch alles gar nichts an! Das Leben ist schön, also raus hier!« Er warf sich die Jacke um die Schultern und stürzte aus der Wohnung, ohne mich eines Blickes zu würdigen. Als er an mir vorbeilief, konnte ich hören, wie seine Zähne knirschten.

Die Tür knallte zu, gefolgt von Totenstille, und ich war allein mit einer geisterhaften kleinen Gestalt, die mir aus dem Garderobenspiegel entgegensah – einem dünnen, blassen Ding mit zotteligen Haaren, aufgerissenen Augen und einer kreisrunden Höhle mitten im Gesicht. Es dauerte einen Moment, bis ich mich selbst erkannte und merkte, dass mein Mund sperrangelweit offen stand.

Schon einen Augenblick später drehte sich der Schlüssel im Türschloss und Pascal kam wieder herein. »Andererseits«, sagte er vollkommen ruhig, »wer sich mit einer Alleinerziehenden einlässt, muss mit so etwas rechnen. Die Beziehung ist vorbei, aber das Gör hast du noch am Hals.«

Er legte den Arm um mich und führte mich ins Schlafzimmer. Ich ließ es mir widerstandslos gefallen. Wir setzten uns aufs Bett und Pascal sah mich an. Ich glaube, es war das erste Mal seit vielen, vielen Wochen, dass wir uns wieder in die Augen schauen konnten. Ich entdeckte, dass Pascal grauschwarze Augenringe und lauter tiefe kleine Falten um die Augen hatte, die mir vorher noch nie aufgefallen waren; überhaupt waren seine Augen viel dunkler, als ich sie in Erinnerung hatte. Es war, als hätte sich ein Schatten darüber gelegt.

»Pass auf«, sagte Pascal. »Wir müssen das irgendwie zusammen hinkriegen. Deine Mutter ist vielleicht gerade glücklich da oben angekommen und will sich an den himmlischen Gesängen freuen. Stattdessen hört sie uns hier unten streiten und keifen! Nach allem, was sie durchgemacht hat, hat sie das einfach nicht verdient.«

ine Stimme brach und zum ersten Mal in meinem Leben
ah einen erwachsenen Mann weinen. Es war ein Schock,
und gleichzeitig fühlte ich mich unglaublich stark. Als ich Pascal umarmte und mit ihm weinte, tat ich es nicht nur wegen
Mami oder weil mich unsere ganze trostlose Lage in diesem
Augenblick so überwältigte. Ich tat es auch, weil ich es wollte,
weil Pascal es nötig hatte – und weil mich dabei eine Ahnung
streifte, dass man nicht alles mit sich geschehen lassen darf,
dass man etwas tun kann, dass man etwas tun muss …

10

Zwei Tage später wurde ich beinahe verhaftet, oder besser: Ich wurde von der Polizei in Gewahrsam genommen. Meine abendlichen Spaziergänge zu »Lenas Haus« waren mittlerweile zu einem festen Ritual geworden, das zum Schlafengehen dazugehörte. Ich musste einfach nachsehen, ob das Licht brannte. Aber an diesem Abend, schon von der Straßenecke aus, konnte ich sehen, dass das Licht aus war, und als ich mich enttäuscht umdrehen und wieder gehen wollte, blitzte neben mir eine Taschenlampe auf. Sie schien mir direkt ins Gesicht. Geblendet riss ich die Arme vor die Augen und machte instinktiv den Mund auf, um zu schreien, aber es kam kein Ton heraus. Im gleichen Moment wurde ich auch schon von hinten gepackt und festgehalten.

»Hab ich's mir doch gedacht!«, knurrte die Stimme eines Mannes. »Da ist sie wieder.«

Ein zweiter Mann leuchtete mir ins Gesicht. »Das ist ja noch ein Kind«, sagte er.

Der Mann, der zuerst gesprochen hatte, bog mir den Arm nach hinten, dass es knackte. »Was schleichst du hier jeden Abend herum?«, wollte er wissen.

Ich fand meine Stimme wieder. »Lassen Sie mich los!«, schrie ich, und dann aus Leibeskräften: »Hilfe! Hilfe!«

Der Mann hinter mir legte mir brutal die Hand auf den

Mund. Ich biss feste zu, ein Reflex, und spürte sofort auf Zunge und Lippen den widerlichen Geschmack von Salz und Blut. Der Mann fluchte und riss seine Hand zurück, und gleich darauf lag ich auch schon auf der Straße, so einen Stoß hatte er mir versetzt. In den Häusern ringsum gingen die Lichter an. Menschen erschienen am Fenster. »Harald, bist du das?«, rief eine Frau.

»Am besten rufst du die Polizei, Helga«, antwortete der Mann mit der Taschenlampe. »Nun sei doch nicht so grob«, sagte er zu dem anderen. »Wo kommst du denn her?«, fragte er mich nicht unfreundlich.

Ich blieb einfach sitzen und heulte. Weitere Leute kamen aus ihren Häusern und standen um mich herum. »Wie eine Landstreicherin sieht sie nicht gerade aus«, meinte eine Frau.

Die Frau, die Helga hieß, beugte sich zu mir hinunter, sah sich meine aufgeschürften Handflächen an und blickte mir ins Gesicht. »Wie heißt du denn?«, fragte sie. »Wo wohnst du?«

»Wahrscheinlich unterm Hauptbahnhof«, brummte der Mann, den ich gebissen hatte. »Die huren und fixen und klauen, was das Zeug hält. Ich möchte wetten, sie schleichen zu mehreren hier herum und kundschaften aus, wo man einen Bruch machen kann. Scheiße, hoffentlich hat sie kein Aids«, sorgte er sich. Er untersuchte seine Hand im Licht der Straßenlaterne und sah mich wutentbrannt an. Er war ein ungepflegter dicker Kerl mittleren Alters und selbst in diesem Licht konnte man sehen, dass dicke Akne- oder Pockennarben sein Gesicht mit unzähligen Kratern überzogen. Ich versuchte nicht daran zu denken, dass ich seine ekelhaften Finger im Mund gehabt hatte.

»Müsst ihr sie denn gleich auf die Straße schmeißen?«, regte sich jemand auf. Und Helga wiederholte: »Jetzt sag doch mal. Woher kommst du? Wissen deine Eltern, wo du bist?«

Alle blickten zur Seite, als Blaulicht zuckte und ein Polizeiwagen langsam um die Ecke bog. Zwei Polizisten stiegen aus und kamen näher, ein Mann und eine Frau.

»Guten Abend«, sagte der Polizist. »Was ist denn hier los?«

»Kinderbanden«, rief eine Frau. »Eine haben wir erwischt.«

»Die Kleine schleicht jeden Abend hier herum«, antwortete der Mann mit der Taschenlampe. »Immer um dieselbe Zeit. Wir haben sie seit Tagen beobachtet.«

»Gebissen hat sie mich!«, klagte der Dicke und streckte der Polizistin seine Hand entgegen. Die schob ihn weg und ging vor mir in die Hocke. »Wie heißt du?«, fragte sie.

»Lilly Engelhart«, piepste ich zwischen zwei Schluchzern.

»Und wo wohnst du?«

»Heinrich-Kleist-Straße 18–20.«

Die Polizistin richtete sich auf. »Im Internat um die Ecke«, sagte sie ärgerlich. »Wahrscheinlich ist sie nur spazieren gegangen.«

»Um diese Zeit?«, wagte jemand einen Einwand. »Im Dunkeln?«

»Hätte sie wissen müssen, dass man hier von den Bewohnern angefallen wird?«, fragte der Polizist scharf. »Das ist ein kleines Mädchen, verdammt noch mal.«

»Komm«, sagte die Polizistin und half mir auf. »Du fährst mit uns.«

Sie führte mich zum Wagen. Während ich einstieg, konnte ich hören, wie der Polizist zu den Männern sagte: »Sie können von Glück reden, wenn die Eltern Sie nicht anzeigen.« Die Nachbarschaft stand betreten unter der Straßenlaterne, als wir davonfuhren.

Die Nachtpförtnerin, die wie immer um diese Zeit vor dem Fernseher saß, riss sich ungläubig die Brille von der Nase, als die beiden Polizisten mit mir auftauchten. »Kennen Sie das Mädchen?«, fragte der Polizist.

»Natürlich.« Sie starrte mich an. »Das ist Lilly. Hat sie einen Unfall gehabt?«

»Sie ist den Nachbarschaftssheriffs in die Hände gefallen«, sagte die Polizistin und hatte immer noch Mühe, ihren Zorn zu unterdrücken. »Wollte wohl nur ein bisschen spazieren gehen. Wenn die Eltern Anzeige erstatten wollen, können sie sich gern an mich wenden.«

»Wie bist du denn herausgekommen?«, fragte die Pförtnerin fassungslos.

»Durch den Fahrradkeller«, murmelte ich.

»Vielleicht nimmst du erst mal ein Bad«, sagte die Polizistin. »Das beruhigt. Das mache ich auch immer, wenn ich mich aufrege.«

»Okay«, flüsterte ich.

»Möchtest du, dass jemand bei dir ist? Sollen wir bei dir zu Hause anrufen?«, schlug sie vor.

Ich schüttelte den Kopf. Ich wollte ihr nicht sagen, dass es niemanden gab, den sie hätte anrufen können, aber der Gedanke trieb mir dann doch die Tränen in die Augen. Noch nie in meinem Leben hatte ich mich so allein gefühlt.

»Ihre Mutter ist vor zwei Wochen gestorben«, flüsterte die Pförtnerin.

Ich drehte mich auf der Stelle um und rannte die Treppe hinauf, denn um nichts in der Welt wollte ich in die mitleidigen Augen der Polizistin sehen. Sie sah nett aus, mit einem hübschen runden Gesicht und vielen Dauerwellenlöckchen. Während ich unter der heißen Dusche stand – denn eine Badewanne hatten wir nur in der Krankenstation –, malte ich mir aus, wie ich an ihrer Hand einfach davonging. Flötenmusik spielte, die Türen des Polizeiwagens fielen hinter uns zu und seine Rücklichter verschwanden im orangeroten Licht der Sonne, als wir mitten durch sie hindurchfuhren.

Hinterher fiel mir ein, dass ich nicht einmal darauf geachtet hatte, wer von den Beteiligten zu »Lenas Haus« gehörte. Aber mit »Lenas Haus« war es nach diesem Abend ohnehin vorbei. Harald und Helga und der Dicke mit den Pockennarben hatten ihm seinen Zauber genommen, und ich bin nie wieder dort gewesen.

Die Wohnung ging schneller weg als der BMW – klar, beste Lage Eppendorf, bemerkte Pascal. Er saß auf der Heizung und ich auf dem blanken Wohnzimmerfußboden, die letzten Umzugskartons standen noch herum und aus dem Nebenraum hörten wir die Maklerin unsere Wohnung anpreisen. »Hier wäre dann eine Möglichkeit für ein zweites Kinderzimmer oder Arbeitszimmer, ganz nach Wunsch. Telefonanschluss ist vorhanden. Der Vormieter hat den Raum als Dunkelkammer genutzt …«

»Wie ist denn deine neue WG?«, fragte ich.

»Ganz in Ordnung«, meinte Pascal. »Zwei Journalisten, unbeweibt, eher ruhig. Ich bin ja ohnehin kaum da.«

»Und … was machst du Weihnachten?« Ich versuchte einen beiläufigen Ton in meine Stimme zu legen.

Pascal zögerte einen Moment. »Acapulco«, sagte er dann und studierte das Haus auf der anderen Straßenseite so aufmerksam, als hätte ihm dort jemand gewunken. »Für den Heine-Katalog. Am ersten Feiertag geht's los.«

»Ach so«, murmelte ich.

»Hör mal«, setzte er nach, »ich muss einfach mal raus. Ich kann jetzt nicht gleich wieder auf Familie machen, so ohne Rita …«

»Aber du warst doch gerade erst weg.«

Pascal stieß sich von der Heizung ab und kam zu mir hinüber. Er ging vor mir in die Hocke und strich mir mit dem Zeigefinger den Pony aus der Stirn, damit er mir besser ins Gesicht sehen konnte.

»Hast du wirklich Sorge, dass du mich am Hals hast?«, fragte ich bedrückt.

»Quatsch«, sagte Pascal mit Nachdruck. »Wenn du mal Hilfe brauchst, der alte Pascal ist für dich da. Das weißt du doch.«

Die Maklerin stieß mit Schwung die halb angelehnte Wohnzimmertür auf und steuerte den Balkon an, ein Ehepaar mittleren Alters erwartungsvoll im Schlepptau. Ich erschrak, als ich die beiden sah. Ich kannte sie, sie hießen Baecker, ihre Tochter Julia war in meine Klasse gegangen – vor einer Ewigkeit von etwa vier Monaten. Nun würde sie also in meinem Zimmer wohnen. Ich hatte nichts gegen Julia, aber irgendwie wäre mir lieber gewesen, nicht zu wissen, wer unsere Wohnung bekam.

»Und hier haben Sie dann die volle Morgensonne!«, verkündete die Maklerin.

»Wo willst du hin, Lilly?«, rief Pascal.

Ich weiß nicht mehr genau, wann ich die Idee hatte. Vielleicht wachte ich einfach damit auf. Vielleicht schlug ich morgens die Bettdecke zurück und dachte: *Aber natürlich.*

Es muss so gewesen sein, denn als ich nach dem Maklertermin ins Internat zurückkam, lag der Straßenatlas, den ich mir als Andenken aus dem BMW mitgenommen hatte, noch aufgeschlagen da. Ich fuhr die Strecke mit dem Zeigefinger ab: Hamburg – Berlin – Jena. Die beiden Grenzübergänge: kleine schwarze Dreiecke im weißen Kreis, die die Straße durchschnitten. Wenn man seine Hand spreizte, konnte man die ganze Strecke in zwei Schritten umfassen.

Nein, ich war nicht so naiv zu glauben, dass es so einfach sein würde. Aber ganz bestimmt trug die geringe räumliche Entfernung zwischen Lena und mir dazu bei, dass aus der Idee innerhalb kürzester Zeit ein Plan wurde. »Das ist nicht mal halb so weit wie in den Skiurlaub«, erklärte ich Meggi.

Allen gegenteiligen Behauptungen zum Trotz: Ich habe anfangs keinen Moment daran gedacht, abzuhauen, wirklich nicht. Ich dachte, mit einem Umzug in die DDR verhielte es sich so wie mit allen größeren Veränderungen im Leben: Man informiert sich, man entscheidet sich, man bewegt sich. Andererseits hielt mich irgendetwas davon ab, mich von Frau Gubler informieren zu lassen, von der ich immerhin annahm, dass sie alles wusste, was es über die Zusammenführung von Waisenkindern mit ihrer Verwandtschaft zu wissen gab.

Tief in meinem Inneren muss es da wohl doch eine leise Ahnung gegeben haben, dass mein Ansinnen das Vorstellungsvermögen und die Beweglichkeit mancher Erwachsenen weit übertreffen würde …

Tagelang erzählte ich überhaupt niemandem davon. Ich machte traumverlorene Spaziergänge am Alsterufer und malte mir meine Zukunft aus; ich dachte daran, wie Lena und ich Steine ins Wasser geworfen und wie, viel früher, Mami und ich beinahe an derselben Stelle einen Flötenspieler getroffen hatten. Ich sah es noch genau vor mir: ein früher Sonntagmorgen, niemand außer uns war unterwegs, aber er spielte unbeirrt seine wunderschöne Melodie zu Ende und lächelte uns freundlich an. Während Mami ihr Portmonee öffnete, nahm ich all meinen Mut zusammen.

»Warum«, fragte ich schüchtern, »spielen Sie denn hier, wo niemand zuhört?«

»Aber Lilly«, murmelte Mami verlegen, legte dem alten Mann ein Markstück in den Flötenkasten und wollte mich weiterziehen.

Doch der Flötenspieler dachte eine Weile über meine Frage nach, und schließlich sah er mich ernst an. Ich war damals sieben oder acht Jahre alt und habe die Begegnung nie vergessen.

»Gerade wenn einem niemand zuhört, ist es wichtig zu spielen«, erklärte er.

Es klingt verrückt, aber von dem Augenblick an, wo ich meinen Plan gefasst hatte, hatte ich tagelang eine fröhliche Melodie im Ohr. Meine Schritte waren leicht, und als ich einmal im Vorübergehen einen kleinen flachen Stein aufhob und ihn ohne zu überlegen aus dem Handgelenk in die Alster warf, da hüpfte und tanzte er auf der Oberfläche, dreimal, viermal, fünfmal, und wenn die Sonne mich nicht geblendet hätte, hätte ich vielleicht noch öfter zählen können.

11

Einen Plan zu haben ist eine Sache, die beste Freundin zu überzeugen eine ganz andere. »Du spinnst!«, sagte Meggi mir direkt ins Gesicht. »Niemand geht *in* die DDR – alle sind heilfroh, wenn sie da wegkommen! Davon wirst du doch auch schon gehört haben – dass Leute sich lieber auf der Flucht abknallen lassen, als in der DDR zu bleiben!«

»Ja, aber ...«

»Dass es kaum etwas zu kaufen gibt, dass die Häuser verfallen, dass die Leute jahrelang auf einen *Fernseher* sparen müssen!« Meggi redete sich allmählich warm und ich wagte nicht sie zu unterbrechen. »Dass viele nicht mal Telefon haben und auf *Außenklos* gehen! Da willst du doch nicht wirklich *hin*?«

Ihr Entsetzen war echt. Ich beschloss, ihr von dem riesigen Staatsapparat lieber nichts zu erzählen, der über jeden einzelnen DDR-Bürger wachte.

»Sie lassen meine Familie nicht raus«, setzte ich ihr auseinander, »also muss ich rein. Ich will zu Lena, ob sie in der DDR oder in Honolulu oder sonst wo ist.«

»Weiß sie das eigentlich?«, erwiderte meine Freundin. »Ich wette nämlich, wenn sie es wüsste, würde sie es dir ausreden.«

»Würde sie nicht! Sie lebt schon ihr ganzes Leben lang da und hält es sehr gut aus, und überhaupt gehen mir diese ganzen Vorurteile von Leuten, die selbst noch nie dort waren ...«

»Mensch, Lilly«, sagte Meggi. »Vielleicht lassen sie dich auch nicht mehr raus.«

Ich schluckte. Daran hatte ich noch gar nicht gedacht. »Und wenn schon«, antwortete ich tapfer. »Besser zusammen in der DDR als alleine hier.«

Aber Meggi gab keine Ruhe. Am nächsten Tag schleppte sie ein dickes Buch über die deutsche Teilung an, das sie aus der Bibliothek entliehen hatte und das gespickt war mit gelben Klebezetteln an den Stellen, die ich lesen sollte. Dazu erklärte sie mir, Lena und ich seien wie die Gestalten zweier Märchen, die sich überraschend begegneten und deren Geschichten für kurze Zeit ein wenig durcheinander gerieten. Dann aber müssten wir wieder zurückkehren in das Märchen, wo wir hingehörten, erinnerten uns zwar eine Weile an eine seltsame Unterbrechung, würden aber mit der Zeit ganz sicher vergessen haben, dass alles auch ganz anders hätte sein können …

Ich hörte mit wachsendem Erstaunen zu.

»Ob wir im guten oder im bösen Märchen landen, ist Schicksal«, philosophierte Meggi. »Und deine momentane Verwirrung ist auch ganz normal. Aber freiwillig in das böse Märchen zu wechseln, das ist wirklich richtig bescheuert, Lilly.«

»Lena ist kein Märchen«, sagte ich. »Was redest du bloß?«

»Ich versuche dir ja nur zu erklären, dass du das alles in einem größeren Zusammenhang sehen musst«, erwiderte meine Freundin würdevoll.

»Na gut«, sagte ich. »Der größere Zusammenhang ist, dass meine Familie aus der DDR stammt. Das sind meine Wurzeln, hat Mami selbst gesagt. Es mag richtig für sie gewesen sein, abzuhauen, aber ich habe jetzt den Salat, ich sitze alleine hier!«

Ich hielt entsetzt den Atem an. Hatte ich das wirklich gerade gesagt? Es klang furchtbar und gemein und als ob ich meiner Mutter Vorwürfe machen wollte, und mir wurde beinahe schlecht, so sehr schämte ich mich für das, was ich da ausgesprochen hatte. Besonders da ich es nicht zurücknehmen konnte, da jedes einzelne Wort wahr war ...

Einen Moment sah es so aus, als sei Meggi beleidigt, dass ich sie nicht mitgezählt hatte. »Na dann«, murmelte sie.

Mir kamen die Tränen über meinen Verrat, aber es gab kein Zurück. »Das ist wie Heimweh, Meggi. Ich will meine Familie wiederhaben!«, beschwor ich sie. »Wenn Lena da leben kann, kann ich es auch.«

»Okay, okay«, sagte Meggi. »Ich helfe dir ja.«

Und ich hatte mich keineswegs getäuscht: Meine Freundin war erfinderisch. Wie viele Frauen, die im Ausland leben mussten, abonnierte Meggis Mutter eine ganze Reihe so genannter Boulevardzeitschriften, um nichts von dem zu verpassen, was die heimische Prominenz in der Zwischenzeit so anstellte. Auch Meggi stürzte sich jedes Wochenende darauf; allerdings hatten es ihr weniger die Wehwehchen der Windsors und Oranjes angetan als vielmehr die Berichte, in denen Normalblütige ihre zum Teil Grauen erregenden Erlebnisse enthüllten. Meggis Lieblingsrubrik waren die Kummerkästen. Sie behauptete sogar, dass ihre Eltern sie einmal bei »Wetten, dass ...?« vorgeschlagen hätten, da sie am Stil der Antworten mit nahezu traumwandlerischer Sicherheit deren Autor erkennen könne.

Für mein spezifisches Problem wählte sie *Frau Irene* aus. Wir hatten eine Freistunde, um uns herum wurde gequatscht und gestrickt, und nach kurzer Vorbesprechung sauste Meggis Füller auch schon zielsicher über das Blatt.

»Sehr geehrte Frau Irene«, schrieb sie, »ich bin dreizehn Jahre alt und seit kurzem Waise. Auf Beschluss des Jugendamtes, welches mein gesetzlicher Vormund ist, lebe ich im Internat. Meine Mutter hat jedoch eine große Schwester, die mit ihrer Familie in der DDR lebt. Seit ich meine Tante vor zwei Wochen kennen gelernt habe, ist in mir der Entschluss herangereift, zu ihr in die DDR zu ziehen.«

»Herangereift! Sehr gut!«, unterbrach ich Meggi, überwältigt, dass meine ureigensten Gefühle von einem anderen Menschen in derart treffende Worte gefasst wurden.

»Und jetzt?«, fragte Meggi, aus dem Konzept gebracht.

»Jetzt das mit dem Heimweh und den familiären Wurzeln«, erinnerte ich sie.

»Ach ja«, murmelte Meggi und schrieb konzentriert weiter. Dann las sie vor: »Da meine verstorbene Mutter vor vielen Jahren aus der DDR geflohen ist, habe ich vermutlich Heimweh, da ich meiner familiären Wurzeln entrissen wurde.«

Ich war hingerissen. »Meggi, du bist einfach genial.«

Meggi wurde rot vor Freude und schrieb eifrig weiter. Der Schluss unseres Briefes lautete so: »Bitte teilen Sie mir mit, wie man in die DDR ausreist. Für eine rasche Antwort wäre ich Ihnen dankbar, da Weihnachten vor der Tür steht. Hochachtungsvoll, Ihre Lilly Engelhart.«

»Und jetzt«, sagte Meggi, »brauchen wir noch ein Stichwort, falls die Antwort in der Zeitung erscheint.«

Ich brauchte nur kurz zu überlegen. Hamburg – Berlin – Jena, so hatte von Anfang an meine Route ausgesehen. Ich wollte unbedingt über Berlin fahren, ich wollte den Ort sehen, wo alles angefangen hatte. Ich wollte an der Stelle stehen, wo meine Eltern sich getroffen, wo die kurze Geschichte unserer Familie ihren Anfang genommen hatte: auf der großen Straße, die von Ost nach West führen würde, wenn es nicht die Mauer dazwischen gäbe …

Und so schrieb Meggi es auf, und so stand es dick unterstrichen über unserem fertigen Brief: »Stichwort: Lilly unter den Linden«.

Meine Mutter hatte sich einen besonders schönen Ort ausgesucht, um mir die Nachricht mitzuteilen: ein Caféschiff im Hamburger Hafen. Sie hatte ihr Haar zu einem weichen Knoten aufgesteckt, trug eine ganz bunte Bluse zur Jeans und sah so jung und wunderschön aus, dass einige Jugendliche am Nachbartisch ständig zu uns hinüberstarrten. Ich platzte fast vor Stolz, zumal wir beide ganz alleine, ohne Pascal, ausgingen was seit seinem Auftauchen in unserem Leben nur noch selten vorkam. Die Kellnerin brachte zwei große Eisbecher. Nichts in der Welt hätte mich auf das vorbereiten können, was Mami mir zu sagen hatte.

»Lilly«, begann sie nach einer Weile unvermittelt, »ich bin wirklich sehr, sehr froh, dass ich dich habe. Vielleicht weißt du das gar nicht, weil ich es nicht oft genug gesagt habe, aber … dass du da bist, das gibt mir ganz, ganz viel Kraft. Wenn ich dich ansehe, dann weiß ich einfach, dass ich praktisch alles schaffen kann …«

Ich sah sie verdutzt an. »Was denn?«, fragte ich.

»Zum Beispiel«, antwortete Mami und holte tief Luft, »zum Beispiel wüsste ich, dass ich, wenn ich für längere Zeit ins Krankenhaus müsste, mich voll und ganz auf dich verlassen könnte.«

Ich legte meinen Löffel hin. Ich hatte plötzlich einen ganz trockenen Mund, trotz des Eisbechers. »Ins Krankenhaus?«, fragte ich erschrocken.

»Ja«, sagte Mami mit fester Stimme. »Wie es aussieht, muss ich mich operieren lassen. Aber mach dir keine Sorgen, es geht bestimmt gut, und Pascal nimmt sich Urlaub und passt auf euch beide auf.«

»Wann denn?«, flüsterte ich.

»Schon bald«, flüsterte Mami. »Schon nächste Woche.«

Meine Augen füllten sich mit Tränen. »Für länger?«

Mami malte mit dem Finger auf das Tischtuch. Sie sah mich nicht an. »Ich glaube schon. Die Nachbehandlung ist ziemlich anstrengend. Sie empfehlen, dass man solange in der Klinik bleibt. Aber ich habe beschlossen, es zu genießen! Ich werde mich ein paar Wochen richtig verwöhnen lassen!«

Als sie lächelnd aufblickte und mich ansah, wusste ich, dass sie schreckliche Angst hatte. »Was ist denn das für eine Krankheit?«, fragte ich leise.

Ich kannte nur zwei wirklich schlimme Krankheiten, Krebs und Aids und auch diese nur dem Namen nach. »Es ist ein kleiner Tumor in der Brust«, antwortete Mami.

»Aber doch kein Krebs, oder?«, fragte ich mit einem kleinen erschrockenen Lachen.

»Was weißt du denn darüber?«, fragte sie zurück.

Also doch. In meinen Ohren begann es zu summen, meine Fingerspitzen wurden augenblicklich eiskalt. »Dass heute die meisten Leute wieder gesund werden«, hörte ich mich sagen. »Kam neulich erst im Fernsehen.«

»So?« Ich hatte nichts dergleichen im Fernsehen gesehen, aber Mami sah plötzlich sehr viel fröhlicher aus. »Das haben sie mir auch gesagt. Es wird alles gut, Lilly, bestimmt, du wirst schon sehen ...«

Es wird alles gut, es wird alles gut. Auf Mamis damaligem Platz saß an diesem Tag eine dicke Frau vor einer Apfeltorte, und ich blickte quer durch den Raum zu ihr hinüber und versuchte mir unablässig einzureden: Es wird alles gut ...

»Warst du schon mal hier?«, fragte Frau Gubler und blickte mich lächelnd über die Speisekarte hinweg an. Es war wieder Mittwoch, und wieder hatte sie sich etwas Besonderes einfallen lassen.

»Ja, mit meiner Mutter«, antwortete ich und fügte mit voller Absicht hinzu: »Als sie mir gesagt hat, dass sie Krebs hat.«

Frau Gubler verschlug es einen Moment die Sprache. Sie tat mir beinahe Leid, denn wie hätte sie auch wissen sollen, dass dieses Caféschiff einer der schrecklichsten Orte der Welt für mich war? »Ich empfehle dir den Schwarzwaldbecher«, sagte sie tapfer. »Den nehme ich auch immer.«

Ich schaute in die Karte und tat, als ob die Buchstaben einen Sinn für mich ergäben. In Wirklichkeit blieb ich immer wieder an der obersten Zeile hängen, Kännchen Kaffee, Kännchen Kaffee, Kännchen Kaffee. »Ist das nicht langweilig – immer derselbe Becher?«, fragte ich mit Kratzstimme.

»Es gibt bewährte Dinge, an denen man einfach festhalten

sollte!«, erklärte Frau Gubler. »Erfahrungen, die man an andere weitergeben kann ...«

Aber nicht an mich, dachte ich. Als die Kellnerin an unseren Fenstertisch kam und Frau Gubler einen Schwarzwaldbecher und zwei Kakao bestellt hatte, klappte ich die Karte zu und sagte: »Einen Bienenstich!«, und zwar mit Blick auf Frau Gubler, damit kein Zweifel darüber aufkam, dass sie ihre Erfahrungen besser für sich behielt.

»Nun erzähl doch mal«, forderte sie mich auf, als hätte sie nichts begriffen. »Was macht die Schule?«

Ich sah an ihr vorbei aus dem Fenster.

»Du fühlst dich da nicht besonders wohl, hab ich Recht?«, schmeichelte sie. »Das würde mir vielleicht auch so gehen, allein unter Frauen ...« Sie beugte sich vor. »Ich habe mir Gedanken gemacht, Lilly. Bald sind Weihnachtsferien. Da willst du doch nicht allein im Internat bleiben.«

Irgendwo in mir begannen Alarmglocken zu schrillen, ohne dass ich hätte sagen können, warum. Ich wusste, dass Frau Gubler mit der Direktorin meiner Schule gesprochen hatte, dass es dabei auch um meine nächtlichen Spaziergänge gegangen war. Ich hatte erwartet, dafür zur Rechenschaft gezogen zu werden, und es machte mich ein wenig nervös, dass noch nichts dergleichen geschehen war. Der Ausflug auf das Schiff, das Gerede von Weihnachten ... irgendwie brachte ich das alles nicht zusammen.

»Wir hätten kurzfristig die Möglichkeit, dich unterzubringen«, sagte Frau Gubler nun verheißungsvoll. »Wenn du das willst.«

»Wie denn unterbringen?«, fragte ich verwirrt.

»In einer Familie.«

Plötzlich lagen Fotos auf dem Tisch.

»Das sind die Bertrams«, sagte Frau Gubler. »Jens und Margit und ihre beiden Söhne. Die sind etwas älter als du und auch Pflegekinder. Eine ganz liebe Familie ist das. Einen Hund haben sie auch, siehst du?«

»Pflegekinder?«, wiederholte ich ratlos.

»Ja. Das ist eine Pflegefamilie, Lilly. Ich habe ihnen von dir erzählt, und sie würden dich sehr gern kennen lernen.«

Der Schock brachte mir meine Sprache zurück. »Ich habe schon eine Familie!«

»Deine Tante, ich weiß.« Ein erster Anflug von Gereiztheit lag in Frau Gublers Stimme. »Das war schön, dass sie zur Beerdigung kommen konnte. Vielleicht darfst du sie ja auch mal besuchen. Die Bertrams hätten auf jeden Fall nichts dagegen.«

»Die Bertrams? Moment mal!«, rief ich.

Aber Frau Gubler sprach unbeirrt weiter: »Das hier wäre fürs Leben, Lilly. Eine Familie, zu der du wirklich gehörst, die für dich da ist, die dich lieb gewinnt.«

Ein Arm griff an mir vorbei und stellte etwas auf den Tisch. Frau Gubler saß plötzlich hinter einem großen Eisbecher. »Ohne Menschen, die einen lieben, kann niemand leben. Du auch nicht, Lilly.«

»Ich hab doch jemanden«, brachte ich heraus.

»Aber nicht hier«, entgegnete Frau Gubler wie aus der Pistole geschossen.

»Und wenn ich rübergehe?«

Nun war es heraus, mein Geheimnis. Ich hielt den Atem an. Frau Gubler lehnte sich ungeduldig zurück.

»Lass uns vernünftig miteinander reden, ja?«, sagte sie ärgerlich. »Deine Verwandten leben im Osten! Du kannst ihnen schreiben, Päckchen haben sie auch immer gerne, selbst ein Besuch ist sicher mal drin. Wenn es Frankreich wäre – kein Problem! Aber die DDR? Lilly, das ist die dichteste Grenze in ganz Europa. Und selbst wenn ...«

»Wenn was?«, hakte ich sofort nach, obwohl ich wie gelähmt war.

»Nun ja«, überlegte Frau Gubler. »Ich kenne keinen solchen Fall, aber selbst wenn über die konsularische Ebene etwas zu machen wäre, bliebe da immer noch die Frage der Schule, oder der Lebensverhältnisse deiner Tante. Die sind doch mit unseren gar nicht zu vergleichen. Man müsste vor Ort erst einmal prüfen, ob das überhaupt akzeptable Bedingungen sind.«

»Und diese ... diese konsularische Sache?«, drängte ich. »Wie lange würde das dauern?«

»Drei Monate, ein halbes Jahr. Vielleicht wesentlich länger. So lange wirst du sicher nicht warten wollen!«

Meine Verzweiflung war mir wohl sehr deutlich anzusehen, denn Frau Gublers Gesicht wurde weich, sie beugte sich über den Tisch und griff nach meiner Hand. »Die Bertrams hätten ein wunderschönes Zimmer für dich! Und das Beste weißt du noch gar nicht. Sie wohnen in Eppendorf, du könntest wieder in deine alte Schule gehen! Na, was sagst du jetzt?«

Ich war völlig benommen. Das konnte nur ein Albtraum sein. Wenn ich den Atem anhielt, wachte ich vielleicht endlich auf ...

Frau Gubler ließ meine Hand wieder los. »Ich würde dich gern am Dreiundzwanzigsten abholen.«

»Am Dreiundzwanzigsten?«, wiederholte ich schwach. »Das ist ja ... schon übermorgen!« Frau Gubler nickte aufmunternd.

Meine Antwort bestand in der wohl folgenreichsten Notlüge meines ganzen Lebens. »Aber das geht doch gar nicht«, sagte ich mit letzter Kraft und wunderte mich, wie fest meine Stimme dabei klang. »Das ist doch Pascals Geburtstag. Da feiern wir zusammen, das ist schon lange ausgemacht.«

Frau Gublers Gesicht wurde unwillkürlich ein wenig länger; sie sah wohl ein, dass sie mir das letzte verbliebene Familienmitglied nicht auch noch nehmen konnte. »Na gut«, fügte sie sich widerwillig. »Dann am Vierundzwanzigsten – aber vormittags! Ich fahre nämlich Heiligabend auch zu meiner Familie«, verriet sie lächelnd. »Nach Lübeck!«

Wie wir den Rest dieses albtraumhaften Nachmittags verbrachten und wie ich vom Schiff in die Telefonzelle kam, kann ich nicht sagen. Pascal behauptet, diese sei von meinen Tränen so beschlagen gewesen, dass die Vorübergehenden einen großen Bogen darum machten, weil sie offenbar chemische Experimente, Drogenexzesse oder Streiche mit versteckter Kamera befürchteten. Ich selbst saß unter dem Notrufaufkleber und konnte vor lauter Tränen gar nicht erkennen, wer da plötzlich die Tür aufriss und mich in den Arm nahm.

Dann saßen wir in der kleinen düsteren WG-Küche und mit Pascals liebevollem Mitgefühl war es vorbei. »Das kommt überhaupt nicht in Frage, dass du da rübergehst!«, blaffte er mich an. »Deine Mutter rotiert im Grabe!«

»Meinst du denn, Mami war hier froh?«, schluchzte ich.

»Allein war sie! Wenn sie zu Hause geblieben wäre, hätte Lena an ihrem Bett gesessen, als sie starb.«

»Zu Hause!«, wiederholte Pascal gekränkt. »Aha. Das da drüben ist also schon *zu Hause*?«

Jan und Marc, die mir aus Pascals Erzählungen als »die Jungs« bereits bestens bekannt waren, versuchten zwischen uns zu vermitteln. Marc, der Ältere, war Redakteur bei einer Kinozeitschrift und hatte so dicke Brillengläser, dass seine Augen dahinter beinahe auf Druckknopfgröße zusammenschrumpften. Der andere, Jan, moderierte eine Radiosendung, für die er jeden Morgen um vier Uhr aufstehen und im Bad seltsame Stimmübungen machen musste, die Pascal anfangs zu der Annahme verleitet hatten, er habe schwerste Verdauungsprobleme.

»Ein Kind gehört zu seiner Familie«, meinte Marc und sah mich aus seinen Druckknopfaugen mitfühlend an.

»Prima, jetzt bestärkst du sie auch noch!«, schimpfte Pascal. »Es sind eine Menge Opfer dafür gebracht worden, dass Lillys Mutter hier in Freiheit leben konnte!«

»Freiheit?«, erwiderte Marc. »Lilly darf ihr Land nicht verlassen. Also, Freiheit ist das nicht.«

»Sie ist doch noch ein Kind, Mensch!«, rief Pascal aufgebracht. »Außerdem gibt es …«, er senkte die Stimme, »… Hintergründe! Ich bin mir gar nicht sicher, dass Lenas Familie sie überhaupt aufnehmen würde …«

Ich hörte auf zu heulen »Was?«, fragte ich ungläubig. »Du glaubst, Lena will mich nicht haben?«

Einen Moment war es ganz still. Ich bildete mir ein, dass Pascal ein klein wenig den Kopf einzog.

»Doch, doch, bestimmt«, versicherte er dann eilig. »Aber sieh mal, sie ist doch nicht alleine. Wer weiß, was der Mann und die Kinder ...«

»Was hast du eigentlich vorhin mit Opfer gemeint?«, unterbrach ich ihn.

Wir starrten uns an. Dann senkte Pascal den Blick und ich spürte mit einem Mal wieder dieses seltsame Gefühl der Angst in mir, wie damals, als ich Lenas Briefe gefunden hatte.

»Fahr doch erst mal in den Ferien hin!«, schlug Jan vor.

»Und jede Nacht um zwölf macht sie den kleinen Grenzverkehr oder was?«

»Nein, braucht sie nicht. Wenn sie eine persönliche Einladung von einem DDR-Bürger hat, kann sie länger bleiben.«

»Siehst du, Lilly!« Pascals Gesicht hellte sich auf. »Das wäre doch was.«

»Das kann aber dauern«, wandte Jan ein. »Weihnachten wird das nichts mehr. Sie kann höchstens noch mit einem Tagesvisum über Berlin fahren und einfach dableiben. Wenn sie drin ist, ist sie drin.«

»Jetzt hör aber auf«, sagte Pascal ärgerlich.

»Du fährst sie rüber, setzt sie in den Zug nach Jena und kommst wieder zurück. Wo ist das Problem?«

»Wer, ich?« Pascal warf den Arm vor die Brust wie in einer antiken Tragödie. »Moment mal, das ist Kindesentführung!«

»Bis die auf dich kommen«, sagte Marc, »bist du längst in Acapulco.«

Pascal sprach aus tiefster Seele: »Nee. Nee, Leute. Ohne mich.«

Ich stand einfach auf und ging. Bevor die Wohnungstür

hinter mir zuschlug, hörte ich einen der Jungs sagen: »Du willst sie wirklich hängen lassen?«

Im Hausflur rannte Pascal hinter mir her. Er nahm zwei Treppenstufen auf einmal und hielt mich am Ärmel fest. »Lilly, jetzt warte doch mal.«

Ich riss mich los. »Du hast gesagt, wenn ich Hilfe brauche, bist du für mich da!«, schrie ich ihn an. »Aber erst Mami im Stich lassen und jetzt mich, das ist alles, was du kannst!«

Noch bevor ich die letzte Silbe ausgesprochen hatte, tat es mir auch schon Leid; Pascal sah mich so schmerzerfüllt an, dass ich von neuem in Tränen ausbrach. Als die Tür zufiel, stand er immer noch da, völlig bewegungslos. Hinter dem Küchenfenster im ersten Stock hielt mir Jan den erhobenen Daumen entgegen, aber ich guckte gar nicht hin.

12

Arme Frau Gubler. Es muss ein Schock für sie gewesen sein, als sie am Vormittag des Heiligen Abends, quasi auf dem Weg zu ihrer Familienfeier, im Internat vorfuhr und statt einer dankbaren Lilly in Vorfreude auf die Bertrams nur eine aufgelöste Hausmutter antraf. Morgens beim Frühstück hatte sie mich noch gesehen und nichts hatte darauf schließen lassen, dass ich *ausgerechnet an Weihnachten* etwas derart Skandalöses vorhatte. Vor allem konnte die Hausmutter sich nicht erklären, wie ich *mit Gepäck* an der Pforte hatte vorbeigelangen können, denn seit Bekanntwerden meiner nächtlichen Ausflüge hatte man schließlich *ein besonderes Auge* auf mich.

Fassungslos standen Frau Gubler und die Hausmutter vor den Überresten meiner Garderobe, die im Kleiderschrank zurückgeblieben waren. Der Hausmutter fiel dann aber doch noch etwas ein, sie griff in ihre Schürze und förderte einen Brief zu Tage. »Den wollte ich ihr gerade bringen«, sagte sie. »Da habe ich dann gemerkt, dass sie weg ist.«

Frau Gubler öffnete den Brief mit dem rätselhaften Aufdruck »Fragen Sie Frau Irene« und begann zu lesen. Es wird erzählt, dass ihre Augen dabei riesengroß wurden; sie schlug sich an den Kopf und soll mit den Worten zu ihrem Wagen zurückgerannt sein: »Oh Gott, sie will in die Zone!«

Zu diesem Zeitpunkt befand ich mich längst in flotter Fahrt

auf der Autobahn von Hamburg nach Berlin, sang Radioschlager mit und war der festen Überzeugung, dass Frau Gubler und die Hausmutter meiner Vergangenheit angehörten. »Ich muss komplett verrückt geworden sein«, klagte sich Pascal an und umklammerte haltsuchend das Steuer.

Ich zwickte ihn liebevoll in den Arm. »Mami wäre so glücklich! Du bringst mich zu Lena!«, munterte ich ihn auf.

»Das wollen wir erst mal sehen!«, brummte er. »Die Wahrscheinlichkeit ist größer, dass ich dich nach Acapulco mitnehmen muss. Falls ich den Flug noch erwische und nicht vorher schon an der Grenze verhaftet werde ...«

Aber im Großen und Ganzen hatte er bereits die milde Gelassenheit eines Menschen, der sich in sein unausweichliches Schicksal gefügt hat.

In den zwei Tagen, die seit unserer letzten Begegnung vergangen waren, hatte sich meine Vermutung bestätigt, dass der beste Plan nichts wert ist ohne gute Freunde. Noch am gleichen Abend hatte Pascal mich angerufen und verkündet, dass er zu allem bereit wäre – vorausgesetzt, er werde aus allem herausgehalten. Diese mir nicht auf Anhieb einleuchtende Bedingung bedeutete, dass er zwar als Taxifahrer fungieren, sich aber nicht an den Vorbereitungen zu meiner Flucht beteiligen würde. Und Marc würde zwar den alten Käfer seiner Schwester zur Verfügung stellen, aber dass Pascal sich damit in der Nähe des Internats sehen ließ, war ausgeschlossen. Das Problem, wie ich mein Gepäck an der Pförtnerin vorbei in den Kofferraum des Käfers bekam, musste ich also selber lösen.

Wahrscheinlich hoffte Pascal, dass er mir damit eine so harte Nuss zu knacken gegeben hatte, dass ich mein Vorhaben aufgeben würde. Denn als Meggi ihn am Freitagabend – dem Vorabend des 24. Dezembers – von einer Telefonzelle aus anrief, um ihm mitzuteilen, dass der Käfer startklar war, soll er erst einmal eine ganze Weile geschwiegen haben.

Es war nämlich die über jeden Verdacht erhabene Meggi, die am Donnerstag und Freitag meine Sachen in die Freiheit transportiert hatte. Nach dem Telefonat mit Pascal hatte ich mir keinen anderen Rat gewusst, als geradewegs zu meiner Freundin zu laufen. »Wir müssen uns etwas einfallen lassen!«, beschwor ich sie.

Meggi saß zwischen den vielen Kuschelkissen auf ihrem Bett und versank in tiefes Schweigen. »Ist doch ganz einfach«, sagte sie schließlich. »Du brauchst doch nur deinen Schulrucksack, läufst ein paarmal hin und her ...«

»Hast du eine Ahnung, wie sie hinter mir her sind, seit ich nachts spazieren gegangen bin?«, erwiderte ich verzagt. »Ich brauche nur nach rechts und links zu sehen, und schon fragt einer: ›Lilly, wo willst du hin?‹«

»Dann mache ich es eben. Pascal soll das Auto zum Supermarkt fahren und einen Koffer in den Kofferraum legen, und ich laufe ganz gemütlich hin und her und packe«, meinte meine Freundin, und für jemanden, der noch vor kurzem mit allen Mitteln versucht hatte, mich von meinem Vorhaben abzubringen, funkelten ihre Augen ausgesprochen unternehmungslustig.

»Meggi, du bist genial«, sagte ich, um ihr eine Freude zu machen. Denn um ehrlich zu sein, hatte ich genau denselben Plan bereits selbst ausgeheckt. Ich hatte Meggi aber nicht direkt fragen wollen, denn schließlich soll man niemanden zu kriminellen Handlungen verführen, und wenn doch, dann sollte man es wenigstens so aussehen lassen, als habe der so Verführte die Entscheidung aus freien Stücken getroffen.

Zwei Tage lang bewegte Meggi sich nirgendwohin ohne ihren Schulrucksack. Niemand schien sich zu wundern. Pascal hatte uns wie geplant den Schlüssel des Käfers überlassen und diesen zwei Straßen weiter auf einem Supermarktparkplatz abgestellt. »Ich habe nichts damit zu tun«, redete er sich ein. Den Schlüssel hatte er von unten an einen Papierkorb in der Nähe des Wagens geklebt – ein wenig übertrieben, wie wir fanden. Als ich wissen wollte, ob er auch seine Fingerabdrücke abgewischt hatte, wurde er böse.

Meggi stopfte im Schutz des Kofferraumdeckels Pascals Tramperrucksack ordentlich voll. Was sie nicht unterbringen konnte, brachte sie ziemlich wahllos wieder mit, sodass ich später in Jena sehr seltsame Kombinationen zu Tage förderte, die meine Angehörigen in verblüfftes Schweigen fallen ließen. Die Teenie-Mode im Westen hatten sie sich anders vorgestellt.

Aber das Wichtigste war, dass wir es geschafft hatten. Der Käfer war bereit, es gab keine Möglichkeit mehr für Ausflüchte. Pascal musste zu seinem Wort stehen, auch wenn er eine schlaflose Nacht verbracht und, wie er mir später erzählte, seine persönlichen Unterlagen so geordnet hatte, dass seine Hinterbliebenen damit zurechtkommen würden, sollte ihm und mir auf der Fahrt irgendetwas Düsteres zustoßen. Aber dazu später …

Jetzt stand erst einmal Meggi vor mir und trat vor Verlegenheit von einem Fuß auf den anderen, um den Abschied herunterzuspielen. Uns beiden war klar, dass es kein gewöhnlicher

Abschied war. »Wenn ich dich Ostern besuche, bringe ich deinen Hamster mit«, versprach Meggi.

Was wir beide dachten, sprachen wir nicht aus: Wahrscheinlich sehen wir uns nie wieder ...

»Mach's gut«, sagte ich leise.

»Du auch.«

Wir gaben uns die Hand. Pascal wartete schon – im Trubel des letzten Einkaufstages vor Weihnachten achtete niemand auf uns, da konnte er es wagen, sich mit mir auf dem Supermarktparkplatz sehen zu lassen. Und erst als ich im Auto saß und es schon anfuhr, hatte ich endlich den Mut, das Fenster herunterzukurbeln, zu winken und zu rufen: »Du wirst mir furchtbar fehlen!«

Meggi winkte, ihre Lippen bewegten sich. Vielleicht sagte sie: »Du mir auch! Viel Glück!«

Ich wendete mich rasch ab und begann mich umständlich mit meinem Sitzgurt zu beschäftigen. Pascal warf einen kurzen Seitenblick auf mich. »Tja, Lilly«, sagte er rau. »Wer aufbricht, lässt immer auch etwas zurück.«

Meine Mutter hatte das Papier angestarrt. Sie hatte den Bleistift in der Hand gehalten und mehrmals zum Schreiben angesetzt: »Liebe Lena ...«, aber ihr Vorhaben mit sinkendem Mut wieder abgebrochen. Sie hatte daran gedacht, ihre Schwester um Verzeihung zu bitten für den Schreck und den Schmerz, den sie ihr an diesem Abend zufügen würde, wenn Lena nach Hause kam und ihre Botschaft fand. Sie wollte ihr danken für die letzten beiden Jahre, für die Selbstverständlichkeit, mit der sie und Rolf Rita nach ihrer Heirat weiterhin in den Haushalt integriert hatten. Nie hatten die beiden Rita spüren lassen, dass sie vielleicht lieber allein gewesen wären, nie hatten sie sie in Verlegenheit gebracht durch den Austausch intimer Zärtlichkeiten oder indiskreter Andeutungen in ihrer Gegenwart. Nun, da Rita selbst zum ersten Mal verliebt war, konnte sie erst richtig ermessen, wie schwer ihnen das mitunter gefallen sein musste.

Sie hätte Lena auch gern erzählt, dass sie, nachdem ihre und Jochens Entscheidung getroffen war, nächtelang wach gelegen und geweint hatte, weil diese Entscheidung sie und Lena für immer voneinander trennen würde. Sie wusste, man würde ihr nicht gestatten, zu Besuch in die DDR zurückzukehren. Wer flüchtete, brach alle Brücken hinter sich ab, der sah sein Zuhause, seine Familie, seine Freunde mit großer Wahrscheinlichkeit nicht wieder. Vielleicht würde man die strengen Reisebestimmungen irgendwann lockern, ganz sicher würde man Lena eine Reise in den Westen erlauben, wenn sie im Rentenalter war. Aber Lena und sie selbst im Rentenalter, das überstieg Ritas Vorstellungsvermögen.

Wie hätte ein Blatt Papier, wie hätte der ganze Schreibblock ausreichen können für all das, was sie Lena in diesem letzten Moment gern gesagt hätte?

Vielleicht hatte Jochen Recht gehabt: »Du schreibst gar nichts, das wäre ja noch schöner! Was, wenn es gefunden wird, bevor wir drüben sind?«

Aber meine Mutter brachte es nicht fertig, ohne ein Wort zu verschwinden und Lena völlig im Unklaren zu lassen. Sie setzte den Stift an und schrieb: »Ich bin in Hamburg. Danke für alles. In Liebe, deine Rita.«

Dann wusch sie sich ein letztes Mal die Hände in dem kleinen Waschbecken, hörte ein letztes Mal die knarrenden Holzdielen im Flur, nahm ein letztes Mal den Mantel von der Garderobe.

Ganz tief sog sie den vertrauten Duft der Wohnung in sich ein, dann drehte sie ein letztes Mal den Schlüssel im Schloss um und bückte sich, um ihn in den kleinen Spalt unter der obersten Treppenstufe zu schieben. Er fiel ihr zweimal wieder heraus, weil ihre Hand so zitterte.

Wer aufbricht, lässt immer auch etwas zurück.

»Sie wollen keinen Kontakt. Sie wollen nur die Devisen, die D-Mark, aber ansonsten tun sie alles, um Begegnungen zwischen den Menschen zu unterbinden. Angefangen bei diesen verdammten Schikanen an der Grenze, damit Leute aus dem Westen gar nicht erst auf den Gedanken kommen, in die DDR fahren zu wollen.« Ich erinnerte mich an den Zorn in Mamis Stimme, als sie uns das erzählt hatte.

Je näher Pascal und ich dem Grenzübergang kamen, desto stiller wurden wir.

Schon von weitem ließ sich erkennen, dass wir es mit keiner gewöhnlichen Landesgrenze zu tun hatten. Ein schier endloser Maschen- und Stacheldrahtzaun erstreckte sich beiderseits der Autobahn, bis er hinter Hügeln und Bäumen am Horizont verschwand. Er zerriss in zwei Teile, was einmal zusammengehört hatte, sich nun jedoch bis an die Zähne bewaffnet gegenüberstand: Deutschland Ost und Deutschland West, Kriegsschauplatz Nummer eins, sollte es jemals zu einem bewaffneten Schlagabtausch zwischen der NATO und den Staaten des Warschauer Pakts kommen. Ich hatte Studenten gegen die Stationierung neuer Mittelstreckenraketen in Deutschland demonstrieren sehen und es nicht verstanden. Jetzt ahnte ich, worum es ging.

Ein schmaler Feldweg für die Kontrollfahrzeuge führte entlang des Zauns durch die winterliche Einöde, ein viereckiger Wachturm war so platziert, dass man das Gelände ringsum gut überblicken konnte.

Ich bildete mir ein, es im Turmfenster aufblitzen zu sehen, als sich Licht im Fernglas des Beobachters brach. Keine Bewegung hier draußen konnte den Posten entgehen, dennoch gelang immer wieder Einzelnen der Durchbruch – laufend, kriechend, schwimmend bei Nacht und Nebel, versteckt an den aberwitzigsten Stellen in einem Fluchtauto, durch unterirdische Tunnel oder in einem selbst gebauten Fluggerät. Selbstschussanlagen und Bodenminen entlang der Grenze waren vor einigen Jahren abgebaut worden, aber der Schießbefehl auf Flüchtlinge galt nach wie vor. Es schien mir unvorstellbar, dass jemand den Mut aufbrachte, sich in diesem Wäldchen zu verstecken, die Bewegungen der Kontrollfahrzeuge zu studieren, unter den Augen der Grenzposten auf den einen, einzigen, unbeobachteten Moment zu warten, um dann alles zu riskieren, loszurennen, ein Loch in den Zaun zu schneiden, eine Leiter anzulehnen, zu klettern, zu springen …

Mein Herz klopft bis zum Hals. Ich wende den Blick ab. Pascal reiht sich in die Autoschlange ein, die sich vor dem Schild »Transit« gebildet hat. Zwei Grenzbeamte winken uns heran, ohne die finsteren Mienen zu verziehen, und heißen uns mit den Worten: »Ausweise, Fahrzeugpapiere, Kofferraum und

Motorhaube öffnen!« unwillkommen auf dem ersten Stück DDR-Hoheitsgebiet, das wir auf dem Weg nach Westberlin durchqueren müssen. Vorsichtshalber hat Pascal im Westen noch einmal voll getankt, damit er auf der DDR-Autobahn ja keine Sekunde anhalten muss.

Die Grenzer lassen sich Zeit. Während einer mit unseren Pässen verschwindet, fordert der andere Pascal auf, auch noch den Rücksitz nach vorne zu klappen. Pascal zerrt und schiebt, knallt gleich mehrmals mit dem Kopf gegen die Decke, stirbt tausend Tode, weil er das Auto nicht kennt und die Sitzbänke sich nicht klappen lassen (»Ogottogott, geht das überhaupt beim VW?«). Die Grenzer lassen ihn rackern, ohne zu helfen, immer dieser starre, fast beleidigte Blick, und als er endlich schweißüberströmt aufgibt, inspizieren sie den Käfer so gründlich, dass ihnen das Wesentliche entgeht: das republikflüchtige Kind, das sich ganz klein macht … Ungläubig und staunend sehe ich zu, wie sie einen Spiegel an einem langen Stab unter unser Auto schieben. Noch lange, nachdem wir die Grenze hinter uns gelassen haben, ist es im Käfer ganz still.

Und dann kommen wir nach nur wenigen Stunden Fahrt nach Westberlin und das Entsetzen über die Grenzanlagen ist vergessen. Ich hänge seitlich aus dem Fenster, Regen trommelt in mein Gesicht und ich schreie Leuchtreklamen, Weihnachtsschmuck und Kinofoyers mein ganzes Glück entgegen: »Berliner Regen! Endlich!« Ich meine meinen Vater zu sehen, wie er 1973 mit seiner Ente dieselbe Straße entlang fährt. Dieselben Häuser, derselbe Asphalt, dieselben Ampeln. Vielleicht gab es den kleinen Kiosk schon, bestimmt die U-Bahn-Station, den dicken Baum …

»Jetzt mach endlich das Fenster zu und guck mit in die Karte!«, schimpfte Pascal. »Seit mehr als einer Stunde kurve ich hier herum …!«

Er warf mir in den Schoß, was von einem nagelneuen Falk-Plan übrig geblieben war. Ich sah gleich, dass die »patentierte Falttechnik« nicht mehr zu retten war. Kurz entschlossen lehnte ich mich wieder aus dem Fenster und rief zu dem Taxi hinüber, das gerade neben uns im Stau zu stehen kam: »Entschuldigung! Wie kommen wir am besten in den Osten?«

Der Taxifahrer schnippte eine Kippe auf die Straße. »Möglichst wenig reden und das Geld abgezählt bereithalten«, empfahl er und kurbelte sein Fenster wieder hoch. Ich plumpste verdutzt in den Sitz zurück, als der Käfer wieder losruckelte.

Noch verblüffter war ich, als Pascal an der nächsten Ampel mit starrem Blick geradeaus fuhr.

»Nach rechts, fahr nach rechts, da steht es doch!«, rief ich aufgeregt und ruderte mit den Armen wild im Regen, bis ein Kleinlaster Einverständnis blinkte. »Der lässt dich, der lässt dich!«

Pascal kniff die Lippen zusammen. Seine Fingerknöchel wurden weiß, so fest stemmte er sich gegen das Lenkrad. Der Kleinlasterfahrer tippte sich an die Stirn, als er an uns vorbeizog, und seine Hinterreifen entluden einen Schwall Pfützenwasser über meinen Kopf.

Ich warf den Stadtplan nach hinten, verschränkte die Arme und rutschte tiefer in den Sitz. Zornig und hilflos merkte ich, wie mir wieder mal die Tränen kamen. »Feigling!« Mehr als eine halbe Stunde fuhren wir wortlos kreuz und quer durch die Stadt, meine Haare waren längst getrocknet, bis sich Pascal endlich entschließen konnte, das Ding durchzuziehen und in die richtige Richtung abzubiegen.

Am Übergang nach Ostberlin wurden wir zum Glück zwischen anderen Autos eingekeilt, sodass er nicht ohne weiteres hätte wieder ausscheren können. Trotzdem machte ich mich vorsichtshalber ganz schwer auf meinem Sitz und beklagte mich auch nicht, als Pascal anfing zu rauchen, was er meines Wissens schon vor Jahren aufgegeben hatte. Inbrünstig hoffte ich, dass die Grenzbeamten sich beeilten und wir schnell vorankamen, bevor mein Begleiter es sich doch noch anders überlegte. Aber leider gaben sie das komplette Kontrollprogramm, obwohl Heiligabend war und im Kontrollhäuschen immerhin ein dünnes Weihnachtsbäumchen stand. Wir warteten endlos in der Autoschlange, und zwischen Pascal und mir klumpte sich das Schweigen wie ein zäher alter Kaugummi.

Derart unter Hochspannung, nahm ich die anderen Grenzgänger erst wahr, als nur noch wenige Autos vor uns in der Reihe standen. Ungewöhnlich viele ältere Leute waren darunter, die teils zu Fuß die Grenze passierten und auf der anderen Seite bereits erwartet wurden. Von meiner Mutter wusste ich, dass man im Rentenalter aus der DDR in den Westen übersiedeln durfte und dass viele Rentner dies auch taten, selbst wenn sie ihre Kinder und Enkelkinder zurücklassen mussten. Von Westdeutschland aus konnten sie von nun an die Daheimgebliebenen mit den Segnungen der Marktwirtschaft erfreuen. Wobei diese dann überrascht feststellten, dass manches, was im Westen preiswert verkauft wurde, in der DDR hergestellt worden war – nur eben nicht für die dortige Bevölkerung, sondern für den Export gegen harte D-Mark!

Eine kleine grauhaarige Frau schleppte so viele Tüten, dass sie kaum einen Fuß vor den anderen setzen konnte. Sie wurde von ihrer Familie mit großem Hallo empfangen und im Triumphzug von dannen geführt, aber mich machte das traurig. Ich stellte mir vor, wie sie die meiste Zeit allein auf der anderen Seite zubringen musste. Ja, je länger ich den weihnachtlichen Grenzgängern zusah, desto deprimierter wurde ich. Auch aus diesem Grund war ich froh, als wir endlich an die Reihe kamen, selbst wenn wir nur wieder angeschnarrt wurden: »Motorhaube, Heckklappe, Ausweise, Fahrzeugpapiere ...«

Nun gab es kein Zurück mehr! Während Auto und Pässe kontrolliert wurden und Pascal für jeden von uns fünfundzwanzig D-Mark in DDR-Mark zwangsumtauschen musste, versuchte ich aufgeregt, einen ersten Blick auf den Osten der Stadt zu erhaschen. Ich sah graubraune Altbauten und diese lustigen kleinen Trabis, die durch den Regen fuhren. Ich war mir nicht ganz sicher, ob das schon der Osten war. Trotzdem schlug mein Herz bis zum Hals: Ich war tatsächlich hier, ich hatte es geschafft, nur wenige Schritte trennten mich von meinem neuem Leben! Unterhalb meiner Rippen steigerte sich ein feierliches Kribbeln bis zur Unerträglichkeit. Es fehlte nicht viel und ich wäre vor Aufregung auf und nieder gehopst.

Nur der Blick auf Pascals grämliche Miene hielt mich davon ab. Der Arme war schließlich noch weit von seinem Ziel entfernt; nicht nur hatte er mich unbeschadet in den Zug nach Jena zu setzen, sondern musste anschließend auch noch den ganzen Weg wieder zurück nach Hamburg fahren ...

Mit einem Mal ergriff mich tiefe Wehmut. Mitgefühl und schlechtes Gewissen wegen Pascal, immer noch Traurigkeit wegen des Abschieds von Meggi ... ich kam mir vor wie ein Schuft. Wie oft hatte ich mit Pascal gestritten, ihm böse Worte an den Kopf geworfen, ihm Unrecht getan und ihm das Leben schwer gemacht. Nun brachte er mich zwar nicht ganz freiwillig, aber immerhin doch unter Einsatz seines Lebens hinter »die dichteste Grenze in ganz Europa«, wie Frau Gubler es genannt hatte. Wie sollte ich das je wieder gutmachen? Ich drückte mich fest an ihn, um ihn mit grenzenloser Liebe und Dankbarkeit zu überströmen.

»Autsch, Lilly, jetzt drängel doch nicht!«, beschwerte er sich und gab mir einen kleinen Knuff in die Seite.

Ich knuffte beleidigt zurück. Nicht einmal in dieser ganz besonderen Situation wollte es zwischen uns klappen. Es war wohl tatsächlich das Beste für uns beide, dass wir uns endlich trennten.

Kaum waren wir über die Grenze, stritten wir schon wieder, diesmal um das Foto: meine Eltern »Unter den Linden«. Eine Treppe, eine Säule, seitlich dicke Mauern mit Schnörkeln und Verzierungen – all das konnte doch nicht vom Erdboden verschluckt worden sein! Wieder und wieder fuhren wir »Unter den Linden« auf und ab, schon dreimal war ich ausgestiegen und hoffnungsvoll auf ein Bauwerk losgerannt. Jedes Mal kam ich enttäuscht wieder zurück. Doch nicht ...

»Es könnte auch eine Seitenstraße sein«, meinte Pascal. »Wer weiß, wie es da heute aussieht. Lass es gut sein, Lilly. Wir müssen zum Bahnhof!«

Ich nahm ihm das Foto wieder aus der Hand und starrte es beschwörend an. Das durfte einfach nicht wahr sein – ich war so dicht dran, das spürte ich! »Es muss hier sein!«, wiederholte ich zum zigsten Mal.

»Also, mir reicht es jetzt.« Pascal fuhr auf den Randstreifen, um zu wenden. »Dieses Auto fährt jetzt zum Bahnhof, ob mit dir oder ohne dich!«

»Nein!«, schrie ich. »Da ist es! Halt an!«

»Na gut!«, seufzte Pascal. »Einmal noch.«

Ich reiße vor Aufregung fast den Griff ab und springe heraus, obwohl das Auto noch ausrollt. Und seltsam, ich bin nicht mehr allein, als ich über die Straße auf den Dom zulaufe. Neben mir läuft Jochen, mein Vater, den ich nie bewusst gesehen habe, aber mit dem ich jetzt wie durch ein Wunder zusammentreffe. Ich bin nicht einmal überrascht, ihn zu sehen, denn seit wir in Berlin sind, habe ich das Gefühl, dass er da ist. Meine Sehnsucht ist schließlich auch die seine, und unser Herz fliegt die Stufen hinauf, weil oben Mami auf uns wartet und die Arme ausbreitet, um …

Etwas hält mich zurück und sagt: Sieh nicht nach.

Es ist kein Verbot, nur eine leise Stimme tief in mir, und vielleicht bin ich deshalb auch gar nicht traurig über das, was die Stimme mir sagen will: dass Mami jetzt geht, gehen kann … wenn ich es zulasse.

Ich bleibe unten stehen und wende mich ab und lasse Jochen allein weiterlaufen. Ich glaube ganz fest, dass er sie gefunden hat.

13

Meine junge, modisch aufgeschlossene Mutter hatte eine heimliche Leidenschaft, die ich nie so ganz begreifen konnte: Sie liebte alte Filme. Während ich die angestaubten Kulissen und bieder gekleideten Helden hausbackener Romanzen nur schwer ertragen konnte, schmachtete sie dahin und wollte nicht gestört werden. Vor allem die sechziger und frühen siebziger Jahre hatten es ihr angetan, und als wir die Grenze von West- nach Ostberlin passierten, begriff ich auch, warum. Es war, als wären wir in einer von Mamis Filmkulissen gelandet. Hier fuhren die eckigen kleinen Autos, die ich so oder ähnlich aus alten Fernsehfilmen kannte, hier sah ich Hauswände, die wie anno dazumal mit bunten Werbeschriften bemalt waren. Die verblassenden Bilder und Schriftzüge sahen aus, als befänden sie sich schon seit Jahrzehnten dort, was durchaus vorstellbar war, denn anders als die bei uns üblichen Leuchtreklamen ließen sie sich ja nicht so ohne weiteres austauschen. Die grellen Lichter und verschwenderischen Schaufensterfronten, die wir eben noch passiert hatten, waren auf der anderen Seite der Grenze geblieben, und zwar so plötzlich, als hätte man einen Vorhang zugezogen. Es gab trotz des bevorstehenden Weihnachtsabends nicht einmal einen Stau. Das Hupkonzert an den Ampeln fehlte und selbst die Fußgänger schienen im Gehen ruhiger aufzutreten.

Und plötzlich verstand ich, dass Mami gar nicht für Joachim Fuchsberger und Karin Dor geschwärmt hatte. Sie hatte in den alten Filmen Bilder wiedergefunden, die sie an ihre Heimat erinnerten, an die DDR und an eben jene siebziger Jahre, in denen sie einen letzten Blick darauf hatte werfen dürfen. Auch meine Mutter musste das Gefühl gekannt haben, die Zeit anhalten zu wollen. Mein Herz schlug schneller bei dem Gedanken, dass sich hier seit damals nicht sehr viel verändert haben konnte. Noch nie hatte ich mich meinen Eltern so nahe gefühlt! Ausgerechnet an diesem Ort verband sich der Lebensfaden meiner Familie – ausgerechnet hier, wo über allem *die Mauer* präsent war, von der ich schon so viel gehört hatte, dass sie in meiner Vorstellung schon beinahe ins Reich der Märchen und Legenden abgewandert war.

Denn die Mauer war überall; man brauchte sie nicht einmal zu sehen, um zu erahnen, wo die Grenze verlief: Die Häuser von Westberlin, an diesem dunklen Regentag hell erleuchtet, waren an manchen Stellen fast zum Greifen nahe. Und es war, als ob der Blick nach drüben es hier noch stiller und dunkler machte. Auf beiden Seiten waren die Häuser aus demselben Stein und im selben Stil erbaut, sie wurden buchstäblich von derselben Wolke mit Regen gewaschen. Aber zwischen ihnen lag eine ganze Welt.

Pascal, der es eben noch so eilig gehabt hatte, zum Bahnhof zu kommen und die Sache hinter sich zu bringen, machte jetzt beinahe ein Zeremoniell daraus, ein Stück in Sichtweite der langen Mauer entlangzufahren. »Auf dieser Seite gibt es keine Graffiti wie in Westberlin«, bemerkte er, als ob mir das nicht schon selbst aufgefallen wäre. »Niemand kommt weit genug heran, um die Mauer zu bemalen, denn davor liegen Sicherheitszaun und Todesstreifen. Er ist streng bewacht – siehst du die Kontrolltürme? Nachts suchen sie das Gelände mit Scheinwerfern ab, aber trotzdem gibt es immer wieder Leute, die versuchen hinüberzukommen.«

Er bog nach links ab und ich war erstaunt, als in der fast menschenleeren Seitenstraße plötzlich der dunkle Eingang einer verlassenen U-Bahn-Station vor uns auftauchte. Pascal hielt an und forderte mich auf, das Fenster herunterzukurbeln. Nach kurzer Zeit hörten wir es unter der Erde rumpeln, heißer Wind stieg aus den Belüftungsschächten auf. In schnellem Tempo näherte sich eine Bahn. »Es gibt Geisterbahnhöfe in dieser Stadt«, sagte Pascal, als das Rumpeln am lautesten wurde, »in denen seit Jahrzehnten keine Bahn mehr gehalten hat. Die Treppen führen ins Nichts, der Eingang ist zugemauert. Da unten gibt es nur noch Ratten und Mäuse. Die Bahn fährt durch bis zur Friedrichstraße, wo es einen bewachten Grenzübergang für Fußgänger gibt.«

Er warf einen Seitenblick auf mich. »Du kannst noch zurück, Lilly. Du brauchst dir auch nicht blöd vorzukommen. Wir fahren jetzt einfach wieder nach Hause und ich verspreche dir, wir reden nie wieder davon ...«

Ich lauschte der U-Bahn nach, die sich rasch entfernte. Die heißen Wolken, die die Belüftungsschächte in den Regen geblasen hatten, fielen auf das Pflaster zurück und verdampften. »Aber wenn ich zu Lena fahre, fahre ich doch nach Hause«, hörte ich mich mit kleiner Stimme sagen.

»Bist du denn sicher, dass du das Haus überhaupt findest?«

Das Rumpeln tief unten in der Erde hatte aufgehört. Ich

seufzte tief. »Bahnhof geradeaus, erste Straße rechts, links, rechts und dann immer geradeaus. Wenn du an ein rundes Denkmal kommst mit einer Marmorstatue darin, dann bist du schon fast da. Mami hat es mir oft genug beschrieben!«

»Na gut«, murmelte Pascal und fiel für den Rest des Weges in tiefes Schweigen.

Manchmal, wenn auch ganz selten, können wenige Sekunden, eine kleine Unachtsamkeit, ein kurzes Nicht-Aufpassen über das ganze weitere Leben entscheiden. Was wäre geschehen, wenn Pascal geahnt hätte, wie nahe er nach dem Abstecher zu dem Geisterbahnhof daran gewesen war, mich zur Umkehr zu bewegen? Aber er hat mir einfach nicht angesehen, dass mir plötzlich das Atmen schwer fiel, weil mir etwas Beängstigendes erst jetzt bewusst geworden war: Hinter all den Mauern dieser Stadt blieb meine alte Heimat möglicherweise für immer zurück. Der Hamburger Hafen und das Alsterbecken, das im Winter schneeweiß zufrieren und auf dem man Schlittschuh laufen konnte, das Kinderkino und das Musicaltheater und das Café in der Mönckebergstraße mit dem besten italienischen Pistazieneis weit und breit, der Wind um den Leuchtturm in Blankenese und ja, auch Mamis Grab auf dem Friedhof in Ohlsdorf ...

Denn es gab keinen einzigen freien Durchgang, selbst die breite gepflegte Prachtstraße »Unter den Linden«, zu beiden Seiten von majestätischen Bauwerken gesäumt, endete im Niemandsland der Mauer, die in respektheischendem Abstand die Säulen des Brandenburger Tors umstellte. Die Pferde vor dem Streitwagen oben auf dem Tor, aus dem Westen kommend, verharrten mitten im Sprung. Seit siebenundzwanzig

Jahren warteten sie darauf, dass der Weg in den Osten wieder frei wurde.

Seht her, dachte ich, plötzlich trotzig. Ich hab's geschafft!

Die unfreundlichen Grenzbewacher mitsamt ihrem schauerlichen Arbeitsplatz, diese ganze Stadt mit ihren weggesperrten Lichtern und zugemauerten Straßen sollte sich bloß nicht einbilden, dass ich vergessen hatte, dass in diesem Land meine Familie auf mich wartete! Ich wollte nicht über Ost und West nachdenken, ich wollte nicht einmal eine Antwort auf die Frage haben, mit welchem Recht Menschen glaubten, andere in ihrem eigenen Land einsperren zu dürfen. Ich wollte meine Familie zurück!

Nachdem ich mir dies in Erinnerung gerufen hatte, ging es mir besser, war die Entscheidung endgültig getroffen und ich versuchte, nicht mehr auf die Mauer, sondern auf die Menschen zu achten, die durch den Ostberliner Regen liefen. Für sie gehörte die Grenze zwischen den beiden deutschen Staaten zum Alltag, vielleicht schauten sie schon gar nicht mehr hin, wenn sie daran vorbeikamen. Dabei sahen diese Leute aus wie wir, sprachen unsere Sprache und gingen ihren Besorgungen nach, wie Menschen dies auch in unserem Teil der Welt am 24. Dezember taten. Wir mussten noch viel mehr gemeinsam haben, und plötzlich war ich neugierig darauf, es herauszufinden. Es fehlte nicht viel und ich hätte einigen von ihnen durchs Fenster »Guten Tag!« zugerufen.

Wir fuhren weiter nach Osten, Richtung Hauptbahnhof. Abseits der »Linden« lagen große Gebäude wie im Schatten. Vor dem Bahnhof fanden wir auf Anhieb einen Parkplatz, und das am Heiligabend! Wir stellten uns schweigend am Fahrkartenschalter an, und als wir an die Reihe kamen, kaufte Pascal für mich eine Fahrkarte nach Jena Paradiesbahnhof – einfach so! Mein Herz klopfte, aber alles ging gut, niemand schöpfte Verdacht, dass sich hier gerade eine Republikflucht abspielte.

Trotzdem mussten wir vorsichtig sein. Wir bekamen eine kleine Hand voll Münzen zurück, die Pascal mir mit der Fahrkarte in die Manteltasche steckte. Verstohlen fühlte ich nach dem Geld, ließ meine Finger hindurchgleiten ... es klimperte nicht! Ich nahm eine Münze heraus und sah sie an, aber Pascal gab mir einen kleinen Schubs. »Die sind aus Aluminium!«, flüsterte er. »Guck sie dir später an. Bloß nicht auffallen!«

Einige Münzen wurden wir gleich wieder los: für zwei Bockwürstchen mit Senf in der Mitropa-Gaststätte. Unsere letzte gemeinsame Mahlzeit! Pascal sah mich die ganze Zeit traurig an, und auch mir zwängte sich die Bockwurst nur mit Mühe durch den Hals. Auf den Stufen vor dem Dom, meiner privaten Gedenkstätte, hatten wir noch schweigend gesessen, jeder in seine eigenen Gedanken versunken. Jetzt traute ich mich und fragte leise: »Denkst du auch so oft an sie?«

»Sehr oft«, gab Pascal zu.

»Und woran denkst du dann?«

»Ich versuche mich an das zu erinnern, was nicht auf Fotos ist«, antwortete Pascal. »Ich habe Angst, dass ich das vergesse.«

Ich schob meinen Teller beiseite.

»Hör mal zu, Lilly«, sagte Pascal eindringlich. »Wenn sie hier nicht nett zu dir sind, hole ich dich wieder ab. Du brauchst nur anzurufen. Versprichst du das?«

Ich nickte stumm.

»Rita würde mir nie verzeihen, wenn ich dich einfach so ablade«, sorgte er sich. »Hoffentlich hast du nicht das Gefühl ... aber weißt du, ich bin einfach zu selten zu Hause. Es hätte gar nicht funktionieren können.«

»Ist schon gut, das weiß ich doch«, murmelte ich und fügte so fröhlich wie möglich hinzu: »Bei Lena ist es sicher ganz toll. Lustig und gemütlich und immer was los ... und ich kriege sogar Geschwister!«

Pascal aß gedankenverloren die Reste meines Bockwürstchens. Ich hatte das komische Gefühl, dass er mir etwas sagen wollte und sich dann doch dagegen entschied. Stattdessen grinste er unvermittelt und meinte: »Bei uns war ja auch nicht alles schlecht, oder? Wir hatten auch schöne Zeiten zusammen. Unser erster Winterurlaub, wo ihr mir den Schneepflug beigebracht habt ...«

»Als wir alle drei Mumps hatten ...«

»Als beim Vorlesen dein Etagenbett unter uns zusammengekracht ist ...«

»Als du mich nach Berlin gefahren hast ...«

Wir machten eine Gepäckprobe: Ich konnte den schweren Rucksack gerade so tragen. »Überhaupt kein Problem«, behauptete ich und dachte: Hoffentlich wohnt Lena nicht so weit vom Bahnhof entfernt. Pascal tat, als wolle er mir den Schuh binden, und versteckte dabei ein kleines Bündel DM-Scheine seitlich in meinen Socken. »Wenn sie dich erwischen, verlangst du, dass sie dich dem Bundesgrenzschutz übergeben«, schärfte er mir ein. »Und rede im Zug so wenig wie möglich. Sie brauchen nicht zu hören, dass du aus Hamburg kommst!«

»Lena wird Augen machen«, machte ich mir Mut.

»Das glaube ich auch«, brummte Pascal.

Wir standen vor dem Zug, überall schlossen schon die Wagentüren. »Besuchst du mich mal?«, bettelte ich mit einer Stimme, die viel höher klang als meine.

»Lass mich erst mal heil hier rauskommen«, meinte Pascal. »Dann können wir darüber reden!«

Er hob meinen Rucksack in den Zug. »Mach's gut, Lilly«, sagte er rau und umarmte mich, aber nur ganz kurz, denn eigentlich wollten wir es beide schnell hinter uns bringen.

»Ich werde dir das nie, nie vergessen«, versprach ich am Fenster.

Pascal sagte nichts, aber als der Zug anfuhr, ging er noch ein ganzes Stück mit, bis wir zu schnell wurden und ich ihn an dem fremden Bahnhof immer kleiner werden sah. Dass mir dabei Tränen die Wangen herunterliefen, konnte er zum Glück nicht erkennen. Niemand sollte denken, dass ich nicht froh war über das, was ich tat. Aber erst Meggi und jetzt Pascal, das war zu viel für einen einzigen Tag! Als der Bahnhof schon längst von der Dunkelheit des grauen Wintertages verschluckt war, stand ich immer noch am Zugfenster und ließ den Regen meine Tränen abwischen.

Auf der Sitzbank mir gegenüber hatte, während ich am Fenster stand, ein Mann mittleren Alters Platz genommen und seine Zeitung entfaltet. Er beachtete mich nicht weiter, aber die Vorstellung, ihm so dicht gegenübersitzen zu müssen, war mir mit einem Mal so unheimlich, dass ich meinen Rucksack in beide Hände nahm und – ihn mühsam vor mir herstoßend – im Zug weiterlief. Drei Wagen weiter fand ich einen Viererplatz, wo ich alleine sitzen und dabei die sagenumwobenen DDR-Bürger erst einmal vorsichtig aus einiger Ferne beäugen konnte.

Direkt hinter meiner Rückenlehne hörte ich einen jungen Soldaten schnarchen. Er hatte den Kopf auf sein Gepäckbündel gelegt und war vermutlich auf dem Weg in den Weihnachtsurlaub, zumindest aber völlig blind und taub für das Geschehen im Abteil. Mit seinem halb offenen Mund, dem leise, pfeifende Laute entwichen, hatte er nicht gerade gefährlich ausgesehen. So hatte ich nur ganz kurz gezögert, den freien Platz hinter ihm zu besetzen. Kühn kletterte ich über seine in den Gang ragenden großen Füße, setzte mich und verlieh meinem Gesicht einen leicht gelangweilten Ausdruck, während ich halb geradeaus aus dem Fenster blickte. Dies schien mir die beste Taktik zu sein, um mich unsichtbar zu machen. Ein halbes, aber waches Auge ließ ich dabei immer wieder verstohlen über meine Mitpassagiere schweifen.

Grund zur Besorgnis schien nicht zu bestehen. »Alles im grünen Bereich«, hätte Pascal gesagt. Hinter der gegenüberliegenden Sitzbank scharrten Füße und raschelten Zeitungen. Neben mir, auf der anderen Seite des Gangs, verteilte eine Mutter Kekse und Spielkarten an zwei kleine Jungen, schräg gegenüber war zwischen großen Einkaufstaschen eine ältere Frau in eine angeregte Unterhaltung mit ihrem Mann vertieft. Von ihm konnte ich nur die Schulter, einen Arm und eine Hand sehen, die neben ihm auf einem Hut lag und ab und zu darauf klopfte, um eine Aussage zu unterstreichen. Alle waren mit sich selbst beschäftigt, niemand sah zu mir hinüber. Dass ich aus dem anderen Teil der Welt kam, sah man mir ebenso wenig an, wie diese Leute an einem Winternachmittag in einem Nahverkehrszug bei uns in der BRD aufgefallen wären.

Und mehr noch: An den Wortfetzen, die zu mir drangen, erkannte ich, dass die junge Mutter und ihre Kinder Berlinerisch redeten, das ältere Ehepaar aber den weichen Dialekt des Thüringer Beckens sprach, der trotz der fünfzehn Jahre in Hamburg auch bei Mami ab und zu noch durchgeklungen war und bei Lena sowieso. Verständigungsprobleme würden mir – ganz anders als bei einem Gespräch mit manchen Hessen, Bayern oder Schwaben – hier nicht im Wege stehen. Dabei waren diese meine Landsleute, jene aber nicht! Genussvoll spitzte ich die Ohren und hörte zu, wie die beiden alten Leute sich über ihr Enkelkind freuten, das zum ersten Mal Weihnachten erleben würde.

Dass ich eigentlich nur unauffällig aus dem Fenster hatte blicken wollen, vergaß ich derweil völlig. Noch keine Viertelstunde saß ich in diesem Zug und schon kam es mir vor, als gehörte ich dazu!

Der kleinere der beiden Jungen auf dem Nachbarplatz schien dies ebenso zu empfinden. Plötzlich rutschte er von seinem Sitz, kam freimütig zu mir hinüber und drückte mir strahlend eine Spielkarte in die Hand. »Pittiplatsch!«, forderte er mich auf.

Ich lief rot an und sah Hilfe suchend zu seiner Mutter hinüber. Sie lächelte mich freundlich an. »Pittiplatsch!«, drängte der Junge und schubste mich am Knie.

Was in aller Welt sollte ich darauf antworten? Von diesem Spiel hatte ich noch nie gehört! Endlose Sekunden verstrichen. Irrte ich mich oder sah ich die junge Mutter die Brauen hochziehen? Blickte sich das ältere Ehepaar nach mir um, hörte gar der junge Soldat auf zu schnarchen?

Endlich kam mir ein rettender Gedanke: Ich erwiderte den leichten Schlag, den der Junge mir zuvor versetzt hatte. »Pitti*platsch*!«, erklärte ich mutig.

»Das ist der Pittiplatsch«, sagte der ältere Junge knapp und hielt seine Spielkarten hoch, und jetzt sah auch ich, dass es sich um ein ganz gewöhnliches Quartettspiel handelte. Es hieß »Sandmännchen und seine Freunde« und bildete unter anderem einen kleinen dunklen Kobold ab. Pittiplatsch.

»Weiß ich doch, Mensch«, erwiderte ich tapfer, obwohl mir der Schweiß ausbrach. »Den kennt doch jeder!«

Der Kleine nahm mir die Karte aus der Hand und kletterte enttäuscht auf seinen Sitz zurück. Der Ältere beugte sich zu seiner Mutter und raunte vernehmlich: »Die kennt Pittiplatsch nicht!«

Er warf mir einen misstrauischen Blick zu, doch die Mutter sagte nichts. Ich wandte mich wieder zum Fenster und blickte starr nach links hinaus. Ich bekam einen ganz steifen Nacken, weil ich mich nicht mehr zu bewegen wagte, aber niemand forschte nach. Ich war heilfroh und entspannte mich erst, nachdem die drei an der nächsten Station ausgestiegen waren.

Wie hätte ich auch auf den Gedanken kommen sollen, dass man hier sogar ein eigenes Sandmännchen hatte?

Doch die nächste Hürde näherte sich bereits. Von vorne arbeitete sich der Schaffner durchs Abteil und hielt mit jedem Reisenden ein kurzes Schwätzchen.

»Na, so janz alleene?« Freundlich sah er mich an.

Meine Finger waren so klamm, dass ich kaum die Fahrkarte

aus der Hosentasche brachte. Dabei sah ich ihn mit der größtmöglichen Zuversicht an, die ich nach der Pleite mit dem Sandmann noch aufbringen konnte. »Nee«, sagte ich. »Das sieht nur so aus.«

Der Schaffner *las* die Fahrkarte, bevor er sie entwertete. Ängstlich starrte ich zu ihm auf. »Jena-Paradies?«, fragte er.

»Genau«, antwortete ich und betete stumm, es möge ihm auffallen, dass er von Ostberlin bis zur Zugmitte bereits zwanzig Minuten gebraucht hatte und besser anfing, sich zu beeilen, damit ihm keine Schwarzfahrer durch die Lappen gingen, falls es so etwas hier überhaupt gab. Und tatsächlich, er gab mir die Fahrkarte zurück, wünschte mir eine gute Reise und ging weiter, und der Kloß in meinem Hals schrumpfte innerhalb kürzester Zeit auf eine Größe zusammen, die mir das Schlucken wieder erlaubte.

Jan hatte wohl doch Recht gehabt: »Wenn sie drin ist, ist sie drin.« Nun konnte mir nichts mehr passieren, vorausgesetzt ich wurde nicht leichtsinnig und hielt mich von Kindern fern! Beruhigt streckte ich die Beine aus und rollte meinen Anorak am Fenster zusammen, um den Kopf anzulehnen und ein wenig zu dösen. Jetzt, wo die Gefahr vorbei war, merkte ich erst, wie müde ich war.

Es war später Nachmittag und ich malte mir schläfrig aus, was mich erwartete. Wenn alles klappte (und warum sollte es nicht?), würde ich pünktlich zum Weihnachtsessen in Jena ankommen. Ich würde an der Haustür klingeln, mit schweren Schritten vier Stockwerke zur Dachwohnung hinaufstapfen und dabei »Eilzustellung aus Hamburg!« nach oben rufen. Ich musste kichern, als ich mir Lenas Gesicht vorstellte. Ich hoffte, dass nicht stattdessen Onkel Rolf die Tür aufmachte, denn dann war der ganze Witz bestimmt dahin. Mein Onkel blickte auf allen Fotos, die ich von ihm kannte, so sorgenvoll drein, dass man beinahe selbst ganz melancholisch wurde. Wahrscheinlich gehörte er zu den Menschen, die Überraschungen nichts abgewinnen können. Natürlich war ich entschlossen, ihn dennoch zu lieben, aber den Gedanken an Onkel Rolf verdrängte ich erst einmal.

Zu dumm, dass keine Zeit mehr gewesen war, Geschenke für Katrin und Till zu besorgen, um sie dafür zu entschädigen, dass sie in Zukunft ihre Eltern mit mir würden teilen müssen. Ich nahm an, dass wir gleich nach den Weihnachtstagen miteinander zur Schule gehen würden. Darüber machte ich mir keine Sorgen, denn schon in ihrem eigenen Interesse würden sie mir helfen, dort nicht unangenehm aufzufallen. Da ich in Musik eine Zwei hatte, konnte ich während der Feiertage ja schon einmal damit anfangen, die sozialistischen Lieder zu lernen, die man hier meines Wissens singen musste. Meine Familie sollte sehen, dass ich zu allem bereit war, um ihnen keine Schande zu machen.

Die Eisenbahn klopfte rhythmisch über die Schienen: dudumm, du-dumm, du-dumm. Draußen wurde es langsam dunkel. Ich merkte, wie mir die Augen zufielen. Ein-, zweimal kämpfte ich noch dagegen an, dann überließ ich mich dem seligen Schlaf der Vorfreude. Als Letztes sah ich Lena vor mir, die mich an einem tief verschneiten Bahnhof erwartete. Sie war in einem Rentierschlitten hergekommen, hob mich mit Leichtigkeit direkt aus dem Zugfenster und bettete mich zwischen kuschelig weiche Felle, die auf der Rückbank des Schlittens ausgebreitet waren. So ein Quatsch, dachte ich selbst im Traum.

Die Wirklichkeit war weit weniger angenehm. Dabei hatte ich noch Glück: Ein paar Minuten vor meiner Endhaltestelle kam der Schaffner im Abteil vorbei und rüttelte mich leicht an der Schulter: »Wolltest du nicht in Jena aussteigen?«

Ich riss die Augen auf und starrte aus dem Fenster in pechschwarze Finsternis. Im ersten Moment wusste ich überhaupt nicht, wo ich mich befand. In meinem Abteil brannte ein schwaches Licht, die meisten Fahrgäste waren schon an anderen Bahnhöfen ausgestiegen. Ich brauchte einige Augenblicke, um zu mir zu kommen. Dann fasste ich verstohlen nach meinem linken Fuß und fühlte die kratzigen Geldscheine, die Pascal mir in die Socken gesteckt hatte. Auch meinen Rucksack hatte niemand mitgehen lassen, während ich schlief. Ein Blick auf die Uhr: kurz nach sieben. Ich öffnete das Fenster und steckte den Kopf nach draußen. Die eiskalte klare Luft weckte mich fast sofort. Es hatte sogar aufgehört zu regnen.

»Nu mach aber wieder zu. Hier fliecht man ja weg«, beschwerte sich eine weißhaarige Omi, die irgendwo unterwegs den Sitz der Pittiplatsch-Familie eingenommen hatte und sich schützend die Löckchen festhielt.

Ich entschuldigte mich höflich und schob das Fenster wieder hoch. Ich spürte ihren Blick, als ich mit Mühe meinen Rucksack auflud. »Ich fahre zu meiner Oma«, sagte ich.

Sie strahlte. Sollte etwas schief gehen, sollte ich auf dem Weg durch die Stadt auf mysteriöse Weise abhanden kommen und Pascal verzweifelt nach mir fahnden müssen, würde sie sich ganz bestimmt an mich erinnern.

Wir rollten in den winzigen Bahnhof, der zu Füßen der Altstadt lag und verschämt den stolzen Namen der angrenzenden Parkanlage trug: Paradies. Heller Rauch stieg aus vielen Schornsteinen auf und hinterließ feine Spuren im schwarzblauen Nachthimmel. Mit mir stiegen drei weitere Leute aus anderen Abteilen aus dem Zug und steuerten den »Ausgang zur Stadt« an. Natürlich holte mich niemand ab. Also setzte ich mich in Bewegung und folgte unauffällig den anderen, als hätte ich schon mein Leben lang diesen Weg benutzt.

Dabei schielte ich verstohlen nach dem riesigen roten Schild am Ausgang, das den Fahrgästen der Reichsbahn die Parole mit auf den Weg gab: »Alles für das Wohl des Volkes und für den Frieden!« War das ein Aufruf? Eine Reklametafel, deren Absender den Passanten so gut bekannt war, dass er nicht einmal seinen Namen nennen musste? War am Ende der Bahnhof gemeint? Mir war längst klar, dass ich trotz meiner guten Vorsätze und Mamis Geschichten nicht alles in der DDR auf Anhieb verstehen würde.

Leider wurden alle anderen Fahrgäste vor dem Bahnhofsgebäude erwartet. Sie stiegen in drei Trabis und Wartburgs und surrten unter den brenzligen Gerüchen davon, die die Befeuerung ihrer Zweitaktermotoren hinterließ. Ich überquerte die Straßenbahnschienen, blieb auf dem einsamen Parkplatz zurück und sah mich vorsichtig um. Wie still und dunkel es war! Kleine Gaslaternen, die wie gemalt aussahen, beleuchteten die schmale Straße, die zwischen hohen Häusern bergan in die Altstadt führte. Irgendwo lief Wasser aus einer Regenrinne ab, Regenpfützen sammelten sich auf dem Kopfsteinpflaster. Mein Atem bildete kleine Wölkchen in der kalten Winterluft.

Wieder kam ich mir vor, als hätte ich mich in einer Filmkulisse verlaufen, bloß schienen diesmal alle Schauspieler schon nach Hause gegangen zu sein. Nur ein leicht beißender Geruch nach Schornsteinqualm und Trabiauspuff hing in der Luft und wies darauf hin, dass es hier irgendwo Leben geben musste.

Ich gab mir einen Ruck und marschierte dann tapfer los. Ich hoffte, dass der innere Stadtplan von Jena, den ich mir nach Mamis Erzählungen angelegt hatte, so gut funktionierte, wie ich es vor Pascal behauptet hatte.

Wenn man irgendwo fremd ist, fallen einem Dinge auf, die man zu Hause gar nicht beachten würde. Ich bin sicher, bei uns im vornehmen Stadtteil Eppendorf war es abends genauso still wie hier, aber ich hatte nie darüber nachgedacht. Nun fand ich die Ruhe geradezu gespenstisch. Lange dunkle Abschnitte lagen zwischen den wenigen Straßenlaternen. Niemand begegnete mir, während ich von Licht zu Licht huschte. Als eine Katze mich aus einer Einfahrt begrüßte, blieb mir fast das Herz stehen.

Ein einziges Auto fuhr vorbei, dessen Motor fremdartige, blecherne Geräusche von sich gab. Schritte scharrten auf dem Kopfsteinpflaster und warfen von schwarzen Hauswänden ein Echo zurück. Ich hörte sie immer schneller werden und merkte erst nach lähmenden Schrecksekunden, dass es meine eigenen waren und dass ich trotz des schweren Rucksacks fast zu laufen begonnen hatte. Lautes Keuchen (meins!) umgab mich, wie mir schien, von allen Seiten. Aus einem Fenster hörte man ein dünnes Weihnachtslied.

Völlig außer Atem kam ich nach diesen längsten zehn Minuten meines Lebens endlich an einer breiten Straßenkreuzung an. Dahinter musste auf einem kleinen Platz das Tempelchen mit der Marmorstatue stehen. Was, wenn nicht?

Ich riskiere einen vorsichtigen Blick – jawohl, hurra, ich hab's doch gewusst! Triumphierend laufe ich über die Straße darauf zu, obwohl ich hier eigentlich nach links abbiegen muss, und dabei fällt mir auch der Name wieder ein: Ernst Abbe heißt der ältere Herr, dem das Denkmal gewidmet ist. Er hat Mikroskope und Fernrohre entwickelt. Über seine weiße Marmorbüste fällt der goldene Schimmer einer Straßenlaterne, und ich bleibe unwillkürlich davor stehen und sehe ihm ins Gesicht. Er blickt freundlich, aber skeptisch zurück, kann mein Ausreißen natürlich nicht unterstützen, heißt mich aber dennoch willkommen in seiner Stadt. Von hier aus sind es nur noch wenige Meter.

Ich blicke an dem marmornen Stadtvater vorbei über den Platz, die Straße entlang, und da sehe ich es. Lenas Haus. Ich brauche keine Hausnummer, um zu erkennen, welches es ist. Das Licht ist da, oben im vierten Stock, das Licht, von dem ich weiß, dass es seit Wochen auf mich wartet. Ich bin am Ziel.

14

Die zarte alte Dame, die aus dem Haus kam, gerade als ich meine Hand nach dem Klingelknopf ausstrecken wollte, führte einen kleinen weißen Pudel an der Leine. »Willst du hier herein?«, fragte sie erstaunt.

Die Giehse! Völlig unerwartet schoss mir der Name durch den Kopf. Ja, das musste die strenge alte Dame sein, die im Hochparterre wohnte: Frau Giehse, die nie verheiratet gewesen war, aber immer einen kleinen weißen Pudel besaß. Alle ihre Hunde hießen Trudi. Komisch, dass ich mir das gemerkt hatte. Ich grüßte höflich und drückte mich an ihr vorbei, und Trudi die Vierte zog Frau Giehse auf den Grünstreifen gegenüber, während die Tür hinter mir ins Schloss fiel.

Der hohe Altbau, auf den ich über die Straße zugegangen war, sah genauso aus, wie Mami es beschrieben hatte. Er stand in einer Reihe mehrstöckiger Häuser, die wie unsere Straße in Eppendorf um die Jahrhundertwende erbaut worden waren, aber im Gegensatz zu meinem früheren Zuhause offenbar seit dieser Zeit keinen neuen Verputz mehr erhalten hatten. Auf der anderen Straßenseite hoben hohe Bäume ihre Äste über einen kleinen Bach, hinter dem die Mauer einer ehemaligen Fabrik emporragte. Eine schmale Fußgängerbrücke führte etwas oberhalb von Lenas Haus auf die andere Seite hinüber. Zwischen Fabrikmauer und Bach gab es dort einen schmalen

Fußweg, auf dem man in wenigen Minuten in die Innenstadt gelangen konnte. Es war der Weg, den Mami jeden Morgen genommen hatte, um mit dem Fahrrad zur Schule zu fahren. Sie hatte mir die Straße ihrer Kindheit so genau geschildert, dass ich aus dem Gedächtnis ein Bild davon hätte malen können.

Auch das Haus war mir seltsam vertraut. Hinter der breiten Eingangstür aus Holz, die Reste eines längst abgeplatzten grünen Anstrichs trug, führte ein überdachter Durchgang geradeaus zum Hinterhof und seitlich über eine offene Treppe vier Stockwerke hinauf zu den Wohnungen. In dem schmalen Gang zwischen Treppenaufgang und Hinterhof befanden sich die Postkästen, im Hausflur neben der Treppe hing eine Putzordnung. Ich konnte sehen, dass Lena am Tag zuvor das Treppenhaus geputzt und die Erfüllung ihrer Pflicht mit einem blauen Filzstift eingetragen hatte.

Im Treppenhaus gab es einen dekorativen schmiedeeisernen Aufzug, der mit einer breiten Kette zugesperrt war. Auch er sah ähnlich aus wie unser Aufzug zu Hause, war allerdings bereits seit über zwanzig Jahren wegen Absturzgefahr außer Betrieb. Es blieb mir nichts anderes übrig, als mich zu Fuß auf den Weg zu machen und mich mit letzter Kraft am Holzgeländer in den vierten Stock hinaufzuziehen. Zu spät fiel mir ein, dass ich unten hatte klingeln und meine Überraschung besser vorbereiten wollen. Aber den Plan hatte ich ohnehin aufgegeben; ich war vom Schleppen des schweren Rucksacks, von der ganzen Aufregung dieses Tages und von der Erleichterung, am Ziel zu sein, mittlerweile so erschöpft, dass ich befürchtete, Lena nicht ohne zu heulen in die Arme fallen zu können. Ich hoffte, dass sich dies unterdrücken ließ, denn der unauslöschliche erste Eindruck, den Onkel Rolf, Katrin und Till von mir gewannen, sollte auf keinen Fall der einer Heulsuse sein. Mit diesen Sorgen – und keineswegs mit dem erwarteten Hochgefühl – klingelte ich endlich an der Tür der Dachgeschosswohnung. Dahinter verriet lautes Singen, dass ich tatsächlich noch pünktlich zur Weihnachtsfeier kam.

Das Singen ging weiter, aber mit einer Stimme weniger, und durch die Milchglasscheibe sah ich im Flur das Licht angehen. Eine schmale Gestalt mit Meggi-ähnlichen Wuschellocken machte sich kurz am Türschloss zu schaffen, und dann sah ich mich für ein paar Sekunden meiner Cousine Katrin gegenüber.

Es können nicht mehr als Sekunden gewesen sein. Ich sprach mein scheues: »Hallo, ich bin's, Lilly!«, und da war die Tür auch schon wieder zu. Das Licht ging aus, erst im Wohnungsflur (wo eine Bewegung hinter der Milchglasscheibe verriet, dass Katrin noch auf der anderen Seite stand), dann im Hausflur hinter mir.

Ich war wie vom Donner gerührt. Manche Menschen sehen Blitze, wenn ihnen etwas Unfassbares widerfährt, an anderen zieht wie im Zeitraffer ihr bisheriges Leben vorüber. Ich stand bloß mit hängenden Armen da und begriff überhaupt nichts mehr. Dass ich nicht willkommen war, war ja deutlich genug. Doch der Weg vom Sehen zum Begreifen dauerte einfach etwas länger als der Blick in das kalte, misstrauische Mädchengesicht, dem ich gerade gegenübergestanden hatte.

Später erfuhr ich, was sich danach in der Wohnung abspielte. Katrin ging ganz cool ins Wohnzimmer zurück und auf

Onkel Rolfs Frage, wer geklingelt habe, meinte sie nur: »Die Giehse. Wir haben zu laut gesungen.«

Ich war bereits wieder auf dem Weg nach unten. Ich konnte kaum glauben, was ich gerade erlebt hatte. Ich stand kurz davor, bei Frau Giehse und Trudi zu klingeln, nicht nur weil ich die beiden im Grunde ja auch schon lange kannte, sondern weil ich keine Ahnung hatte, wohin ich mich sonst wenden sollte. Es war Heiligabend und ich stand mutterseelenallein in der DDR, mit nichts als meinem Rucksack und ein wenig Geld in meinen Socken.

Aber Frau Giehse und Trudi waren noch nicht wieder zurück, und da ich es nicht riskieren wollte, hinter der abgeschlossenen Haustür zu stranden und in der kalten Nacht wie das Mädchen mit den Schwefelhölzchen zu enden, wandte ich mich erst einmal in Richtung Hinterhof. Es war, wie sich herausstellte, ein guter Entschluss. Das spärliche Licht im Hauseingang wies mir den Weg direkt zu meinem Zufluchtsort.

Denn in dem kleinen Hinterhof, auf halbem Wege zwischen Wäscheleinen und Fahrradständern, gab es ein Gartenhaus. Es war nicht einmal abgeschlossen. Hinter der knarrenden Tür suchte ich vergebens nach einem Lichtschalter, tastete mich dennoch hinein und stolperte auch sogleich eine Treppenstufe hinunter. Mit dem Rucksack auf dem Rücken rannte ich, dem Gesetz der Schwerkraft folgend, ungebremst vorwärts gegen ein Klavier, in dem ein melodisches Dong! widerhallte. Herzklopfend hielt ich den Atem an und lauschte, aber niemand schien es gehört zu haben. Mutiger geworden, setzte ich endlich meinen Rucksack ab und tastete mich weiter.

Meine Suche hatte ein Ende, nachdem ich auch noch über

den Klavierhocker gefallen und auf einen Rollschuh getreten war. Ich fand an der Wand ein Sofa, warf mich darauf und ließ meinen Gefühlen endlich freien Lauf.

Nur wenige Meter entfernt trug Lena den duftenden Weihnachtsbraten auf. Das Wohnzimmer war festlich geschmückt, die Kerzen am Weihnachtsbaum brannten, selbst der Wellensittichkäfig war zur Feier des Tages mit einer roten Kugel und einem Tannenzweig verziert. Aus dem Radio klangen Bachkantaten, was Till nicht ohne zu klagen über sich ergehen ließ. Alles sah genauso aus, wie ich es mir immer vorgestellt hatte: warm, kuschelig und gemütlich. Nur ich saß statt im Schoße meiner Familie im Gartenhaus, fror und heulte.

Das Festessen begann und meiner Tante fiel auf, dass mit Katrin irgendetwas nicht stimmte. Bei der Bescherung war sie noch fröhlich und guter Dinge gewesen, doch nun stocherte sie blass und unlustig in ihrem Essen und Schweiß stand ihr auf der Stirn! Katrin wandte sich unwillig ab, als ihre Mutter prüfend die Hand nach ihr ausstreckte, aber Lena musste ohnehin aufstehen, weil es zum zweiten Mal an diesem Abend an der Wohnungstür klingelte.

Im Hausflur stand, korrekt in seiner dunklen Uniform, der Abschnittsbevollmächtigte Herr Ring. Herr Ring, der sich selbst gerade erst am familiären Weihnachtstisch niedergelassen hatte, als ihn der Anruf seiner Dienststelle ereilte, kam nicht umhin zu bemerken, wie wunderbar es bei den Wollmanns nach Weihnachtsbraten roch. Dann besann er sich auf seinen Auftrag und setzte hinzu: »Darf ich hereinkommen? Es geht um die Klärung eines Sachverhaltes.«

Lena trat beiseite, ließ Herrn Ring eintreten und rief: »Rolf, kommst du mal? Der ABV.«

Im Wohnzimmer senkte Katrin noch tiefer ihren Kopf und Till spitzte seine Ohren, während Onkel Rolf sich verwundert vom Tisch erhob.

Was konnte der für ihr Wohngebiet zuständige Polizist am Heiligabend von ihnen wollen?

Herr Ring kam sofort zur Sache: »Guten Abend, Herr Wollmann, es geht um Ihre Nichte in Hamburg. Eine Anfrage vom Bundesgrenzschutz.«

Er hielt einige Sekunden inne, um den Worten Zeit zu geben, ihre Wirkung zu entfalten. Herr und Frau Wollmann sahen ihn mit großen Augen an. Frau Wollmanns Lippen formten stumm die Silben: Bundesgrenz…

»Es sieht so aus, als sei die Kleine aus dem Internat ausgerückt. Die vermuten, zu Ihnen«, sagte Herr Ring streng.

»Zu uns?«, rief Lena. »Aber das geht doch gar nicht!«

»Wann hatten Sie das letzte Mal Kontakt zu Ihrer Nichte?«, fragte der ABV.

»Meine Frau war vor vier Wochen auf der Beerdigung ihrer Schwester in Hamburg«, erwiderte Onkel Rolf. »Ich selbst kenne das Kind gar nicht. Das scheint mir ein ziemlich vager Verdacht zu sein, Herr Ring.«

»Da könnten Sie Recht haben«, meinte der ABV. »Ein Kind aus dem Westen haut ab nach hier – wo gibt's denn so was? Aber wir müssen der Sache natürlich nachgehen.«

»Seit wann ist sie denn weg?«, fragte Onkel Rolf und legte Lena beruhigend eine Hand auf die Schulter.

»Seit heute Morgen. Sie müsste also längst hier sein.« Herr

Ring schüttelte den Kopf. »Na, wenn sie doch noch bei Ihnen auftauchen sollte ... Sie wissen, was Sie zu tun haben. Ich melde mich, sobald ich etwas höre. Frohe Weihnachten!«

Er wandte sich zum Gehen, aber Lena erwachte plötzlich wieder zum Leben und hielt ihn auf. »Aber wenn sie wieder auftaucht ... was passiert denn dann?«

»Na, Rückführung in die BRD natürlich«, meinte Herr Ring und fügte nach einem Blick in Lenas erschrockenes Gesicht hinzu: »Nun regen Sie sich mal nicht auf, Frau Wollmann. Das hat sich längst aufgeklärt, Sie werden sehen. Die sitzt bei Freunden im Partykeller ... oder wo man im Westen so sitzt.«

»Vielen Dank«, sagte Onkel Rolf und schloss die Tür hinter ihm. »Vielen Dank, Herr Ring!«

Einige Sekunden standen sie stumm im Flur.

Dann kam auch schon Till angeschossen: »Die ist getürmt, Papa, wetten? Rein ist leichter als raus, das wissen alle! Was denkst du, wie hat sie's gemacht?«

»Quatsch«, sagte Onkel Rolf.

Aber Lena schlug sich mit der flachen Hand vor die Stirn und murmelte: »Ich bin ein solcher Idiot. Wie kann man nur so blind sein?«

Dabei war sie schon auf dem Weg zurück ins Wohnzimmer. Onkel Rolf folgte ihr irritiert. »Lena, du glaubst doch nicht im Ernst, dass sie so etwas machen würde!«

»Und ob ich das glaube!«, erwiderte Lena und begann in ihrer Zettelschublade zu kramen.

»Sie ist doch noch ein Kind«, rief Onkel Rolf. »Wie soll das denn gehen?«

»Vielleicht gerade darum. Weil sie ein Kind ist und niemand so etwas erwartet.«

Lena fand ihr Adressbuch und begann hektisch zu blättern. Irgendwo hatte sie die neue Telefonnummer von Pascal notiert, aber leider fiel ihr in der Aufregung sein Nachname nicht mehr ein.

»Und wie stellst du dir das vor? Im Gepäcknetz der Reichsbahn? Bei Schleppern hinter Apfelsinenkisten?« Onkel Rolf warf einen Blick auf die hingerissene Miene seines Sohnes. »Jetzt hör aber auf«, sagte er ärgerlich zu Lena.

»Wie sie es gemacht hat, interessiert mich doch überhaupt nicht!«, antwortete diese. »Ich will wissen, wo sie ist, warum sie nicht hier ist! Ich will wissen, was da passiert ist!«

In diesem Augenblick brach Katrin in Tränen aus. Sie hatte die ganze Zeit vollkommen unbeachtet am Wohnzimmertisch gesessen, aber bei Lena machte es plötzlich schlagartig »klick«. Sie ließ ihr Adressbuch sinken. »Das vorhin«, sagte sie tonlos, »das war gar nicht die Giehse.«

Katrin schluchzte noch lauter. Lena stützte sich schwer auf Katrins Stuhllehne. »Das ist nicht wahr! Sag, dass das nicht wahr ist!«

»Doch«, schrie Katrin ihr ins Gesicht.

»Deine kleine Cousine schlägt sich hunderte Kilometer zu uns durch, und du sagst kein Wort?«, rief Lena fassungslos. »Wo ist sie jetzt?«

»Weiß ich doch nicht!«, schrie Katrin.

»Was soll das heißen?«, fragte Lena fast ebenso laut.

»Ich hab doch nicht mit ihr gesprochen!«

Lena donnerte: »Sondern?«

»Ich hab die Tür wieder zugeknallt!«, heulte Katrin voller Trotz.

Lena richtete sich auf. »Du hast die Tür wieder ...«, flüsterte sie ungläubig. Dann holte sie aus und versetzte Katrin eine schallende Ohrfeige. »Zugeknallt?«, brüllte sie dabei.

Katrin hörte auf zu schluchzen und hielt sich sprachlos die Wange, denn dies war die erste Ohrfeige ihres Lebens gewesen. Dann stürzte sie an Lena vorbei aus dem Zimmer.

Onkel Rolf holte tief Luft und tobte: »Lena, in dieser Familie wird nicht geschlagen!«, aber auch Lena war bereits unterwegs in den Flur. »Wo willst du hin?«, rief mein Onkel.

»Zum Bahnhof!«, erwiderte meine Tante und riss ihren Mantel vom Garderobenhaken.

Das Gartenhaus hatte mittlerweile eine für meine Begriffe arktische Temperatur angenommen. Da ich keinen Lichtschalter gefunden hatte, konnte ich auch nicht feststellen, dass neben dem Sofa ein alter Kleiderschrank stand, in dem unter anderem ein Stapel klammer Decken lagerte. Stattdessen zog ich meinen Rucksack neben mich, begann im Dunkeln darin zu wühlen und förderte einige Pullover und ein Badetuch zu Tage, in die ich mich hüllen konnte. Dass meine Zähne trotzdem weiter klapperten, konnte nur damit zusammenhängen, dass ich auch von innen unterkühlt war und unter einem gewissen Schock stand.

Passend dazu ging jetzt plötzlich ganz langsam und unter schauerlichem Knarren die Tür des Gartenhauses auf. Ich fühlte deutlich, wie sich meine Haare aufrichteten, und das selbst an Stellen, von denen ich nicht einmal gewusst hatte, dass ich dort Haare besaß! Eine Gestalt schob sich im Dunkeln herein und machte sich in der Nähe des Klaviers zu schaffen. Ich holte tief Luft, um vorbereitet zu sein auf einen lokomotivenähnlichen Schrei.

Eine Tischlampe blitzte vom Klavier her auf und tauchte den Raum in ein schwaches gelbliches Licht. Im Schein der Lampe stand ein kleiner blonder Junge, der mich hingerissen anstarrte. »Mann, du hast Mut! Du bist wirklich ausgerissen!«, rief er entzückt.

Dann kam er auf mich zu, so vorsichtig, wie man sich einem fremden Hund nähert, und beäugte mich neugierig. Ich begriff, dass ich es mit meinem Cousin Till zu tun hatte. Wie er mich allerdings gefunden hatte und woher er überhaupt von meiner Flucht wusste, war mir schleierhaft.

Ich wischte mir die Tränen aus dem Gesicht und sagte: »Die wollten mich in eine Pflegefamilie stecken. Dass ich schon eine Familie habe, hat sie gar nicht interessiert. Bloß weil …«

Till runzelte die Stirn. »Weil was?«, fragte er und kam noch ein Stückchen näher.

Ich zögerte. Ich wollte ihn nicht damit kränken, dass Frau Gubler seine DDR für nicht gut genug befunden hatte, mich aufzunehmen. Vermutlich kannte er die Antwort trotzdem, denn als er mir zur Begrüßung seine Hand hinstreckte und ich sie ergriff, riss er sie sofort wieder zurück, krümmte sich mit schmerzverzerrtem Gesicht darüber und kreischte: »Aah! Ich hatte Feindberührung! Sanitäter!«

Ich brauchte einen Augenblick, um mich von dem neuerlichen Schrecken zu erholen und zu erkennen, dass es sich um eine Art Witz handelte. Till begann unterdessen, meine überall verstreuten Sachen aufzusammeln und in den Rucksack zurückzustopfen. »Ich würde sagen, den konfisziere ich erst mal«, sagte er zufrieden. »Ansonsten können wir jetzt nach oben gehen.«

»Das habe ich vorhin schon versucht«, gab ich zu bedenken.

Till machte eine wegwerfende Handbewegung. »Mach dir nichts draus – Katrin spinnt! Die mag überhaupt niemanden, außer Papa vielleicht. Aber von ihr hast du nichts mehr zu befürchten. Mama hat ihr einen echten Schwinger verpasst! Sie hat sich auf dem Klo eingesperrt und kühlt ihre Backe.«

»Und Lena?«, fragte ich besorgt.

Till grinste. Er hatte dasselbe schelmische, breite Grinsen wie meine Tante und ich fühlte mich gleich ein wenig besser. »Alle suchen dich! Der ABV, der Bundesgrenzschutz, meine Eltern rasen durch die Stadt ... das ist das beste Weihnachten, das ich je erlebt habe!«

Auf dem Weg zum Haus erzählte er mir in wortreichem Flüstern, wie Onkel Rolf hinter Lena her zum Auto gelaufen war und wie die beiden das Letzte aus ihrem altersschwachen Wartburg herausgeholt hatten. Offenbar vermuteten sie, dass ich zum Bahnhof zurückgefahren war und dort verzweifelt und frierend auf eine Fahrt nach Hause wartete. Till malte uns farbenfroh aus, wie sie jetzt kreuz und quer durch die Stadt *röhrten*, weil Jena drei Bahnhöfe besaß. Er, Till, habe sich gleich gedacht: »Bahnhof, so ein Quatsch! Die fährt doch nicht wieder nach Hause. Die verkriecht sich irgendwo, bis die Luft rein ist!«

Er hielt mich am Ärmel fest, als Motorengeräusche näher kamen. Wir waren schon fast bei der Treppe angekommen, aber stattdessen zerrte Till mich eilig in den Schutz des Hinterhofs zurück.

»Was ist denn?«, wisperte ich ängstlich.

»Psst! Dich darf hier niemand sehen!«, zischelte er aufgeregt zurück.

Wir lauschten hinter der Hauswand. Schritte näherten sich, dann eine ungeduldige Männerstimme: »Es ist Heiligabend. Es ist nach neun Uhr. Wen willst du denn da noch erreichen?«

Ein Schlüssel drehte sich im Schloss. »Irgendjemand muss doch zuständig sein. Ich sitze doch jetzt nicht zu Hause herum und warte!«, entgegnete eine energische Frauenstimme, und mein Herz tat einen kleinen Sprung. *Lena!*

Till hielt mich immer noch hinter der Hausmauer in Schach, aber er selbst riskierte einen vorsichtigen Blick und zischte: »Psst! Papa!«

Es wurde still. Ein großer Moment für meinen etwa einen Kopf kleineren Cousin, der jetzt einen Schritt in den Hauseingang tat und mich triumphierend hinter sich herzog.

Die Wirkung dieser Präsentation war umwerfend. Auf halbem Wege zwischen Haustür und Treppenaufgang standen zwei Salzsäulen. Die eine, Onkel Rolf, zwinkerte noch ungläubig, die andere, Lena, war überhaupt nicht in der Lage, sich zu rühren. Sie stand einfach nur da, hielt sich an Onkel Rolfs Arm fest und starrte mich an. Diese Begrüßung hatte ich mir auch anders vorgestellt. Ich ließ den Rucksack fallen und ging langsam auf sie zu. Ja, das war Lena. Seit Wochen hatte ich von ihr geträumt, hatte Himmel und Hölle in Bewegung gesetzt, um zu ihr zu gelangen. Und nun stand ich direkt vor ihr und konnte nicht erkennen, ob sie sich freute, mich zu sehen.

»Ich bin da!«, sagte ich schließlich ratlos.

Lena ließ Onkel Rolfs Arm so vorsichtig los, als wolle sie erst einmal ausprobieren, ob sie überhaupt alleine stehen konnte. »Oh Lilly«, sagte sie schwach und nahm mich in den Arm. Ich drückte sie aufmunternd. Ich bin da, ich bin da!, wiederholte ich für mich selbst und wartete vergebens darauf, dass sich ein befreiender Jubel in mir ausbreitete.

Lena ließ mich wieder los. »Das ist dein Onkel Rolf«, stellte sie vor.

Onkel Rolf tat einen Schritt auf mich zu und gab sich alle Mühe, ein zuversichtliches Gesicht zu machen. Er war nicht viel größer als Lena, hatte dunkles, schütteres Haar und auf seiner hohen Denkerstirn hatten sich einige tiefe Sorgenfalten bereits dauerhaft eingebrannt. Wenigstens er reagierte so, wie ich es erwartet hatte. Allerdings lag zu meiner Überraschung überhaupt nichts Strenges in seinem Blick; er hatte ein feines, empfindsames Gesicht und die freundlichsten braunen Augen, die ich je gesehen hatte. Etwas wie Anteilnahme stand darin. Ich hatte das sonderbare Gefühl, dass ausgerechnet Onkel Rolf als Einziger ganz genau wusste, wie mir zu Mute war.

Ich war so erleichtert, dass ich ihn einfach umarmte. Damit hatte er wohl nicht gerechnet. Ich fühlte, wie er mir verlegen auf den Rücken klopfte, bis ich ihn endlich wieder losließ.

Das war sie also, meine Familie. Eine unter Schock stehende Tante, eine Quasselstrippe von Cousin, ein lieber, aber gehemmter Onkel und der biestige Lockenkopf, der sich oben im Bad eingesperrt hatte.

»Das kann ja heiter werden«, sagte Till und sprach damit aus, was auch ich dachte.

15

Sie saßen mir staunend gegenüber, während ich mir den Weihnachtsbraten schmecken ließ. Ich hatte plötzlich einen Bärenhunger. Seit dem Abschiedswürstchen mit Pascal waren über sechs Stunden vergangen, und zudem waren Braten und Soße wunderbar gelungen. Es störte überhaupt nicht, dass sie fast kalt waren.

An dem Zustand des herumstehenden Geschirrs konnte man erkennen, dass die Familie überstürzt vom Tisch aufgebrochen war und keiner von ihnen viel von diesem guten Essen gehabt hatte. »Schmeckt prima«, sagte ich. »Habt ihr keinen Hunger mehr?«

Niemand antwortete. Immerhin kehrte auf Lenas Wangen mittlerweile die Farbe zurück und ich lächelte sie so strahlend an, wie es mir mit vollen Backen möglich war. Sie schüttelte leicht den Kopf, aber in ihren Augenwinkeln erschienen einige tiefe Lachfältchen.

»Konferenz, Lena«, sagte Onkel Rolf, tippte ihr kurz auf die Schulter und verließ den Raum.

Lena erhob sich und folgte ihm. »Was hat er denn?«, fragte ich mit vollem Mund.

»Sorgen hat er«, antwortete Till sofort. »Du hast doch kein Visum. Und wenn es herauskommt, dass du hier bist, ist der Teufel los.«

Ich kaute und schluckte und fragte verblüfft: »Ich dachte, wenn ich erst über die Grenze bin, ist alles klar.«

»Darf bei euch denn jeder rein?«

»Nein ...«

»Siehste.«

Ich sah Till betreten an. »Und jetzt?«

Wir lauschten. Ich hatte gehört, dass Lena zwei Türen hinter sich geschlossen hatte, trotzdem drangen noch einige Wortfetzen zu uns.

Onkel Rolf rief: »Niemals! Mit der Staatssicherheit will ich nichts zu tun haben!«, und Lena antwortete: »Hast du einen besseren Vorschlag?«

»Kriegt ihr meinetwegen Ärger?«, fragte ich bestürzt.

»Psst!«, machte Till. Wir horchten angestrengt, aber die beiden hatten ihre Stimmen gesenkt. »Ich wette, sie fahren zu Bernd Hillmer«, sagte Till. »Er hat uns schon mal geholfen.«

»Bernd Hillmer? Das ist doch der ...«

Ich brach ab und überlegte, wie ich taktvoll formulieren sollte: der, den Lena fast geheiratet hätte. Aber etwas in Tills Blick hielt mich zurück. Seine Augen waren schmaler geworden, als wollte er sagen: Vorsicht.

Du meine Güte, so schlimm ist das doch auch wieder nicht, dachte ich und wunderte mich, hielt aber den Mund. Dass Till mit dem Namen Bernd Hillmer auch andere familiengeschichtliche Ereignisse verband, konnte ich damals ja noch nicht wissen.

Dann hörten wir eine Tür auffliegen und gleich darauf Lenas Stimme: »Wenn du nicht gehst, gehe ich!«

An der Flurgarderobe schien ein kurzer Kampf zu entbrennen, dann vernahmen wir Onkel Rolf: »Das fehlte gerade noch. Lass deinen Mantel hängen, ich gehe ja schon. Es ist dir offenbar völlig egal, in welche Situation du mich bringst, aber bitte. Tauche ich eben nach zwölf Jahren wieder bei ihm auf! Das wird ihm ungemein gefallen!« Die Wohnungstür fiel ins Schloss.

Till und ich sahen uns an. »Au Backe«, murmelte Till.

Ich legte Messer und Gabel hin. Plötzlich war mir der Appetit vergangen. Nie wäre ich auf den Gedanken gekommen, dass Überläufer aus der Bundesrepublik in der DDR nicht mit offenen Armen empfangen wurden. Beinahe hätte ich gerufen: »Moment mal! Ich komme aus dem Westen – freiwillig! Warum freut ihr euch denn nicht?«

Lena kam wieder ins Zimmer – aufrecht und entschlossen, geradezu einige Zentimeter größer. Offenbar hatte der Disput mit Onkel Rolf Energie und Tatkraft geweckt. »Jetzt schieß mal los«, sagte sie und setzte sich zu mir. »Wie hast du das gemacht?«

»Jemand hat mich nach Berlin mitgenommen«, erwiderte ich vorsichtig. »Von dort aus war es ganz leicht.«

»Pascal?«, fragte Lena.

Als ich nicht antwortete, stützte sie einen Augenblick den Kopf in beide Hände. »Lilly, ist dir klar, dass er einen Riesenärger bekommen wird?«

»Kann gar nicht sein!«, sagte ich wie aus der Pistole geschossen. »Wir haben ein fremdes Auto benutzt, und in ein paar Stunden fliegt er schon nach Acapulco!«

Ich sah von Lena zu Till. Auch er blickte recht ernst drein. »Ihr seid doch meine Familie!«, rief ich. »Wenn ich nur einen

Tag länger gewartet hätte, wäre ich schon bei den Bertrams, und da wäre ich so schnell nicht wieder rausgekommen!«

»Die wollen sie in eine Pflegefamilie stecken«, erklärte Till seiner Mutter.

»In Eppendorf!«, rief ich. »Ich müsste wieder in meine alte Schule, wo mich jeder von früher kennt. Dabei ist das doch …« Ich stockte einen Moment und setzte dann leise hinzu: »Das war doch früher. Das ist doch längst vorbei. Ich habe doch wieder eine neue Freundin.«

Lena strich mir über die Wange. »Ist schon gut, Lilly«, sagte sie. »Wir kennen jemanden bei der Staatssicherheit. Es findet sich bestimmt eine Lösung.«

»Muss sie bei Katrin schlafen?«, fragte Till mitfühlend.

Ich sah Lena besorgt an.

»Da wir nicht über den Luxus eines Gästezimmers verfügen, kann ich es ihr leider nicht ersparen«, meinte Lena und lächelte. »Aber unsere unerschrockene Lilly wird sich dadurch ganz bestimmt nicht beirren lassen, nicht wahr?«

Ich hielt mich so lange wie möglich im Badezimmer auf. Es lag Katrins Zimmer gegenüber und ich konnte zuhören, wie Lena schimpfte: »Es ist Weihnachten, verdammt noch mal! Haben wir denn auch keinen Platz in der Herberge?« Polternd und quietschend wurden Möbel beiseite geschoben, um das Gästesofa auszuklappen, das sich ausgerechnet in Katrins Zimmer befand. Ich konnte mir an zehn Fingern ausrechnen, dass Katrin keine Hand dabei rührte.

Ich drehte den Hahn wieder auf und ließ Wasser ins Becken platschen, um den Anschein zu erwecken, dass ich immer noch beschäftigt war. Dabei hatte ich mir schon zweimal die Zähne geputzt, die Füße und den Hals gewaschen und sogar die Ohren einer intensiven Spülung unterzogen. Eigentlich hatte ich die Badewanne voll laufen lassen wollen, um Zeit zu schinden. Aber als ich an dem zierlichen Hahn drehte, kam nur ein winziger kalter Strahl heraus, sodass ich es gleich aufgab.

Das Badezimmer war ein langer Schlauch mit einem lukenähnlichen Fenster am äußersten Ende über der Toilette, die mit einem Vorhang abgetrennt war. Ich vermutete (zu Recht), dass morgens mehrere Leute gleichzeitig das Bad benutzen mussten. Auf der schmalen Konsole vor dem Spiegel standen vier Zahnputzbecher, über die hinweg ich in den recht kleinen Spiegel nur blicken konnte, indem ich mich auf ein Fußbänkchen stellte, das ich unter dem Waschbecken fand. Eine zierliche Badewanne stand auf vier Füßen; duschen musste man darin wohl im Sitzen. An der Wand über der Wanne hing ein großer weißer Kasten, den ich zunächst für einen überdimensionalen Seifenspender hielt, später aber als Heißwasserboiler identifizierte.

Ich sah mir alles so genau an, als müsste ich es für ein Ratespiel auswendig lernen. Erst als Lena an die Tür klopfte und leise fragte: »Lilly, ist alles in Ordnung?«, wagte ich den Riegel zurückzuschieben und in den Flur zu treten. Ich trug meinen Tigerentenschlafanzug und gab mir Mühe, ein gelassenes, unerschrockenes Gesicht zu machen. Die Folge war, dass Lenas Augen feucht wurden. Zum ersten Mal an diesem Abend nahm sie mich richtig in den Arm und drückte mich lange an sich. »Sie meint es nicht so«, flüsterte sie dabei. »Es geht auch eigentlich gegen mich und hat mit dir gar nichts zu tun.«

Mit diesem schwachen Trost führte sie mich in Katrins Zimmer. Meine Cousine lag bereits im Bett, las im Licht ihrer Nachttischlampe ein Buch und tat, als wäre ich überhaupt nicht da. Ihr Bett stand an der einen Wand, meins gegenüber. Ich stieg vorsichtig in die eiskalten Laken und ließ mich von Lena zudecken. Sie gab mir einen Gutenachtkuss und ich hätte sie gern umarmt, wagte es aber wegen Katrin nicht. Lena ging auch zu Katrins Bett hinüber, um ihr gute Nacht zu wünschen, doch Katrin drehte sich blitzschnell um und wandte ihr den Rücken zu. Lena legte ihr kurz die Hand auf die Schulter, bevor sie nach einem letzten aufmunternden Blick auf mich hinausging.

Ich blieb liegen und ließ die Augen schweifen, möglichst ohne mich zu bewegen. Katrins Nachttischlampe warf Schatten über einen Schreibtisch, einen schmalen Kleiderschrank, Poster mir unbekannter Popstars. Eine Gitarre lehnte am Bücherregal, einige Grünpflanzen darbten auf dem Fensterbrett. Das Zimmer hatte zwei Fenster mit einem in die Wand eingelassenen schmalen Regal dazwischen, auf dem Katrin Fotos und kleine Andenken aufgestellt hatte.

Wie die Vorbesitzerin dieses Zimmers. Mein Herz stockte, als mir bewusst wurde, dass ich mich in Mamis altem Zimmer befand.

Das Regal zwischen den Fenstern gab es in keinem anderen Raum der Wohnung, und Mami hatte genau wie Katrin ihre Andenken dort aufbewahrt. Auch ihr Schreibtisch hatte am Fenster gestanden, sodass sie daran sitzen und in die breiten Kronen der Kastanienbäume schauen konnte. Eine volle Minute war ich nicht im Stande zu atmen. Mein ganzer Körper schmerzte. Ich war hier, ich hatte es geschafft – doch Mami war nicht mehr da.

Ob sie mich jetzt sehen konnte? Ich versuchte mir vorzustellen, dass sie ihre Hand über mich hielt und dass mir nichts geschehen konnte, dass auch Katrins feindseliges Verhalten mir nichts würde anhaben können. Vorsichtig riskierte ich einen Blick und entdeckte, dass meine Cousine mich aus schmalen Augen beobachtete. Schnell streckte sie eine Hand nach der Nachttischlampe aus und löschte das Licht. Ich hörte, wie sie im Dunkeln ihr Buch weglegte.

Nach einer Weile verrieten mir ihre gleichmäßigen Atemzüge, dass sie eingeschlafen war. Ich selbst lag noch lange wach, mir wollte einfach nicht warm werden. Irgendwann schlief ich aber doch ein, und das Letzte, was ich mitbekam, war, dass die Standuhr im Wohnzimmer ein Uhr schlug. Onkel Rolf war noch immer nicht zurück.

Ich erwachte im Dunkeln. Direkt neben mir klapperte eine Ofentür. »Lena?«, wisperte ich noch halb im Schlaf. »Was machst du denn da?«

»Schlaf noch ein Stündchen«, flüsterte meine Tante zurück. »Gleich wird's warm.«

Ich beobachtete, wie sie den kleinen Kohleofen befeuerte, der in der Zimmerecke neben meinem Bett stand. Sie legte Holz nach und hielt Zeitungspapier an die Briketts, die noch vom Vorabend glühten. Katrin war das morgendliche Geräusch offenbar so vertraut, dass sie nicht einmal aufwachte, obwohl die massive Ofenklappe laut schepperte und in ihren Angeln quietschte.

»Wie spät ist es?«, fragte ich leise.

»Kurz nach halb acht.«

Lena strich mir im Hinausgehen übers Haar und nahm den Rest der Zeitung mit, um ihre Runde in Tills Zimmer, im Wohnzimmer und im Bad fortzusetzen, bevor auch sie wieder ins Bett schlüpfte.

Als ich anderthalb Stunden später aufstand, war die Wohnung mollig warm und roch gut. Katrin lag noch im Bett, sie hatte wieder ihr Buch vor der Nase und schien abzuwarten, bis ich als Erste das Zimmer verließ. Vielleicht wollte sie in der Zwischenzeit den Inhalt meines Rucksacks inspizieren. Von mir aus, dachte ich, nahm meinen Kulturbeutel und tappte durch den Flur ins Bad. Aus der Küche klang bereits das muntere Geplapper meines Cousins, der sich mit dem Wellensittich unterhielt.

Wenig später war ich zurück und mein Rucksack lag noch genauso da, wie ich ihn verlassen hatte. Offensichtlich wollte Katrin meine Anwesenheit nicht einmal heimlich zur Kenntnis nehmen. Während ich mein Bett machte, ging sie wortlos hinaus.

Ich nutzte die Gelegenheit, um Katrins Andenkensammlung im Fensterregal zu betrachten. Sie schien eine Sportskanone zu sein, hatte Medaillen und Urkunden gewonnen und mehrere Fotos zeigten sie mit anderen athletischen Mädchen in Badeanzügen. Muscheln und getrocknete Seesterne waren dazwischen verstaubt. Auf einer bunten Tasse stand: FDGB-Ferienheim Frohsinn, Usedom.

Ich fragte mich, was aus Mamis Andenken geworden war, die einmal in diesem Regal gestanden hatten. Vielleicht hatte

Lena sie sogar aufbewahrt. Ich musste sie unbedingt danach fragen.

Dann schweifte mein Blick aus dem Fenster und fiel auf das Bild, das auch meine Mutter fast zwanzig Jahre lang vor Augen gehabt hatte, wenn sie morgens aufstand! Der schmale Bach, die Bäume, die helle Fabrikmauer hinter winterlich kahlen Ästen und Zweigen ... Ich konnte nicht anders, ich musste einfach das Fenster öffnen und mich weit hinauslehnen. Draußen schien zaghaft die Sonne durch letzte Nebelschleier, und nachdem der Vortag hüben wie drüben grau und verregnet gewesen war, versprach der erste Weihnachtstag helles und freundliches Wetter. Auf der anderen Bachseite trotzten zwei kleine Jungen der frühmorgendlichen Kälte und probierten ihr Weihnachtsgeschenk aus, ein großes Plastikboot, das sie vorsorglich an eine Schnur gebunden hatten, damit es ihnen nicht davonschwamm. Ich konnte sogar Frau Giehse erkennen, die Trudi dafür lobte, dass sie gerade ein Häufchen auf die Wiese gesetzt hatte ...

Im gleichen Moment wurde ich auch schon grob beiseite gestoßen. »Was glaubst du, wofür wir hier heizen?«, herrschte Katrin mich an und knallte das Fenster wieder zu.

Das waren die ersten Worte, die sie an mich richtete, und es sollten vorläufig auch die letzten bleiben. Sie wandte sich ab, schüttelte und schlug heftig ihr Kopfkissen aus und würdigte mich keines Blickes mehr.

Ich stand noch einige Zeit ziemlich dumm herum. Ich konnte mir auf Katrins Verhalten einfach keinen Reim machen. Dass es nichts mit mir zu tun haben sollte, konnte ich Lena nur schwer glauben, aber was hatte ich Katrin denn bloß getan?

Schließlich gab ich mir einen Ruck und ging in die Küche, wo Lena gut gelaunt und summend Kaffee durch den Filter goss. Die Küche war klein, ein Sammelsurium nostalgisch anmutender Elektrogeräte und zerkratzter Holzschränke, mit Grünpflanzen in bunten Töpfen und der Gunst warmer Morgensonne, die das Ensemble in ein sanftes rötliches Licht tauchte. Am schönsten waren die vielen Kinderzeichnungen, Postkartenandenken und Familienfotos, die kreuz und quer eine ganze Wand bedeckten. Auch von mir waren einige Aufnahmen dabei.

Ein Foto zeigte mich im Alter von drei oder vier Jahren und hing bestimmt schon seit damals dort, denn es war schon ganz ausgeblichen und wellte sich an den Rändern. Es war ein schönes Gefühl, schon zu einer Zeit hier gegenwärtig gewesen zu sein, als ich mir über meine Verwandten noch keinerlei Gedanken gemacht hatte.

In der Nähe der Tür waren kleine Striche und Daten auf die Blümchentapete gemalt: Katrin und Till mit fünf, mit sechs, mit sieben … Am liebsten hätte ich Lena um einen Stift gebeten und mich mit dem heutigem Datum dazugeschrieben.

»Guten Morgen, Lilly!«, sang Lena mir zu. »Hast du gut geschlafen?«

»Prima«, log ich.

Sie gab mir einen Kuss und drückte mir die Kaffeekanne in die Hand. »Nimmst du die mit hinüber?«

Mit »hinüber« war der Durchgang von der Küche zum Wohnzimmer gemeint, wo mir Tills erwartungsvolles Gesicht schon vom Esstisch entgegenstrahlte. Auch Onkel Rolf war da und schälte Äpfel; sein schütteres Haar war leicht zerrauft, die

Brille saß schief und er bewegte sich wie ein sitzender Schlafwandler. »Guten Morgen«, grüßte ich.

»Morgen!«, sagte Till. »Papa ist deinetwegen erst um halb drei nach Hause gekommen!«

Onkel Rolf machte eine abweisende Handbewegung mit seinem Obstmesser und warf mir einen müden, aber freundlichen Blick zu. Ich stellte die Kanne auf den Tisch und wollte zerknirscht Platz nehmen.

»Da setzt du dich besser nicht hin«, warnte Till. »Das ist Katrins Platz.«

Ich sprang wie von der Tarantel gestochen auf und wollte einen Stuhl weiter rücken. »Und da sitzt Mama«, sagte mein Cousin.

Lena, die mit dem Brotkörbchen kam, drückte mich energisch auf ihren Platz zurück. »Das ist doch Unsinn. Bleib sitzen, Lilly.«

»Ich meine ja auch nur«, maulte Till.

Onkel Rolfs übernächtigte Augen musterten mich über den Rand seiner Brille hinweg. »Wenn man irgendwo neu dazukommt, ist es immer besser, man kennt die Regeln. Lilly wird mir da sicher zustimmen.«

»Ja, ja, das ist wahr!«, versicherte ich eilfertig.

Lena nahm neben Rolf Platz. »Andererseits können wir Lillys Ankunft auch zum Anlass nehmen …«, begann sie, aber Onkel Rolf ließ sich nicht unterbrechen und vollendete: »Andererseits haben wir hier die große Chance, unsere Regeln mal zu ändern.«

Lena warf ihrem Mann einen liebevollen Blick zu. »Noch Fragen? Ich sitze ab heute hier!«, verkündete sie lächelnd.

Die Holzdielen bebten, als mit energischen Schritten das letzte noch fehlende Familienmitglied zum Frühstück kam. Katrin ließ sich auf ihren Platz fallen, griff wortlos nach dem Brotkorb und legte sich drei Schnitten auf einmal auf den Teller. Sie zog die Butter quer über den Tisch und stach ihr Messer tief hinein.

»Morgen, Katrin«, sagten Lena und Onkel Rolf im Duett. Keine Antwort. Ihre Tochter griff nach der Marmelade und schlug den vollen Löffel so heftig über ihrem Butterbrot aus, dass kleine rote Spritzer über das Tischtuch flogen.

Mir blieb der Mund offen stehen. Gleich geht's los, gleich fliegt sie vom Tisch!, dachte ich beklommen. Nicht, dass ich sonderliches Mitgefühl mit Katrin gehabt hätte, aber anderer Leute Streitigkeiten erfüllen mich immer mit Unbehagen.

Lena hob die Schultern. »Fangen wir doch an!«, meinte sie.

Wir vier wünschten einander einen guten Appetit und ich beugte mich erleichtert vor, um in mein Brot zu beißen. Leider knallte ich dabei mit der Kaffeekanne zusammen, die Katrin mit einer ausholenden Bewegung so über den Tisch schwenkte, dass rein zufällig mein Kopf im Weg war, der ja aus Katrins Sicht hier auch gar nichts zu suchen hatte.

»Entschuldigung«, stammelte ich verwirrt.

Auf Lenas Stirn brauten sich Gewitterwolken zusammen, aber Onkel Rolf nahm mit unveränderter Freundlichkeit seine Kaffeetasse und hielt sie Katrin hin. »Danke, mein Herz, sehr aufmerksam von dir.«

Wir hielten alle den Atem an. In Katrins Gesicht arbeitete es, dann zuckte etwas wie ein Lächeln auf ihren Lippen und sie goss ihrem Vater großzügig ein. Sie hörte gar nicht mehr auf damit. Sie goss und goss und Onkel Rolf rief: »Dankedankedanke«, bis Katrin endlich ein Einsehen hatte und die Kanne absetzte. Kaffee schwappte über den Rand der Tasse und verbrühte meinem Onkel den Daumen, als er sie an seinen Platz zurückbalancierte.

Der Rest des Frühstücks verlief reibungslos. Katrin hatte ihren Standpunkt wohl hinreichend deutlich gemacht und wirkte zufrieden, auch wenn sie sich weiter in Schweigen hüllte. Ich konnte nicht fassen, was ihre Eltern sich von ihr gefallen ließen. Mami und Pascal hätten mir die Hölle heiß gemacht. Wie kam es, dass dieses Mädchen ihre Familie derart unter Kontrolle hatte?

16

Mein Cousin hatte zu Weihnachten ein Fahrrad geschenkt bekommen und brannte darauf, es auszuprobieren. Gleichzeitig, so setzte er uns wortreich auseinander, könne er sich nützlich machen und mir die Gegend zeigen. Er schlug vor, dass wir die Fahrräder mit der Straßenbahn an einen Ort namens Ziegenhain transportierten, zu einem Fuchsturm hinauffuhren und von dort das Panorama genossen. Anschließend könne man ein langes Stück bergab fahren und ausprobieren, ob das Fahrrad der Marke Diamant auch hielt, was die Hersteller versprachen. Till regte an, dass Lena uns »Stullen« und eine Thermosflasche mit heißem Tee mitgab, damit wir uns unterwegs stärken konnten. Diese Rede und die Schilderung all der Sehenswürdigkeiten und Erlebnisse, die mich unterwegs erwarteten, nahm ungefähr zehn Minuten in Anspruch. Meine Tante und mein Onkel sahen leicht erschöpft aus, als ihr Sohn endlich zum Ende kam.

»Was meinst du, Lilly?«, fragte Lena. »Hättest du dazu Lust?«

»Klar«, sagte ich.

Die Abfahrt verzögerte sich, weil es Till nicht gelang, die Fahnenstange des »FC Carl Zeiss Jena«-Wimpels von seinem alten Kinderfahrrad an dem neuen Gepäckträger zu befestigen. Schließlich half Lena mit etwas Blumendraht nach und wir konnten losfahren. »Sag laut und deutlich Bescheid, wenn du wieder nach Hause willst«, schärfte Lena mir ein. »Tills Ausdauer kann für andere Menschen mitunter recht anstrengend sein.«

Till hörte zu und nickte.

»Darf ich denn überall hin?«, fragte ich. »Was ist, wenn jemand erkennt, dass ich nicht von hier bin?«

»Das mit deinem Visum ist geregelt«, erwiderte Lena. »Nach Weihnachten fährt Rolf mit dir zur Meldestelle, da bekommst du es nachträglich ausgestellt.«

»So einfach ist das?« Ich strahlte und fiel ihr um den Hals.

Lena strich mir über den Rücken. »Ganz so einfach ist es nicht«, sagte sie gedehnt. »Aber wenigstens kannst du hier keinen Ärger mehr bekommen.«

Das klang doch alles wunderbar! Dennoch hatte ich das komische Gefühl, dass Lena ein wenig bedrückt wirkte, als sie uns nachwinkte.

Till legte sich sehr ins Zeug, um mir die angekündigten Sehenswürdigkeiten nahe zu bringen, an denen wir auf unserem Weg zur Straßenbahn vorbeikamen (»Hier ist die Laterne, an der Papa unseren Wartburg eingebeult hat.«). Ich staunte über die Altstadthäuser mit ihrem bröckelnden Putz und ihren kleinen verschnörkelten Balkons, über die Gaslaternen aus Weltkriegszeiten. Ganze Häuserzeilen waren mangels Baumaterial und Farbe dem langsamen Verfall preisgegeben, an anderen Stellen klafften Löcher mitten auf der Straße, um die die Autos sorgsam herumfuhren. Manches erinnerte mich an die ärmeren Stadtviertel in Hamburg – mit dem großen Unterschied, dass es hier trotz allem sauber und ordentlich aussah, dass die Bewohner dieser Häuser dem Verfall offenbar nicht gleichgültig gegenüberstanden, sondern ihre Umgebung zu erhalten versuchten, so gut es eben ging. So manche Haustür war mit immergrünen Zweigen weihnachtlich geschmückt, in vielen Fenstern standen Schwibbögen, die Leute, die uns entgegenkamen, erwiderten zwar erstaunt, aber freundlich meinen Gruß. Überall rauchten munter die Schornsteine und ich stellte mir hinter jeder Hauswand gemütliche kleine Wohnstuben vor. Ich fühlte mich, als ob ich in einem Märchenbuch spazieren ginge. Ein Hauch von Verheißung lag in der Luft, als lägen der Zauberspruch, die Verwandlung, die Zukunft noch vor uns. Für mich, die ich damals ohnehin zwischen den Welten lebte – irgendwo zwischen der Erinnerung an meine Mutter und den verschwommenen Vorstellungen von der Zeit nach ihr –, war es, als hätte ich den Ort gefunden, an dem alles wieder zueinander zu passen schien. Ich fuhr durch die Altstadt wie in einem Rausch. Ich war zu Hause – endlich!

Im Zentrum, wo sich neuere schmucklose Nutzbauten aneinander reihten, fielen mir wieder die sonderbaren Schilder auf, von denen ich bereits am Bahnhof eines gesehen hatte. In dicken Lettern trugen sie Aufschriften wie: *Dein Arbeitsplatz – dein Kampfplatz für den Frieden!*, oder: *Wer fleißig lernt, erreicht auch viel: Der Sozialismus ist das Ziel!*

»Was soll denn das?«, fragte ich Till. »Wer hängt denn hier alle diese Sprüche auf?«

»Na, die Partei.«

»Und warum?«

Er zuckte mit den Achseln. »Mama sagt, sie will uns auf Schritt und Tritt begleiten.«

Ich blieb vor einem Plakat stehen und las vor: »*Wer den Frieden will erhalten, muss kämpfen gegen im-pe-ri-a-listi-sche Gewalten.* – Verstehst du das?«

»Klar«, sagte Till frohgemut. »Die Imperialisten seid ihr.«

Das schwierige Wort kam ihm völlig problemlos über die Lippen. Ich fiel aus allen Wolken. »Wir? Aber was heißt denn das überhaupt?«

Tills Gesicht wurde lang. »So weit sind wir in der Schule noch nicht gekommen«, gab er widerwillig zu, um gleich darauf mit heller Stimme auszurufen: »Schau Lilly, da kommt die Elektrische!«

Ich sah mich alarmiert um. Ein durchdringendes Quietschen und Schleifen näherte sich von der nächsten Straßenecke her, als wären Kettenfahrzeuge losgeschickt worden, um Witterung von mir aufzunehmen. Sekunden später entpuppte sich die »Elektrische« als eine winzige gelbe Straßenbahn, die wie eine Leihgabe von einem Kinderkarussell aussah, und schepperte mit einem Höllenlärm auf uns zu.

»Da sollen wir mit den Rädern reinpassen?«, fragte ich ungläubig und manövrierte mein Fahrrad, das ich fluchtbereit herumgerissen hatte, etwas verschämt wieder zurück.

»Also, du kannst Fragen stellen«, sagte Till kopfschüttelnd.

Die »Elektrische« war sogar noch billiger als eine Fahrt auf dem Kinderkarussell. Sie kostete ganze 10 Pfennig für jeden von uns, Fahrrad inklusive, und fuhr uns dafür einige Kilometer aus der Stadt heraus in die malerisch gelegenen Vororte. Genießen konnte ich die Fahrt allerdings nicht. Ich fragte mich, wie ich mich verhalten sollte. Ich hatte nicht geahnt, dass sie hier tatsächlich *Plakate* gegen uns aufhängten! Wenn mich nicht alles täuschte, riefen sie darin sogar zum Kampf gegen uns auf! Verstohlen sah ich mich in der Straßenbahn um. Die Passagiere sahen allesamt ziemlich harmlos aus, aber was würde geschehen, wenn sie entdeckten, wer hier mitten unter ihnen saß? Würde ich überhaupt noch dazu kommen, herauszuschreien, dass auch wir im Westen nichts anderes wollten als den Frieden? Visum hin oder her, ich war richtig froh, als wir am Ziel ankamen, aussteigen und uns auf unsere Räder schwingen konnten. Ich trampelte wie verrückt, um von der Haltestelle wegzukommen.

Das hätte ich besser gelassen. In einer nicht enden wollenden, schweißtreibenden Tour hatte ich bergan zu keuchen und mir dämmerte bald, warum Lena mich vor Tills Ausdauer gewarnt hatte. Als Bewohnerin des norddeutschen Flachlands war ich schon nach dem ersten Anstieg völlig außer Atem, während mein Cousin gleichmäßig wie ein Uhrwerk in die Pedale trat und dabei noch ununterbrochen quasseln konnte. Dass ich immer weiter zurückfiel und ihn zum Schluss gar nicht mehr hören konnte, störte ihn überhaupt nicht, und ehrlich gesagt war auch mir innerhalb kürzester Zeit völlig egal, was aus Till wurde. Ich hatte nur noch Augen für den Hügel mit seinem Aussichtsturm, der mal zum Greifen nahe schien, mal für längere Zeit aus dem Blickfeld verschwand. Immer, wenn ich ihn über den Baumwipfeln wieder entdecken konnte, war ich mir sicher, dass wir weiter davon entfernt waren als zu Beginn unserer Tour. Mir hing buchstäblich die Zunge aus dem Hals, als wir endlich oben ankamen.

Till musterte mich kritisch und schätzte die Lage richtig ein. Bevor wir die Treppen zum Turm erklommen, verordnete er uns erst einmal ein Picknick. Ich hievte mich mit letzter Kraft zum Sitzen auf die Mauer und ließ mir dankbar einen heißen Tee und eine Stulle reichen, wie ich das Butterbrot bereits völlig korrekt nennen konnte.

Leider war die Stulle mit Nuss-Nugat-Creme bestrichen, die ich nicht ausstehen kann. Ich versuchte mir nichts anmerken zu lassen, aber Till entging es trotzdem nicht. »Schmeckt es dir nicht?«, fragte er vorwurfsvoll. »Das ist Nudossi, das gibt es fast nie!«

Er nahm mir meine Stulle wieder weg und biss kräftig und, wie mir schien, ein wenig provozierend hinein. »Wenn du's nicht willst, gib es lieber mir.«

Schuldbewusst sah ich ihm beim Essen zu. Zweifellos hielt er mich nun für eine arrogante Kuh und es würde die Sache auch nicht besser machen, wenn ich ihm erklärte, dass ich mich als Kind an unserem Nutella schlicht und einfach überfressen hatte!

Aber Till war nicht lange beleidigt; ganz offensichtlich überwog die Freude darüber, dass er unerwartet an ein zweites Nudossi-Brot gekommen war. Er mampfte zufrieden und nutzte das Picknick, um mich mit vollen Backen über alle Einzelheiten meiner Flucht auszufragen und Vermutungen darüber anzustellen, ob Pascal sich, während wir hier saßen, wirklich im Flugzeug nach Acapulco befand oder nicht vielmehr in einem finsteren Kerker des Bundesgrenzschutzes. Seine Spekulationen machten mich richtig nervös.

»Er würde keinen Ärger bekommen, wenn er dein Stiefvater wäre«, überlegte Till. »Warum war deine Mutter eigentlich nicht verheiratet?«

»Weil mein Vater kurz vorher gestorben ist. Danach wollte sie nicht mehr«, sagte ich und war froh, dass er von Pascal abließ.

»Das ist aber doch ein bisschen blöd für dich, oder?«, fragte Till teilnahmsvoll. »Ich jedenfalls bin froh, dass ich zwei Elternteile habe. Wenn einem etwas passiert, habe ich wenigstens noch den anderen. Ich kenne sogar jemanden mit fünf Elternteilen: Mutter, Vater, Stiefmutter, Stiefvater und die ehemalige Frau vom Stiefvater. Das finde ich ein bisschen viel. Da blickt doch keiner mehr durch. Aber besser zu viel als zu wenig, oder?«

»Würde es dir etwas ausmachen, das Thema zu wechseln?« Um nichts in der Welt hätte ich zugegeben, dass er Recht hatte.

»Entschuldigung.« Till zog unwillkürlich den Kopf ein wenig ein. Dann fragte er: »Na, was ist? Kannst du wieder? Steigen wir auf den Turm?«

Oben war es zugig und kalt, einige Krähen flogen ärgerlich vor uns davon, aber Till hatte nicht zu viel versprochen: Uns bot sich ein weiter Blick über die Stadt und ihre waldreichen Hügel und Täler. Die Fenster des Universitätshochhauses, das in Mamis Jugend erbaut worden war und wie ein riesiger runder Heizlüfter über der Stadt aufragte, blitzten in der Sonne. Darum herum gruppierten sich die Häuser der Innenstadt, die gemütlich ihre kleinen Rauchwolken gen Himmel pafften. Till hatte ein Fernglas mitgebracht und half mir geduldig, unser Stadtviertel zu finden, seine Schule, Onkel Rolfs Verlagshaus, die Buchhandlung, in der Lena arbeitete ...

»Wieso Buchhandlung?« Ich ließ das Fernglas sinken. »Ich dachte, sie sei Lehrerin?«

Till sah mich erstaunt an. »Durfte sie doch nicht mehr. Weißt du das nicht?«

Ich schüttelte den Kopf. Till zögerte. »Sie hat halt nicht gut genug auf ihre kleine Schwester aufgepasst«, sagte er dann.

Es dauerte einige Sekunden, bis ich begriff, worauf er anspielte. Und selbst dann konnte ich es kaum glauben. »Wegen Mami? Das kann doch nicht sein! Weil Mami abgehauen ist? Aber dafür konnte Lena doch nichts!«

Ich muss ihn ganz entsetzt angestarrt haben, denn Till wurde vorsichtig. Man konnte sehen, dass es ihm Leid tat, das Thema überhaupt angeschnitten zu haben. »Sie hätte es halt melden müssen«, erklärte er widerstrebend. »Komisch, dass du das nicht wusstest.«

Mein Kopf war auf einmal wie leer gefegt. Ich registrierte, dass ich immer noch mit Till auf dem Turm stand, das Fernglas in der Hand, dieselbe friedliche Winterlandschaft vor Augen wie noch vor zwei Minuten.

Aber auf einmal waren auch die Grenzzäune wieder da, der Spiegel unter dem Auto und die ausgesperrten U-Bahnen unter den Straßen von Berlin.

»Hör mal, das ist lange her«, versuchte Till zu beschwichtigen. »Mach dir nichts daraus. Mama ist jetzt den ganzen Tag mit Büchern zusammen. Für meine Eltern gibt es nichts Schöneres! Katrin sagt, es ist ein Wunder, dass es uns überhaupt gibt, weil sie im Bett immer nur lesen.«

Ich gab ihm das Fernglas zurück. Till sah mich unsicher an.

»Wollen wir jetzt bergab fahren?«, fragte er zaghaft. Er merkte wohl, dass meine Freude an dem Ausflug ein jähes Ende genommen hatte.

Ich gab mir einen Ruck. »Klar, warum nicht. Machen wir ein Rennen?«

»Ja!«, jubelte Till und rannte schon vor mir die steilen Treppenstufen herunter.

Der kalte Wind peitschte mir ins Gesicht, als wir die kurvenreiche Straße nach Ziegenhain zurückrasten. Till fuhr auf seinem schnellen neuen Rad eine halbe Fahrradlänge vor mir, er hing über dem Lenkrad wie ein Jockey und blickte sich dauernd zu mir um. Ich sah, wie er das Gesicht verzerrte und ab und zu die Bremsen betätigte – hin und her gerissen zwischen dem Vorsatz, zu gewinnen, und der Angst, dass die Fahrt immer schneller und unkontrollierbarer wurde. Der Arme muss verzweifelt gehofft haben, dass ich endlich die Nerven verlor und in die Bremsen trat, bevor wir beide aus der Kurve flogen. Ich weiß auch nicht, was in mich gefahren war. Bäume und Büsche rasten an mir vorbei, kamen direkt auf mich zu, ein Zweig schlug wie ein Peitschenhieb an meine Wange. Dabei hatte ich den verrückten Gedanken: Wenn du jetzt einfach aufhören würdest zu lenken ...

Dann lag wieder die Straße vor uns, gerade und überschaubar. Wir verloren an Tempo. Till standen Tränen in den Augen, und ich weiß nicht, ob es nur vom Fahrtwind kam. Ich fasste an meine Wange und hatte Blut an den Fingern.

»Du hast gewonnen«, sagte ich mit völlig normaler Stimme.

Er wischte sich übers Gesicht und antwortete nicht. Den ganzen Weg zurück nach Hause sprach er kein Wort mehr mit mir. Er radelte stumm und verbissen vor mir her, sein Blondschopf wippte über dem blauen Anorakkragen und ab und zu tastete seine Hand nach hinten zum Gepäckträger, um trotzig die provisorische Fahnenstange für den FC Carl Zeiss Jena wieder aufzurichten. Kurz bevor wir in unsere Straße einbogen, machte ich einen Versuch, mich zu entschuldigen, aber er wollte nichts davon hören.

»Du hast 'ne Macke«, sagte er. »Aber ich war trotzdem schneller.«

Als wir unsere Fahrräder in den Hinterhof schoben, klang uns Musik und Gesang entgegen. Beides kam aus dem Gartenhaus, in dem ich einen nicht unbeträchtlichen Teil des gestrigen Abends verbracht hatte, und es dauerte einen Augenblick, bis ich Lenas Stimme erkannte. Verblüfft sah ich Till an.

»Mama hat morgen einen Auftritt mit ihrer Band«, erklärte er stolz.

Wir schauten durchs Fenster, Lena und Onkel Rolf sahen uns nicht. Onkel Rolf saß neben Lena auf dem Klavierhocker, und Lena schlug in die Tasten und sang ein fröhliches Lied von einer Bombe. Es ging darum, dass man stets ein weißes Laken mit sich führen und dies im Falle eines Falles so benutzen sollte: »Fällt die Bombe, Luft anhalten, hingelegt, das Tuch entfalten, und nach fünf Minuten ist's vorbei.« Ich war sehr erstaunt, dass Lena singen und Klavier spielen konnte, aber mehr noch darüber, dass Onkel Rolf zur Abwechslung einmal ganz entspannt wirkte. Er sah richtig fröhlich aus, beugte sich, als Lena fertig war und ihn erwartungsvoll ansah, zu ihr hinüber und gab ihr einen Kuss. Für ein altes Ehepaar küssten sie sich ziemlich lange.

Ich fühlte mich plötzlich getröstet. Ja, es stimmte, Lena hatte wegen Mami ihre Arbeit verloren. Aber sie war trotzdem fröhlich und zufrieden, sie hatte einen Mann, der sie küsste, und eine Familie, die sich soeben vergrößert hatte. Sie war nicht tot wie meine Mutter, sie hatte ein Leben vor sich und jeden Tag Dinge, auf die sie sich freuen konnte. Es gab überhaupt keinen Grund, Lena zu bedauern – oder? Ein leiser Zweifel blieb und setzte sich in mir fest, noch während Till und ich die Treppe in den vierten Stock hinaufstapften.

Oben in der Wohnung wusch ich mir die Blutspuren ab, die die Abfahrt vom Fuchsturm auf meinem Gesicht hinterlassen hatte. Aus Katrins Zimmer tönte Gitarrenspiel. Sie trommelte für meine Begriffe ziemlich unmelodisch auf dem Instrument herum; es schien weniger um Musik als um Lärm zu gehen. Ich hatte keine Ahnung, dass sie an diesem Vormittag eine ernste Unterredung mit ihren Eltern gehabt hatte, bei der es – wie konnte es anders sein – um mich gegangen war. Wie man sich denken kann, hatten sie sich nicht gerade einvernehmlich getrennt. Umso trotziger und wütender schlug Katrin auf der Gitarre herum, und umso herzlicher war der Empfang, den sie mir bot, als ich kühn das Zimmer betrat, um etwas aus meinem Rucksack zu holen. »Was ist, was willst du hier?«, herrschte sie mich an.

»Na, ich hab doch meine Sachen ...«, begann ich, aber weiter kam ich nicht. Katrin warf ihre Gitarre aufs Bett und pflanzte sich vor mir auf. »Ich will dir mal was sagen. Du schläfst zwar auf meiner Couch, aber das heißt nicht, dass du hier nach Herzenslust herumturnen kannst! Das ist immer noch mein Zimmer!«

»Aber Katrin«, wandte ich hilflos ein.

»Aber Katrin!«, äffte sie mich böse nach. »Nimm deinen Kram und dann raus hier. Und so machen wir das jetzt jeden

Morgen. Wäre doch gelacht, wenn wir die paar Tage nicht auch noch überstehen.«

In der Tür gab es ein kleines Geräusch. Till stand an den Rahmen gelehnt und hörte mit grimmigem Gesicht zu. »Wieso ... paar Tage?«, wiederholte ich.

»Bis sie dich wieder nach Hause schicken. Du glaubst doch nicht im Ernst, dass du hier bleiben kannst«, sagte meine Cousine kalt.

Ich raffte meinen Rucksack zusammen, verließ ohne ein Wort das Zimmer und knallte sogar die Tür hinter mir zu.

»Jetzt reicht es mir«, sagte ich zu Till, aber ich konnte nicht verhindern, dass meine Stimme verdächtig zitterte und dass mir Zornestränen in die Augen schossen, während ich mich daran machte, meine Sachen ins Wohnzimmer zu schleppen. Lieber wollte ich mich unter dem Esstisch zusammenrollen als noch ein einziges Mal Katrins Drachenhöhle betreten! Und wenn sie mich auf Knien bitten sollte ...!

Die Wohnungstür ging auf und Lena und Onkel Rolf betraten gut gelaunt ihr friedliches Heim. »Nanu, Lilly, wo willst du denn hin?«, fragte Lena verblüfft, als sie mich mit dem Rucksack sah.

Till holte tief Luft. »Katrin sagt, Lilly darf tagsüber nicht in ihr Zimmer!«, teilte er ihr aufgeregt mit. »Sie muss jeden Morgen ihre Sachen mit nach draußen nehmen!«

Lenas Augen verengten sich zu schmalen Schlitzen. Ihr Mund wurde ein einziger dünner Strich. Ich hätte nie für möglich gehalten, dass meine herzensgute Lena so bösartig dreinblicken konnte, und ging unwillkürlich einen Schritt zurück, aber die zu erwartende Explosion galt natürlich nicht mir. Lena drehte sich auf dem Absatz um und marschierte in Katrins Zimmer. Das Letzte, was wir hörten, bevor sie die Tür hinter sich zuknallte, waren ihre Worte: »Das wollen wir doch erst mal sehen.«

Till und Onkel Rolf sahen sich an. »Au Backe«, murmelte Till erwartungsvoll.

Wir standen im Flur, ich immer noch mit meinem halb offenen Rucksack in den Händen. Ich fühlte mich ziemlich mies. Seit ich vor nicht einmal vierundzwanzig Stunden ostdeutschen Boden betreten hatte, hatten meine Verwandten die Polizei im Haus gehabt und sich mit der Staatssicherheit auseinander setzen müssen, hatten Lena mit Rolf, beide mit Katrin und Katrin mit mir gestritten, ein Weihnachtsessen war kalt geworden und ich hatte nicht mitgezählt, wie viele Türen seitdem geknallt worden waren.

Hinter der Zimmertür hörte man Katrin schreien: »Sag mal, spinnst du? Lass meine Sachen in Ruhe!«

Lena war anscheinend geradewegs auf Katrins Kleiderschrank zugeschossen und hatte damit begonnen, einen Teil der Fächer für mich freizuräumen. »Kannst du mir verraten, was wir deiner Meinung nach tun sollen?«, donnerte sie dabei zurück.

»Schickt sie nach Hause!«, brüllte meine Cousine.

»Und wo, glaubst du, ist ihr Zuhause?«

»Was geht mich das an? Soll sie sich bei ihrer Mutter bedanken, die ist schließlich abgehauen. Oder ihr Vater – was braucht der auf einen Berg zu klettern? Die haben sich auch keine Gedanken um andere gemacht. Warum soll ich das jetzt?« Man hörte Schläge gegen die Schranktür, als Katrin sich auf ihre

Mutter stürzte und versuchte, ihr die Kleiderstapel zu entreißen.

»Du machst mir Angst, Katrin«, hörte ich Lena sagen. »Manchmal habe ich das Gefühl, ich kenne dich überhaupt nicht.«

Und dann geschah etwas Rätselhaftes. Katrin erwiderte mit einer Stimme, die vor Bitterkeit ganz tief war: »Kann ich gut verstehen. Ich würde mein Kind vielleicht auch nicht lieben, wenn ich die ersten drei Jahre ausgelöscht hätte.«

Bei diesen Worten schien ein Ruck, geradezu ein Blitz meinen Onkel zu durchfahren. Er schoss auf mich zu und nahm mir meine Gepäckstücke aus der Hand. »Wie wäre es mit einem schönen heißen Kakao?«, fragte er in ungewohnter Lautstärke. »Von unserem Weihnachtskuchen ist auch noch genug da.«

Ich stand wie erstarrt. »Weißt du eigentlich, wie ich um dich gekämpft habe?«, drang Lenas erregte Stimme durch die Tür. Sie hörte sich an, als ob sie Katrin dabei schüttelte. »Wie ich getreten und gekratzt und das ganze Haus zusammengeschrien habe …«

Onkel Rolf nahm Till und mich am Arm und führte uns kurzerhand in die Küche, wo er die Tür fest hinter uns schloss. »Was hast du denn da im Gesicht?«, fragte er und berührte den Kratzer an meiner Wange. »Möchtest du ein Pflaster?«

»Nein, danke«, sagte ich mit piepsiger Stimme. »Ist nicht so schlimm.«

Aber Onkel Rolf suchte mit großem Getöse in den Schubladen herum, förderte schließlich ein Verbandskästchen zu Tage und klebte mir ein Pflaster ins Gesicht.

»Das sieht aber nicht gut aus, Papa«, wandte Till ein.

Die Tür ging auf und Lena kam herein. Sie war kreidebleich, aber sprach mit ganz normaler Stimme, während sie mich wieder in Katrins Zimmer zurückführte. »So, Lilly«, sagte sie, »wir zwei räumen jetzt deine Sachen hier in den Schrank. Das bekommt ihnen viel besser, als wenn sie im Rucksack vor sich hin muffeln.«

Ich sah ihr zu, wie sie meinen Rucksack ausräumte und wie ihre Hände dabei zitterten. Ich hätte gern geweint, obwohl ich gar nicht wusste, warum. Von Katrin war nichts zu sehen. Als Till mir von der Tür aus ein Zeichen gab, ging ich mit ihm in die Küche zurück. Ich glaube, Lena merkte gar nichts davon.

Vom Küchenfenster aus sahen wir, wie Katrin einen kleinen Koffer und ihre Gitarre über den kleinen Hof ins Gartenhaus schleppte. »Sie zieht mal wieder aus«, erklärte Till. »Spätestens zum Abendessen ist sie wieder da.«

Aber Katrin war weder zum Abendessen zurück noch später, als wir alle zu Bett gingen. Sie verbrachte die ganze Nacht in dem kalten, dunklen Gartenhaus und auch beim Frühstück sah es nicht so aus, als hätte sie die Absicht, wieder nach Hause zu kommen.

17

Der Speicher war riesengroß, hatte mehrere von Tauben verdreckte Dachgauben und einen Linoleumboden, der Risse und Falten warf und schon den Krieg überlebt hatte. Zwischen den Giebeln waren Wäscheleinen gespannt, es war eiskalt.

»Hier habe ich mich als Kind verkrochen, wenn ich meine Ruhe haben wollte«, sagte Lena und sah sich um. »Das Gartenhaus gab es zu der Zeit noch nicht. Da, das Sofa war mein Lieblingsplatz. Vorsicht, die Sprungfedern gucken schon heraus!«

Sie ließ sich aufs Sofa fallen und lachte. Als ich mich neben sie setzte, legte sie den Arm um mich, zog mich zu sich heran und vergrub ihr Gesicht in meinem Haar. »Es mag nicht immer so aussehen«, murmelte sie mir ins Ohr, »aber es ist gut und wichtig für uns alle, dass du hier bist.«

»Aber ich bringe alles durcheinander«, sagte ich niedergeschlagen.

»Das wird auch Zeit!«, meinte Lena. »Man findet sich viel zu schnell mit den Dingen ab. Aus Bequemlichkeit, Gewohnheit …«

»Genau das hat Mami auch immer gesagt. Sie hatte Angst, dass ich mich mit der Mauer abfinde.«

»Die Gefahr besteht, dass wir das alle tun«, gab Lena zurück. »Wir vergessen, dass das nicht nur eine Mauer durch ein Land ist. Das ist eine Mauer mitten durch Familien hindurch – und manchmal mitten durch dein Herz, weil du dich für eine Seite entscheiden musst. Das kann die schwerste Entscheidung deines Lebens sein ... das Weggehen, aber auch das Bleiben. Ob es richtig war, weißt du vielleicht nie. Aber eins ist sicher: Niemand hat das Recht, dir deine Entscheidung abzunehmen oder gar darüber zu urteilen.«

»Auch nicht, wenn andere dafür büßen müssen?«, fragte ich leise.

Lena warf mir einen raschen Seitenblick zu. »Meinst du etwas Bestimmtes?«, fragte sie tastend.

»Deine Arbeit«, sagte ich unglücklich.

»Ach, das!« Ich konnte mich irren, aber Lena sah erleichtert aus. »Was ist denn schon dabei? Nun mache ich eben etwas anderes. Übrigens kann auch bei euch nicht jeder in dem Beruf arbeiten, den er gelernt hat.«

»Das stimmt, da hast du Recht«, gab ich zu.

Lena zauste liebevoll mein Haar und stand auf. »Dann wollen wir mal im Staub unserer Erinnerungen wühlen«, meinte sie.

Ich hatte Lena nicht zu fragen brauchen, ob sie noch Sachen von Mami besaß – sie war selbst auf die Idee gekommen. Nach dem Frühstück hatte sie vorgeschlagen, uns warm anzuziehen, auf den Speicher zu gehen und einen Blick in die Kisten zu werfen, die dort oben seit fast fünfzehn Jahren herumstanden.

»Was ist denn da drin?«, hatte ich begierig gefragt.

»Keine Ahnung«, gestand Lena. »Rolf hat alles eingepackt, ich habe nie nachgesehen ... es tat mir einfach zu weh.«

Vielleicht hatte ich mir von den Hinterlassenschaften meiner Mutter mehr versprochen. Es gab Fotos, Schulhefte, Tagebücher in kindlicher Schrift, ein Poesiealbum, Zeichnungen und zwei oder drei kurze Briefe an ihre Eltern, in denen sie Abbitte für irgendwelche kleinen Vergehen leistete. In jedem kleinen Stück suchte ich nach späteren, vertrauten Zügen, aber all dies hätte gar nichts in mir ausgelöst, hätte sich Lena nicht an so manche Geschichte erinnert, die sie dazu erzählen konnte und mir zuliebe wohl auch ein wenig ausschmückte. Ich trug die spätere Zeit bei, und obwohl letztlich alles so traurig ausgegangen war, erinnere ich mich, dass wir die meiste Zeit lachten und großen Spaß hatten. Wir verbrachten Stunden auf dem Speicher und wir spürten wohl beide, dass es nicht die Andenken in den Kisten waren, die zu uns sprachen. Es waren die Bilder in uns selbst. Es gab nur eine wirklich lebendige Erinnerung an Mami und das waren Lena und ich.

Lena und ich. Endlich, endlich war es so, wie ich es mir die ganze Zeit ausgemalt und ersehnt hatte. Wir saßen ganz nah beieinander und schauten in die Alben, machten kleine Kästchen auf und staunten über die Schätze, die meine Mutter aufgehoben hatte, als sie so alt war wie ich. Ich war glücklich. Ich liebte meine wunderbare Tante Lena von ganzem Herzen und so sehr, dass ich da oben auf dem Speicher fast schon wieder weinen musste. Und Lena war so fröhlich und liebevoll, als ob es Katrin und den ganzen Ärger mit ihr überhaupt nicht gäbe.

Am Abend zuvor hatte ich sie beobachtet, als sie ganz still am Küchenfenster stand und auf das kleine Licht schaute, das hinter dem Fensterchen des Gartenhauses brannte. Ich hatte mir vor dem Zubettgehen noch etwas zu trinken holen wollen und stand bestimmt eine volle Minute unschlüssig an der Küchentür, ohne dass Lena mich bemerkte. Plötzlich legte mir Onkel Rolf von hinten die Hand auf die Schulter und schob mich in die Küche, und Lena zuckte zusammen und drehte sich zu uns um. Sie waren beide im Pyjama; wir alle waren schon vor einer guten Stunde zu Bett gegangen, aber offenbar war ich nicht die Einzige, die nicht schlafen konnte. »Ist das Buch so langweilig?«, fragte Onkel Rolf, an Lena gewandt, und zu mir sagte er: »Ich bilde mir was ein auf meine Vorleserei, und deine Tante steht einfach auf und geht.«

»Verzeih«, sagte Lena und gab ihm einen Kuss. »Möchtest du auch einen Tee?«, fragte sie mich und machte sich am Herd zu schaffen, wo sie einen Wasserkessel aufgesetzt hatte. »Es dauert aber noch ein paar Minuten.«

Wir sahen zu, wie sie die Teekanne heiß ausspülte, ein Teesieb füllte, es in die Kanne hängte. »Darf ich das machen?«, fragte ich. »Ich serviere euch den Tee, das mache ich gern!«

Lena sah mich überrascht an, dann lächelte sie. »Weißt du denn, wo alles ist?«

»Klar. Ich habe doch schon zweimal abgetrocknet!«

»Na gut. Dann lassen wir uns mal überraschen«, meinte Lena, nahm Onkel Rolf bei der Hand und ließ mich allein. Sie ließen ihre Schlafzimmertür offen stehen und kurz darauf hörte ich, wie er zu lesen fortfuhr.

Der Wellensittich schnarrte leise auf seiner Stange, als ich das Teewasser in die Kanne goss. Im Wohnzimmer tickte die Standuhr. Als ich wieder zum Fenster blickte, sah ich, wie im Gartenhaus das Licht gelöscht wurde, auch Katrin hatte sich schlafen gelegt. Ich stellte die Teekanne und zwei Tassen auf ein kleines Tablett und trug alles vorsichtig ins Elternschlafzimmer.

Onkel Rolf hatte Lena im rechten Arm, hielt mit der Linken sein Buch und las laut aus einem Roman vor. Sie sahen beide ziemlich süß aus, wie sie mich über den Rand ihrer Lesebrillen anlächelten. (Auch Lena trug eine Brille, weil sie die Seiten umblättern musste – Onkel Rolf hatte schließlich keine Hand mehr frei.)

Ich stellte das Tablett auf Lenas Nachttisch und goss Tee in ihre Tassen, ohne die beiden anzusehen. Es machte mich unerwartet verlegen, ihr Schlafzimmer zu betreten. »Na dann prost«, sagte ich, reichte ihnen die Tassen und wollte mich gleich darauf verdrücken.

Lena streckte die Hand nach mir aus. »Gutenachtkuss!«, verlangte sie.

»Lena«, murmelte Onkel Rolf. »Lilly ist dreizehn! Sie ist kein Baby mehr!«

»Für mich schon«, sagte Lena. »Ich lerne sie doch gerade erst kennen. Für mich ist sie genau vier Wochen alt.«

Sie streckte immer noch die Hand aus. Ich küsste sie auf ihre weiche, kühle Wange. Ihre Lesebrille klackte an meine Nase, als sie ihre Stirn an meine legte.

Vor der Tür stand ich dann noch eine ganze Weile und hörte mit klopfendem Herzen zu, wie Onkel Rolf drinnen weiterlas. Irrte ich mich oder hatte Lena mir gerade sagen wollen, dass ich wie ein eigenes Kind für sie war? Verwirrt und glücklich schlüpfte ich in mein Bett zurück und vergaß ganz, dass ich eigentlich auch etwas hatte trinken wollen. Katrins leeres Bett strahlte Kälte aus. Ich verstand sie nicht. Ich lag in wohliger

Wärme und stellte mir vor, wie es sein musste, in eine solche Familie hineingeboren zu werden. Lilly, die Ahnungslose …

Und so musste ich zwar an meine Cousine denken, als ich mit Lena auf dem Speichersofa saß. Aber diese Minuten waren für mich einfach zu kostbar, um nach Katrin zu fragen.

»Das ist das letzte Bild«, sagte Lena schließlich. »Da war Rita sechzehn. Es ist kurz vor dem Unfall gemacht worden, bei dem unsere Eltern ums Leben kamen. Mit dem Auto übrigens, das du hier siehst.« Sie sah liebevoll auf das Foto. Ihre kleine Schwester und ihre Eltern … alle drei tot.

»Und der Rest?«, fragte ich. »Gibt es denn nichts aus der Zeit, als sie meinen Vater kennen gelernt hat?«

»Leider nicht«, erwiderte Lena. »Das ist nämlich alles abgeholt worden.«

Ich sah sie verständnislos an.

»Von der Stasi«, erklärte sie. »Die haben ihr Zimmer erst versiegelt und später alles mitgenommen. Nur die Kindersachen haben sie nicht interessiert.«

»Als ob sie eine Verbrecherin wäre!«, rief ich empört.

»Für die Stasi war sie das ja auch«, sagte Lena. »Eine Landesverräterin. Die kennen da kein Pardon.«

»Und wenn sie sie erwischt hätten …?« Ich wagte den Gedanken nicht zu Ende zu denken.

Lena sah mich an und zögerte kurz. Bedächtig strich sie den Staub von einem Album, bevor sie es in seine Kiste zurücklegte. »Man weiß inzwischen, dass die Bundesrepublik politische Häftlinge freikauft«, antwortete sie dann behutsam. »Ich glaube, irgendwann wäre deine Mutter im Westen gelandet, so oder so.«

»Freikauft …«, echote ich erschrocken. Das Wort klang unheimlich, wie so manches in diesem Land von Dingen überschattet wurde, die ich nicht verstand. »Wie gut, dass alles geklappt hat!«, sagte ich aus tiefstem Herzen.

Lena lächelte.

Später habe ich noch oft an meine Worte gedacht und mich dafür geschämt, dass ich trotz aller Andeutungen und Zweifel nie zwischen den Zeilen gelesen, nie eins und eins zusammengezählt, nie auch nur gefragt hatte.

Aus dem Gartenhaus konnten wir Katrins klagende Balladen hören, als wir zur »Weihnachtsgala in der Kleinkunstkneipe« aufbrachen, bei der Lena an diesem Abend einen Auftritt hatte. Katrin sang und schrammte schauerlich auf der schlecht gestimmten Gitarre herum, mich wunderte, dass kein einziger Nachbar klingelte, um zu protestieren.

Ich wunderte mich auch über Onkel Rolf. Nach jeder Mahlzeit an diesem Tag hatte er sorgfältig ein Tablett zurechtgemacht, es wie ein Butler ins Gartenhaus getragen und Katrin beim Essen Gesellschaft geleistet. Und nicht nur das Notwendigste, sogar Kakao, Kuchen und Plätzchen hatte Katrin bekommen. Selbst vom Gartenhaus aus hatte sie ihre Familie noch voll im Griff. Es war mehr als merkwürdig.

Aber den Abend in der Kleinkunstkneipe verpasste sie dennoch. Die »Kleinkunstkneipe« war nichts anderes als ein Café mit einer Bühne und befand sich in der Nähe der Universität. Am Eingang wurden noch Eintrittskarten verkauft, obwohl der kleine Saal schon berstend voll war; bis in den Flur drängten sich junge Leute. Lena verabschiedete sich im Treppenhaus von uns – oder auch nicht, denn als sie ihre Bandkollegen dort entdeckte, wurde sie ganz professionell und zog mit ihnen davon, ohne uns weiter zu beachten. »So ist das mit den Künstlern«, scherzte Onkel Rolf.

Die Managerin der Kneipe, Sandra, hatte drei Plätze an einem der vorderen Tische für uns freigehalten. Ein junges Pärchen saß bereits an unserem Tisch, und der Mann strahlte, als er Rolf sah. »He, Rolf! Ich wusste gar nicht, dass Lena das noch macht!"

»Doch, doch«, sagte Rolf und gab ihm die Hand. »Jeden ersten Freitag im Monat. Sie nennen sich *The Mousetrap*.«

Er erzählte mir, dass Lena mit dem Musizieren begonnen hatte, als er das Klavier seiner Großtante mit in den Haushalt brachte. Die Band probte von Frühjahr bis Herbst im Gartenhaus – daher der Name »Mausefalle« – und gab jedes Jahr auch ein kleines Konzert mit Grillparty für die Nachbarschaft, die den Krach so klaglos ertrug. So schlimm konnte es allerdings nicht sein, denn zwei Tische weiter saßen und winkten einige Nachbarn; sie kamen also auch freiwillig und ohne Grillparty.

Im Vorprogramm trat ein weißgeschminkter Pantomime auf, der allerlei Clownerie mit einem Spiegel veranstaltete. Dann wurde das Licht abgedimmt und im Halbdunkeln kamen Lena und ihre vier Musiker auf die Bühne. Sie fingen erst an, als es ganz still war, und spielten zunächst ein ruhiges Lied ganz im Dunkeln. »Das ist ihr Markenzeichen«, flüsterte Till mir zu. »Das machen sie immer so.«

Plötzlich gab es einen Trommelwirbel, Scheinwerferlicht fiel auf die Bühne und die Band rockte richtig los. Lena saß am Klavier, an dem ein Mikrofon befestigt war, es gab zwei Bassisten, einen Schlagzeuger und sogar einen Mann mit einem Saxofon. Es war das erste Konzert meines Lebens, und dass Sound und Technik nach Lenas Ansicht hier zu wünschen übrig ließen, fiel mir gar nicht auf. Die rhythmischen Klänge und Lenas rauchige Stimme elektrisierten mich.

Lena war kaum wiederzuerkennen. Sie hatte die Haare toupiert, trug ein ziemlich gewagtes Kleid und knallroten Lippenstift. Aus meiner lesebebrillten Tante vom Vorabend war ein Rockstar geworden. Gänsehaut lief mir über den Rücken und ließ die Härchen auf meinen Armen permanent zu Berge stehen, mein Herz wollte geradezu den Brustkorb sprengen, schon beim dritten Lied befand ich mich in einer Art Ekstase. Von den Texten verstand ich nicht viel; sie waren mit politischen Anspielungen gespickt, die mir vollkommen rätselhaft waren. Aber mir reichte es, dass die Leute im Saal nickten und lachten. Till und ich platzten fast vor Stolz.

Als das letzte Lied vorbei war, brauchte ich Minuten, um mich zu erholen. Mechanisch machte ich mit, als alle trampelten, pfiffen und klatschten. Es gab noch zwei Zugaben, dann verließen *The Mousetrap* die kleine Bühne. »Na, was ist, Lilly? Möchtest du Lena nicht in der Garderobe besuchen?«, schlug Onkel Rolf vor. »Einfach die Treppe rauf, und dann ist es die zweite Tür auf der rechten Seite.«

Ich hoffte, dass er und Till mitkamen, aber für sie war das alles nichts Neues; sie wollten sich lieber mit dem jungen Pärchen an unserem Tisch unterhalten. So fasste ich mir ein Herz, drückte mich an den übrigen Zuschauern und dem Pantomimen vorbei, der mir auf der Treppe entgegenkam, und ging meine erstaunliche Tante suchen.

18

In der kleinen, engen Künstlergarderobe gab es einen Kleiderständer, einen Schminktisch mit einem großen Spiegel und ein Sofa. Bunte Poster früherer Veranstaltungen hingen an den Wänden. Lena saß vor dem Schminktisch, immer noch in ihrem raffinierten Kleid, und zog sich die Lippen nach. Sie lächelte mir zu, als sie im Spiegel bemerkte, wie ich durch die Tür schlüpfte.

Sandra, die Managerin der Kneipe, stand mit dem Rücken zu mir und hatte die Arme in die Seiten gestemmt. »Das letzte Lied war aber nicht abgesprochen, Lena«, sagte sie vorwurfsvoll.

»Ach, das biegst du doch wieder hin«, meinte Lena.

»Die werden immer nervöser in letzter Zeit«, gab Sandra zurück. »Ich möchte wirklich, dass wir vorher …«

Sie brach ab, folgte Lenas Blick und drehte sich zu mir um. Vorsichtig trat ich näher, legte von hinten die Arme um meine Tante und schaute uns im Spiegel an. »Du warst super!«, schwärmte ich.

Lena tätschelte meinen Arm. »Meine Nichte Lilly – Sandra«, stellte sie vor.

Sandra hob die Augenbrauen. Sie war einige Jahre älter als Lena und erinnerte ein wenig an die Bardame Kitty in »Rauchende Colts«: stark geschminkt und alles, was sie hatte, war in ein enges Kleid mit tiefem Ausschnitt gezwängt. »Lilly ... ist das ein Künstlername?«, fragte sie.

»Nein, ich heiße wirklich so. Wegen Lena«, erwiderte ich stolz.

»Wie einst Lili Marleen ...«, sang meine Tante, fuhr sich mit beiden Händen durchs Haar und erneuerte den ungewohnten Strubbellook ihrer Frisur. Ihr Auftritt war zwar zu Ende, aber offensichtlich mochte sie sich noch nicht so recht von ihrem Bühnenoutfit trennen. Sie trödelte herum und hatte es nicht besonders eilig, ihr Kostüm auszuziehen, die Garderobe zu verlassen und ins normale Leben zurückzukehren.

»Du siehst fantastisch aus«, sagte ich bewundernd.

»So?«, entgegnete Lena zufrieden. »Was ein bisschen Farbe ausmacht ...!«

»Und ein Verlagslektor als Ehemann, der dir jedes Jahr etwas Schönes aus dem Westen mitbringt!«, fügte Sandra nüchtern hinzu.

Sie griff an Lena vorbei nach einem flachen Puderdöschen, doch Lena war schneller. Mit einer kurzen Handbewegung ließ sie es in ihrem Kosmetikkoffer verschwinden. »Das hat mir meine Schwester geschickt!«, entgegnete sie rasch..

Aber es war schon zu spät. »Aus dem Westen?«, wiederholte ich ungläubig. »Fährt Onkel Rolf denn jedes Jahr in den Westen?«

Lenas Lächeln erfror. Ihre Augen blickten in meine Richtung und zugleich wieder weg, als wolle sie mir ins Gesicht schauen, brächte es aber nicht fertig. Sie sah aus wie jemand, der bei einer Lüge ertappt worden ist. Das alles dauerte nur ein oder zwei Sekunden, aber ich wusste sofort Bescheid. »Nur kurz«, sagte sie tonlos. »Nach Frankfurt, zur Buchmesse.«

Das reichte. Ich drehte mich einfach um und ging. Ich ahnte mehr als dass ich sah, dass Lena sich auf ihrem Hocker umwandte und mir bestürzt nachschaute; ich fühlte ihren Blick in meinem Rücken, als ich wie blind durch die Tür und die Treppe hinunterging. »Was ist denn los?«, hörte ich Sandra noch verblüfft fragen. »Habe ich etwas Falsches gesagt?«

Draußen war es kalt und hatte angefangen zu nieseln. Junge Leute standen in Grüppchen zusammen, lachten und rauchten. Niemand achtete auf mich. Hätte ich den Weg gewusst, wäre ich zu Fuß nach Hause gegangen; so musste ich wohl oder übel warten, obwohl ich keine Ahnung hatte, wie ich Lena oder Onkel Rolf begegnen sollte nach dem, was ich eben erfahren hatte. Ich versuchte einen klaren Gedanken zu fassen, aber es gelang mir nicht. Immer wieder sah ich Mami in ihrem Krankenhausbett vor mir, von allen Freunden verlassen und in ihren letzten Momenten ganz allein. Wie selbstverständlich hatte ich geglaubt, was mir erzählt worden war: dass meine Verwandten nicht kommen durften, keine Besuchserlaubnis erhielten. Es war unfassbar, dass es nicht stimmte, dass sie uns genauso im Stich gelassen hatten wie alle anderen.

Ich glaube, es war die bis dahin größte Enttäuschung meines Lebens, viel schlimmer noch als das feige Verschwinden von Pascal. Ich konnte nicht einmal weinen, ich hoffte nur, dass Mami diese Unaufrichtigkeit nie auch nur geahnt hatte. Ich lehnte an der Hauswand und sah den Rauchern zu, und in meinem Herzen breiteten sich Kälte und Verachtung wie ein unsichtbarer Panzer aus.

Nach einer Weile kamen sie heraus, Lena, Onkel Rolf und Till. Ich stieß mich von der Wand ab und ging auf sie zu. »Da seid ihr ja«, sagte ich gleichgültig und sah Lena kalt in die Augen. Keinen von ihnen wollte ich ahnen lassen, wie sehr sie mich verletzt hatten! Damit hatte Lena wohl nicht gerechnet, man konnte geradezu hören, wie es ihr die Sprache verschlug. Wir gingen zum Auto und fuhren ohne ein Wort los. Till warf mir ratlose Seitenblicke zu, aber ich sah nicht hin.

»Möchtest du noch eine Kleinigkeit essen?«, fragte Lena zu Hause.

»Nein, vielen Dank.« Ich hängte meinen Anorak an die Garderobe und blickte mich zu ihr um. Die ganze Familie stand im Flur. »Ich bin müde, ich denke, ich werde zu Bett gehen«, kündigte ich förmlich an. Ich nahm an und hoffte, dass ich Lena mit meinem kühlen, unpersönlichen Gehabe mehr wehtat als mit Vorwürfen, und ihr Gesichtsausdruck enttäuschte mich nicht. Ich setzte noch eins drauf und erklärte: »Es war ein schöner Abend!«, bevor ich mich in Katrins Zimmer zurückzog und die Tür fest hinter mir schloss.

So! Ich ließ mich aufs Bett fallen. Daran sollte sie jetzt erst einmal knabbern!

Mein zweiter Tag in der DDR endete damit, dass ich stundenlang nicht einschlafen konnte, weil ich mir voll wütender Genugtuung ausmalte, wie Lena und Onkel Rolf vor lauter schlechtem Gewissen in dieser Nacht keine Ruhe fanden.

Als ich am nächsten Morgen an den Frühstückstisch kam, war Lena bereits fort. Weihnachten war vorbei, sie musste wieder arbeiten, und obwohl ich fest entschlossen war, sie erst einmal links liegen zu lassen, versetzte es mir einen kleinen Stich, dass sie nicht da war. Nicht einmal Till hatte auf mich gewartet, sondern war zu einem Freund gefahren. Nur Onkel Rolf, der sich meinetwegen einen Tag frei genommen hatte, saß da, las die Zeitung und musterte mich in gewohnter Manier milde über die Brille hinweg. Verräter! Ich grüßte knapp und setzte mich.

»Wenn du fertig gefrühstückt hast, fahren wir zur Meldestelle«, erinnerte er mich. »Aber vorher möchte ich noch mit dir reden.«

»Von mir aus«, erwiderte ich gleichgültig.

Ich griff nach einer drei Tage alten Scheibe Brot, die sich wie Pappe anfühlte, und dachte mit voller Absicht daran, dass wir in Hamburg jeden Morgen frische Brötchen zum Frühstück bekamen. Überhaupt fiel mir erst jetzt auf, wie hässlich dieses Wohnzimmer war! Eine wuchtige Stehlampe mit gelbem Stoffschirm bewachte eine bescheidene braune Sitzecke und einen knarzenden Schaukelstuhl. Die Regalbretter einer dunklen Schrankwand bogen sich unter dicken Romanen und Lexika und hinter den Schiebefenstern des Vitrinenaufsatzes versteckten sich Weingläser, mit denen meine Großeltern schon auf das Ende des letzten Krieges angestoßen haben mussten. Die sechs Holzstühle rund um den Esstisch waren so blank gesessen, dass man befürchten musste wegzurutschen, wenn man sich zu schnell hinsetzte.

Zwar führten zwei, drei bunte Kissen, ein paar Grünpflanzen und gerahmte Kunstdrucke einen tapferen Kampf gegen die Grundeinrichtung und über allem lag das behagliche Ticken der großen Standuhr, aber von unserem geschmackvollen

Wohnzimmer zu Hause war dieses hier Lichtjahre entfernt! Selbst der Blick aus dem Fenster in den blauen Ost-Himmel konnte meinem unbarmherzigen Auge an diesem Morgen nicht standhalten.

Onkel Rolf goss sich Kaffee nach. »Hätte ich euch besuchen können oder nicht?«, überlegte er. »Ich hätte – andererseits auch wieder nicht. Es gibt im Leben nicht nur ja und nein.«

»Mami war ganz allein, als sie starb«, sagte ich mit mühsam unterdrücktem Zorn. »Und du warst jedes Jahr im Westen und hast nicht ein einziges Mal nach ihr gesehen!«

»Es tut mir Leid, Lilly, aber so einfach war das nicht.«

»Pah!«, machte ich geringschätzig.

Onkel Rolf überging meinen respektlosen Ton und fuhr fort, als hätte ich nichts gesagt: »Einmal haben wir uns getroffen, deine Mutter und ich. Das muss vor acht, neun Jahren gewesen sein, als wir dachten, die Situation hätte sich etwas entschärft. Sie hat mich vom Messestand abgeholt, wir waren zusammen im Bistro ... und eine Woche später hatte ich eine kleine Unterredung. Einer meiner Kollegen muss mich verpfiffen haben.«

Er nippte bedächtig an seinem Kaffee. Ich ließ mein Pappbrot sinken. Mein Zorn wich bereits und machte der seltsamen Vorahnung Platz, dass er im Begriff war, mir etwas zu sagen, was ich lieber nicht hören wollte.

»Beziehungen zu Bürgern der BRD werden nicht toleriert, wenn du Reisekader bist«, sagte Onkel Rolf. »Ich hänge an meinem Beruf, Lilly. Ich habe unterschrieben, dass ich keinen Kontakt zu deiner Mutter haben würde.«

»Und wenn du nicht unterschrieben hättest«, hörte ich

mich sagen, »dann hättest du deine Arbeit verloren, genau wie Lena ...« Es war keine Frage.

»Anzunehmen«, sagte Onkel Rolf.

»Aber dass ihr solchen Ärger bekommt«, stotterte ich, »hat Mami das denn nicht gewusst?«

»Ich glaube, sie hat gehofft, dass sie uns in Ruhe lassen«, antwortete mein Onkel. Er legte die Zeitung hin und sah mich ernst an. »Lena hat immer wieder versucht, zu euch zu fahren, das letzte Mal drei Tage vor Ritas Tod. Ich musste sie bei der Volkspolizei abholen, weil sie sich geweigert hat, ohne eine Besuchserlaubnis nach Hause zu gehen. Das allein hätte ihr fast eine Anzeige eingebracht. Lilly, Lena hätte alles getan, um deine Mutter noch einmal wiederzusehen. Das musst du mir glauben.«

Ich konnte nur nicken. Ich schob meinen Teller weg, am liebsten hätte ich geweint, aber ich war wie gelähmt. »Wie könnt ihr hier bloß leben?«, entfuhr es mir.

Onkel Rolf lächelte. »Wir können überall leben, weil wir zusammen sind. Deshalb bist du doch auch hier, oder nicht?«

Er stand auf. »Und deshalb fahren wir jetzt los und holen dein Visum.«

Onkel Rolf gab sich die größte Mühe, mich aufzuheitern, als wir durch einen Teil der Stadt fuhren, den ich noch nicht kannte. Er zeigte mir dies und das und setzte allerlei geschichtlich bedeutsame Ereignisse hinzu – Goethe und Schiller waren in diesem Park spazieren gegangen, in jenem Hotel hatte Martin Luther geschlafen –, aber ich hörte kaum ein Wort von dem, was er sagte. In mir war ein einziges großes Durcheinander. Niemand hatte das Recht, ein Urteil zu fällen über Mamis Entscheidung, in den Westen zu gehen – hatte Lena das nicht gestern noch mit großer Bestimmtheit gesagt? Wer nicht hier leben wollte, sollte gehen dürfen, das war auch für mich keine Frage.

Dennoch spürte ich, wie sich langsam, aber sicher Vorbehalte einstellten, Vorbehalte ausgerechnet gegenüber Mamis Flucht zu meinem Vater, auf die ich doch immer so stolz gewesen war! Ich schämte mich: Warum hatte ich nie einen Gedanken daran verschwendet, dass eine Flucht aus der DDR, selbst wenn sie glückte, Nachteile für diejenigen bedeuten konnte, die zurückblieben? Und was noch schwerer wog: Hatte meine Mutter nicht daran gedacht? Hatte sie es vielleicht sogar in Kauf genommen? Eine kleine Stimme in mir sagte: Ja, auch das ist möglich.

Onkel Rolf ließ den Wartburg am Straßenrand ausrollen und stellte den Motor ab. »Da sind wir«, verkündete er.

Es klang wie eine Drohung. War es wirklich erst drei Tage her, dass ich arglos und erwartungsvoll in die DDR gekommen war? Als ich jetzt aus dem Auto stieg, empfand ich nur noch Angst. Offensichtlich konnten einem hier Dinge passieren, die ich mir nicht einmal auszumalen im Stande war. Was, wenn es nun auch wegen *meiner* Flucht Schwierigkeiten gab?

Meine Knie fühlten sich an, als gehörten sie gar nicht zu mir, während wir die Treppenstufen zum Volkspolizei-Kreisamt Jena hinaufstiegen.

Der skeptische Blick des bebrillten weißhaarigen Herrn auf dem Foto in der Amtsstube machte es nicht besser. Ich kannte Erich Honecker aus dem Fernsehen; ich fragte mich, warum sein Bild hier an der Wand hing, ob es vielleicht gar sein Büro war, in dem wir warten mussten. Vielleicht war meine Tat von so ungeheurer Tragweite, dass die höchsten Persönlichkeiten des Landes sich damit beschäftigen mussten!

Meine Erleichterung war riesengroß, als ein jüngerer Mann zu uns stieß, den ich noch nie zuvor gesehen hatte und der, abgesehen von einigen Rangabzeichen an der Schulter, auch nicht übermäßig wichtig aussah.

»Das Überschreiten der Grenze in unsere Richtung scheint ja groß in Mode zu kommen«, bemerkte er. »Selbst der belgischen Botschaft wurde eine Gruppe jugendlicher Ausreißer übergeben. Ist es der Nervenkitzel? Übt unsere Ordnung einen solchen Reiz auf euch aus?«

Er blieb vor dem Schreibtisch stehen und fixierte mich. »Vielleicht kannst du mir etwas dazu sagen?«

»Ich wollte zu meiner Familie, das ist alles«, sagte ich eingeschüchtert.

Der Uniformierte (Onkel Rolf sagte mir später, dass es ein Unterleutnant war) nahm uns gegenüber Platz und legte einige Papiere umgedreht vor sich auf den Tisch. »Du musst zugeben«, fuhr er fort, »dass die Republikflucht deiner Mutter erhebliche Probleme nach sich gezogen hat – bis dahin, dass du jetzt nicht ohne weiteres zurück zu deiner Familie kannst. Das zeigt doch wohl, dass es richtig wäre, wenn ein jeder die Grenzen seines Landes respektieren würde.«

»Sie meinen, wenn jeder in seinem Land bliebe?«, fragte ich unsicher.

»Genau!«, antwortete der Unterleutnant.

Ich warf einen Hilfe suchenden Blick auf meinen Onkel.

»Ich glaube, dass die Frage des Landes für Lilly weniger entscheidend ist«, sprang dieser mir bei. »Ihr geht es ...«

Der Unterleutnant unterbrach ihn ein wenig gereizt. »Es ist mir durchaus klar, worum es Ihrer Nichte geht. Ich habe auch durchaus Sympathie dafür. Aber ich halte es für unerlässlich, in ihr ein Bewusstsein dafür zu wecken, dass es nicht selbstverständlich ist, dass wir sie nach einer Grenzverletzung mit einem Besuchervisum ausstatten!«

»Das ist klar!«, murmelte Onkel Rolf.

»Besuchervisum?«, wiederholte ich. »Das klingt ja, als müsste ich wieder zurück.«

Der Unterleutnant zog die Brauen hoch und meinte: »Natürlich musst du wieder zurück. Was glaubst du denn, was in deinem Land losgeht, wenn wir dich einfach hier behalten?«

Ich glaubte mich verhört zu haben. Ich machte den Mund auf, um etwas zu sagen, aber es kam kein Ton heraus. »Das muss schon alles den offiziellen Weg gehen, Lilly«, sagte Onkel Rolf.

»In Absprache mit der Ständigen Vertretung der Bundesrepublik und dem gesetzlichen Vormund, dem Jugendamt der Stadt Hamburg«, sprach der Unterleutnant. Er drehte die vor ihm liegenden Papiere um und grinste freudlos. »Die in diesem Fall ausnahmsweise mal nicht an Öffentlichkeit interessiert sind. Ja, Sie können sich freuen, dank des persönlichen Eintretens von Oberleutnant Hillmer ist alles einvernehmlich geregelt. Die Besuchserlaubnis erlischt am 2. Januar.«

Onkel Rolf beugte sich vor. »Eine Woche? Mehr nicht?«, fragte er erschrocken.

Der Unterleutnant kniff streng die Augen zusammen. »Was

heißt denn hier, mehr nicht? Ich brauche Ihnen wohl nicht zu sagen, dass das ein beträchtliches Entgegenkommen ist.«

»Natürlich«, versicherte Onkel Rolf hastig. »Es ist nur … wir hatten mit etwas mehr Zeit gerechnet, um unsere innerfamiliären Angelegenheiten zu klären. Aber sicher, es geht auch so. Eine Woche – immerhin!«

Später erzählten sie mir, dass sie es die ganze Zeit schon gewusst hatten, Lena und Onkel Rolf: Mehr als eine Besuchserlaubnis hatte Onkel Rolf in der Weihnachtsnacht nicht erwirken können. Meggis und Pascals Hilfe, die überstandenen Gefahren, all die Hoffnungen, Träume und Pläne der vergangenen Wochen … alles war umsonst gewesen.

19

Von meinem Platz am Fenster sah ich den Tag verstreichen. Zu den kleinen Jungen mit dem Plastikboot waren noch andere Kinder gestoßen, die sich auf dem Grasstreifen am Bach vergnügten, bis sie zum Mittagessen hereingerufen wurden und sich auf die umliegenden Häuser verteilten. Trudi, der Pudel, kam ebenfalls alle zwei, drei Stunden mit seinem Frauchen heraus, um der Wiese ein kleines Geschäft anzuvertrauen. Durch die Äste und Zweige tauchten ab und zu Farbflecken auf: Leute, die den Fußweg auf der anderen Bachseite benutzten. Till und sein Freund Frieder kamen auf ihren Fahrrädern und hielten, im Sattel sitzend, vor dem Haus ein längeres Schwätzchen, bevor sie sich endlich trennten.

Onkel Rolf kam zweimal ins Zimmer, um mich zum Essen einzuladen, aber ich hatte keinen Appetit. Lena sah ich den ganzen Tag nicht, Till ließ mich in Ruhe und Katrin saß immer noch im Gartenhaus und wartete darauf, dass ich wieder verschwand. Es würde sie mit großer Genugtuung erfüllen, dass sie Recht behalten hatte. Auf ein paar Tage mehr oder weniger kam es ihr sicher nicht an.

Am späten Nachmittag wurde es auf der Straße lebhafter. Autos und Fahrräder fuhren vorbei, Menschen kamen von der Arbeit und gingen einkaufen. Hundert Meter weiter befand sich ein kleines Konsum-Geschäft, und ich sah Leute mit Einkaufsbeuteln in diese Richtung gehen und zurückkommen. Schließlich kam auch Lena zu Fuß aus der Stadt angehetzt. Sie trug bereits einen schweren Beutel und ich sah, wie sie eine Frau begrüßte, die ihr vom Konsum entgegenkam. Die Frau öffnete ihre Einkaufstasche und ließ Lena hineinschauen, worauf diese es sehr eilig hatte, sich zu verabschieden und ins Haus zu kommen.

Einige Minuten vergingen.

Ich malte mir aus, wie Onkel Rolf von unserem niederschmetternden Besuch auf der Meldestelle berichtete und wie er Lena voller Sorge erzählte, dass ich den ganzen Tag trauernd auf der Fensterbank gesessen und die Nahrung verweigert hatte. Selbstmitleid übermannte mich. Sicherlich würde sie gleich hereinkommen, mich »mein armer Schatz« nennen und tröstend in die Arme nehmen.

Die Tür ging auf und Lena kam herein. »Jetzt hör mir mal zu«, sagte sie energisch. »Es ist schlimm genug, dass du nächste Woche vorübergehend wieder zurückmusst. Aber das bisschen Zeit bei uns so zu vertrödeln, das ist wirklich eine Schande.«

»Vorübergehend?«, echote ich.

»Was hast du denn gedacht?« Lena baute sich vor mir auf. »Wir werden natürlich alle Hebel in Bewegung setzen. Rolf ziert sich noch ein bisschen, immerhin hast du eine Westbehörde als Vormund, aber ich habe ihm gesagt: Vormundschaft kann man beantragen. Wir sind deine einzigen Verwandten, das zählt schließlich auch. Nur, wenn du so schnell den Mut verlierst, Lilly … dann weiß ich wirklich nicht, wie wir irgendjemanden überzeugen sollen.«

»Den Mut verlieren? Ich?«, rief ich halb verwirrt, halb entrüstet.

Lena setzte sich mir gegenüber und lächelte. »Siehst du, das habe ich Rolf auch gesagt. Ich habe doch gewusst, dass du uns nicht so schnell aufgibst.«

Es ist schon erstaunlich, wie die Welt von einem Augenblick auf den anderen plötzlich ganz anders aussehen kann. Ich fühlte, wie ein erleichtertes Grinsen sich von innen her in mir ausbreitete, bis es mein Gesicht erreicht hatte. Lena griff entschlossen nach meinen Knien und schwang mich vom Fensterbrett.

»Wenn wir uns beeilen«, sagte sie, »kriegen wir noch ein paar Apfelsinen mit!«

Vor dem kleinen Konsum-Geschäft in unserer Straße standen die Leute Schlange. »Willkommen im sozialistischen Wartekollektiv«, flüsterte Lena mir vergnügt zu und packte ihren Beutel aus. Es war ein kleiner Perlonbeutel, den sie immer mit sich trug für den Fall, dass es irgendwo Mangelware zu kaufen gab. »Fallsbeutel« nannte sie das im Scherz, und zur »Mangelware« zählten für mich so unexotische Dinge wie Südfrüchte oder Gewürzgurken.

Im Schaufenster standen Konservendosen, zu einer kunstvollen Pyramide aufgebaut – vielleicht um davon abzulenken, dass es sich um ein und dieselbe Sorte Dreifruchtmarmelade handelte. »Dieses Angebot macht wählerisch«, verhieß ein Schild im Hintergrund. Tatsächlich hatte es sich herumgesprochen, dass es an diesem Tag Apfelsinen gab, und jeder hoffte, dass das Angebot nicht ausging, bis die Reihe an ihn kam. Vorsichtshalber durfte deshalb jeder Kunde nicht mehr als ein Kilo erwerben.

Als wir an die Theke traten, war nur noch eine Kiste da. Lena reichte unseren Beutel herüber und verlangte ein Kilo, und die Verkäuferin begann den Beutel zu füllen. »Moment«, sagte ich und zeigte auf die Frucht, die sie uns gerade einpacken wollte. »Die ist ja ganz zerdrückt! Da hätten wir aber gern eine andere.«

Gemurmel erhob sich. Verblüfft sah ich, dass die Leute in der Schlange sich anstießen und lachten und dass Lena ein verlegenes Gesicht machte. Die Verkäuferin sah mich böse an, nahm die beanstandete Apfelsine wieder aus unserem Beutel und legte eine andere hinein. »Macht vier Mark«, sagte sie kühl zu Lena.

Ich nahm den Beutel und ging hinaus, alle starrten uns hinterher. Als wir ein paar Meter gegangen waren, drehte ich mich zu Lena um, um zu fragen, was in aller Welt mit den Leuten los war. Hätten wir die matschige Apfelsine etwa nehmen sollen?

Da sah ich, dass Lena sich vor Lachen kaum halten konnte. »Was ist, warum lachst du so?«, rief ich und gab ihr einen kleinen Schubs.

Aber Lena schüttelte nur den Kopf und schubste zurück, und bis wir zu Hause ankamen, hatte ich zweimal fast die Apfelsinen verloren, weil wir uns den ganzen Weg nur kitzelten und balgten.

»Einkaufen macht bei euch mehr Spaß«, verkündete ich, als wir später am Tisch saßen und unsere Apfelsinenscheiben verschwenderisch in Puderzucker tauchten. Ich hatte Apfelsinen noch nie mit Zucker gegessen, es schmeckte einfach himmlisch. »Ist doch langweilig, wenn es immer alles gibt«, setzte ich hinzu.

»Wenn du so an die Sache herangehst, wirst du hier ein wahres Paradies vorfinden«, meinte Onkel Rolf. »Apfelsinen erst nach Weihnachten, Winterbekleidung dann in den Sommermonaten … ganz zu schweigen von den wunderbaren, von Vorfreude erfüllten Jahren des Wartens auf ein Telefon!«

»Der schiere Nervenkitzel, wenn du dich in einer Schlange anstellst und erst drinnen erfährst, was es wirklich gibt!«, schwärmte Lena.

Und mein Cousin beugte sich vertraulich vor. »Du kannst auch Äpfel für zwanzig Pfennig im Konsum kaufen und für sechzig Pfennig wieder zur Obstannahme bringen!«, teilte er mir mit.

Lena und Onkel Rolf hörten auf zu essen. »Was?«, fragten sie im Chor.

Till zog den Kopf ein und wir alle mussten so lachen, dass Puderzucker über den Tisch wehte. Ich aß die saftigen Apfelsinen und konnte mir nicht vorstellen, dass die anderen bereits in wenigen Tagen ohne mich hier sitzen würden. Doch seltsam, die Traurigkeit war wie weggeblasen. Alles schien machbar, jetzt, wo ich nicht mehr die Einzige war, die sich für meine Rückkehr in die DDR stark machte. Ja, ich war ganz sicher: Meine Familie und ich, wir miteinander würden alles schaffen, was wir uns vornahmen!

»Bist du eigentlich reich?«, fragte Till plötzlich. »Haben wir jetzt Westgeld?«

»Reich? Nee«, sagte ich. »Das meiste ist wegen Mamis

Krankheit draufgegangen, und dann das teure Internat ... aber ein bisschen Geld habe ich mitgebracht.«

Till brach in Jubel aus: »Dann können wir im Intershop einkaufen!« Es folgte eine aufgeregte Schilderung, wie er einmal ein D-Mark-Stück auf der Straße gefunden und schon von weitem erkannt habe, worum es sich handeln musste: Nur D-Mark-Stücke seien in der Lage, so zu funkeln! Zwei wundervolle Tage habe er von den Wünschen geträumt, die er sich mit diesem Reichtum erfüllen würde, ja, er habe seine Zukunftsaussichten bis ins Letzte ausgekostet, bevor er sich endlich dazu entschließen konnte, sich von der Mark zu trennen. Leider und überraschenderweise habe sie nur für einen Mars-Riegel und ein Päckchen Maoam gereicht. Wie viel Geld ich denn genau dabeihätte?

Seine Mutter richtete einen strafenden Blick auf ihn. »Lillys Geld geht uns überhaupt nichts an!«, erklärte Lena streng.

»Aber wenn sie hier wohnt ...«, sagte Till und zog die letzte Silbe schmollend in die Länge.

»Schluss jetzt, ich will nichts davon hören!«

Einige Sekunden lang hing der Haussegen schief. Tills Gesicht hätte man fotografieren und unter dem Titel »Enttäuschte Hoffnung« ausstellen können.

»Was ist denn ein Intershop?«, fragte ich dann vorsichtig, und Onkel Rolf räusperte sich und erklärte mir, dass in der DDR eine besondere Ladenkette existierte, in der nur einkaufen konnte, wer D-Mark besaß – Geschäfte, in denen es all das zu kaufen gab, was man in gewöhnlichen Läden vergebens suchte!

»Ihr könnt in eurem eigenen Land mit eurem eigenen Geld

nicht überall einkaufen?«, fragte ich ungläubig. »Wieso lasst ihr euch das gefallen?«

Onkel Rolf zuckte ein wenig verlegen mit den Schultern. »Man gewöhnt sich dran«, gestand er. »Den meisten anderen geht's ja auch nicht besser.«

Und plötzlich erinnerte ich mich, dass Mami ihren Päckchen an Lena immer auch Geld beigelegt hatte – mal versteckt hinter der Folie des Bohnenkaffees, mal im Deckel eines Kosmetikdöschens. Aber die Mitarbeiter des Zolls, die auf jedem Postamt saßen und die Sendungen von West nach Ost kontrollierten, waren mittlerweile so gewieft, dass in den letzten anderthalb Jahren kein Pfennig mehr bei Lena angekommen war. Meine Verwandten waren Opfer eines Postraubs geworden!

»Zuletzt war sogar der Kaffee weg«, erinnerte sich Lena. »Den hat sich wohl Erich in Wandlitz schmecken lassen.«

»Und die Fußballbilder aus der Schokolade!«, schimpfte Till.

»Versteh das nicht falsch, Lilly«, setzte Lena hinzu, »an Grundnahrungsmitteln herrscht hier kein Mangel, die werden bezuschusst und sind sogar ausgesprochen billig. Niemand muss Hunger leiden. Aber wenn du etwas Besonderes suchst, Elektrogeräte, Ersatzteile dafür oder auch nur schöne Kerzen für den Weihnachtsbaum ... das ist wie ein Glücksspiel.«

»Immerhin hat man auf diese Weise genug Zeit, darauf zu sparen!«, meinte Onkel Rolf sarkastisch. »Ein Jahresgehalt für einen Farbfernseher, ein Monatsgehalt für den Radiorekorder zu Katrins Jugendweihe, drei Monatsmieten für einen Wintermantel ... aber am gnädigsten ist der Nachfolger unseres Wartburgs. Der lässt uns noch mindestens vier Jahre Zeit, da wir uns erst nach Tills Geburt für einen Neuwagen angemeldet haben.«

Alle außer mir lachten. Ich musste auf einmal daran denken, dass Pascal eine Art Flohmarkt mit unseren Einrichtungsgegenständen veranstaltet und das meiste davon zu einem Schleuderpreis losgeschlagen hatte. Die Couchgarnitur, der Fernseher, die Waschmaschine ... Hauptsache, weg damit, weder er noch ich hatten daran gedacht, dass wir es vielleicht hierher hätten schicken können. Zu spät, dachte ich und war von mir selbst so enttäuscht wie selten zuvor.

»Denkst du an Frau Giehse?«, sagte Lena beim Abräumen zu Till.

»Klar«, erwiderte er und zu mir: »Komm, jetzt kannste wieder was lernen!«

Lena zielte mit Apfelsinenschalen nach ihm. »Gib ihm Saures, Lilly!«, rief sie mir nach.

Frau Giehse hatte schon auf Till gewartet. Jeden Abend holte er zwei Metalleimer bei ihr ab, trug sie in den Keller, schaufelte Kohlen hinein und schleppte sie wieder treppauf. Aus diesem Grund hing Frau Giehses Kellerschlüssel immer an seinem, Tills, Schlüsselbund – eine Verantwortung, auf die er stolz war. »Und was kriegst du dafür?«, fragte ich praktisch.

»Na, nichts. Das ist doch unsere Nachbarin, und außerdem bin ich Thälmannpionier!«, klärte er mich auf. »Es ist unsere Pflicht, den älteren Mitbürgern beschwerliche Arbeiten abzunehmen.« Er klingelte und rief ein wenig großspurig »Ich bin's!« durchs Treppenhaus.

Wir hörten Trudi erst kläffen, dann am Türspalt schnüffeln,

bevor leises Schlurfen ihr Frauchen ankündigte. Frau Giehse öffnete die Tür, erblickte mich ... und ließ ihre Eimer unter solchem Gescheppter fallen, dass der arme alte Pudel steifbeinig durch den Flur zurückrannte.

»Jemine!«, rief sie und griff sich ans Herz.

»Das ist Lilly«, sagte Till verblüfft. »Sie zieht bald zu uns.«

»Und ich dachte ...« Frau Giehse kam einen Schritt auf mich zu. »Haben wir uns nicht schon einmal gesehen?«

»An ... an Heiligabend«, stotterte ich und drückte mich vorsichtshalber gegen das Treppengeländer. »Sie kamen gerade durch die Tür ...«

»Nicht wahr, sie sieht aus wie Tante Rita!«, rief Till triumphierend. »Sagt Mama auch.«

»Ist sie ...«

»Meine Cousine aus Hamburg!«

Frau Giehse starrte mich wie hypnotisiert an und plötzlich geschah etwas gänzlich Unerwartetes: Sie begann zu weinen. Es dauerte nur wenige Sekunden und sie presste auch gleich die Hand vor den Mund, bis sie sich wieder gefasst hatte, aber ich war wie gelähmt. Till musste die Eimer allein aufsammeln und mich die Kellertreppe hinunterziehen.

»Was war das denn?«, stammelte ich, als wir unten angekommen waren.

»Sie wird nächsten Monat achtzig, da heult man halt ab und zu«, mutmaßte Till. Dabei hatte auch er eben noch ziemlich erschrocken ausgesehen.

»Hat sie Mami denn so gut gekannt?«

Till zog die massive Stahltür auf und drehte am Lichtschalter. Wir standen in einem niedrigen engen Gang, der nach rechts und links kleine Holzgitterverliese voneinander trennte. Es roch muffig nach kaltem Beton, vielleicht auch ein bisschen nach Mäusen, hauptsächlich aber nach Kohle, die in jedem Kellerraum auf dem Boden lagerte. Und noch einen anderen Vorrat hatten die Bewohner dieses Hauses angelegt. Ich lugte im Vorbeigehen durch die Gitter und erspähte zu meiner Überraschung in mehreren Kellern große Mengen an Lebensmitteln in Dosen und Gläsern.

»Meine Güte«, sagte ich bestürzt. »Ist das denn wegen ... ich meine ... glaubt ihr wirklich, dass es einen Krieg gibt?«

»Wieso Krieg?« Till sah mich an, als sei ich nicht ganz dicht. »Was es zu kaufen gibt, nimmt man mit! Weiß doch keiner, was als Nächstes knapp ist.«

Er schloss einen der Keller auf, stellte die Eimer neben einen kleinen Kohlehaufen und reichte mir die Schaufel, die obenauf steckte. Offenbar war er heute nur der Aufseher. Ich schaufelte gehorsam die beiden Eimer voll, wobei Kohlestaub meine Hände mit einer feinen schwarzen Schicht überzog, und grübelte immer noch über die arme Frau Giehse nach. »Wenn sie meine Mutter so gern hatte, sollte ich sie vielleicht einmal besuchen!«, nahm ich mir vor.

»Äh ...«, sagte Till verlegen, »ich glaube, da sprichst du vorher besser mit Mama.«

»Warum denn das?«

Er zuckte mit den Achseln und nahm mir die Eimer ab, um sie nach oben zu tragen. »Meinst du, sie kriegt Ärger, wenn jemand aus dem Westen sie besucht?«, bohrte ich.

»Kann schon sein«, entgegnete Till so knapp, dass es schon fast unfreundlich klang.

Ich hielt mich also zurück und lächelte Frau Giehse nur tröstend an, als wir ihr die Kohleeimer zurückbrachten. Nach all dem, was ich in den letzten Tagen erfahren hatte, wunderte mich allmählich gar nichts mehr. Ich konnte mir selbst nicht erklären, warum ich dennoch das unbestimmte Gefühl hatte, dass eine mögliche Überwachung von Frau Giehse nicht der wahre Grund für Tills Vorsicht war. War es möglich, dass er die alte Nachbarin nur nicht erzählen lassen wollte, warum der Gedanke an meine Mutter sie zum Weinen brachte?

Den bleichen, hoffnungslos dreinblickenden Menschen, die in dem kalten fensterlosen Büroflur vergeblich nach einer Chance anstanden, musste längst klar sein, was sie draußen erwartete: Wer keine Arbeit fand, musste unter Brücken schlafen, der verfiel dem Alkohol und innerhalb kürzester Zeit den Drogen, die überall frei erhältlich waren, und von da an würden es nur noch einige wenige Schritte bis zum Abgrund sein. Die imperialistischen Machthaber in Bonn scherte das nicht. Denn so sah es nun einmal aus, das Unrechtsregime des Klassenfeindes, die als Demokratie getarnte Diktatur des Großkapitals: ein durch und durch menschenfeindliches System, in dem die Massen, durch Konsumterror ruhig gestellt, sich der Manipulation ihrer Gehirne nicht einmal mehr bewusst waren und diejenigen, die dem unbarmherzigen Leistungsdruck nicht standhielten, erbarmungslos der Verwahrlosung preisgegeben wurden. Die Tatsache, dass meine Verwandten bloß einen Schwarz-Weiß-Fernseher besaßen, machte diese Aussichten noch ein klein wenig trostloser.

»Meinen die schon wieder uns?«, fragte ich verdattert, als

ich mich einigermaßen in die Fremdsprache eingehört hatte, die mir aus dem Fernseher entgegenklang.

Onkel Rolf lachte. »Das nennt man Propaganda«, sagte er und schaltete den Apparat aus. »Da hört man am besten gar nicht hin. Gute Nacht, Lilly!«

Die kampflustigen Schilder in der Stadt fielen mir wieder ein und auf einmal reichte es mir. Noch nie hatte mich das Geschwätz interessiert, das sich Politik nannte, aber nun machte ich richtig Krach, als ich mir die Zähne putzte und mich für die Nacht auszog. Da bläuten die Erwachsenen uns von frühester Kindheit an ein, ehrlich und aufrichtig zu sein, weder Hausaufgaben noch Klassenarbeiten abzuschreiben, stets bei der Wahrheit zu bleiben und keine Ausflüchte zu erfinden, und dann das!

Die Bilder, die ich gesehen hatte, waren angeblich aus unserer eigenen »Tagesschau«, aber mit einem Text des DDR-Fernsehens unterlegt, hatten sie auf wundersame Weise eine ganz neue Bedeutung bekommen. Wieso dürfen die das?, fragte ich mich empört. Was, wenn es jemand glaubt? Ob unsere Sender das vielleicht auch so machen…?

Ich jedenfalls würde mich in Zukunft nur noch auf das verlassen, wovon ich mich mit meinen eigenen Augen überzeugen konnte!

So nahm ich mir vor, besonders wachsam zu sein, als ich Lena am nächsten Tag in ihrer Buchhandlung abholte. Sie pflegte nach der Arbeit in der Stadt einzukaufen, da sie dort eine Verkäuferin kannte. Ich dachte bei mir, dass es eine sehr nette Verkäuferin sein musste, wenn Lena um eines Schwätzchens willen in Kauf nahm, ihre Einkaufstaschen den ganzen

Weg nach Hause zu schleppen, obwohl wir gleich um die Ecke einen Konsum hatten.

Lena freute sich sichtlich über meinen Besuch. Sie stellte mich ihren Kolleginnen vor, zeigte mir ihren Arbeitsplatz in der Abteilung »Internationales Buch« und nachdem die Buchhandlung geschlossen hatte, durfte ich helfen, Kisten des »Leipziger Kommissions- und Großbuchhandels« mit frisch eingetroffenen Büchern auszupacken. Lena erklärte mir, dass es sich um Lizenzausgaben ausländischer Verlage handelte, und obwohl Feierabend war, kamen immer noch einige Kunden durch die Hintertür. Sie wählten ausschließlich aus dem neu eingetroffenen Stapel aus, und für einige Bücher brauchte Lena keine Laufkarten mehr zu schreiben, da sie die Regale gar nicht erreichten. Die Kunden bedankten sich überschwänglich auf dem Weg nach draußen und ich wunderte mich sehr, dass die Buchhändlerinnen so freundlich zu ihnen waren, obwohl sie doch erst nach Ladenschluss gekommen waren.

Am Marktplatz, in dessen Mitte der Hanfried, ein imposantes Denkmal für den Universitätsgründer, stand, aßen wir in einer Bäckerei eine »Eierschecke«, um uns für den Einkauf zu stärken. Ich passte genau auf und stellte fest, dass ein kleines Stück Kuchen genauso viel kostete wie ein ganzes Brot. Währenddessen gaben sich die Kunden die Klinke in die Hand und auch auf dem Marktplatz war ein großes Gelaufe. Offenbar hatten fast alle »Werktätigen« um 16 Uhr Feierabend und gingen gleichzeitig auf das Lebensmittelangebot los.

Doch der Feierabend lockte auch noch andere Gestalten an. An einer ruhigen Ecke stand ein alter Lada. Der Motor war ausgeschaltet, zwei Männer saßen darin und rauchten und das

Auto wäre mir überhaupt nicht weiter aufgefallen, hätte Lena nicht im Vorübergehen »Stasi!« geraunt. Mein Nacken versteifte sich. Ich erwartete, dass wir jeden Augenblick die Einkaufstaschen unter den Arm klemmen und losrennen würden! Doch nichts geschah, Lena blieb ganz ruhig, und als wir um die Ecke waren, erklärte sie mir, dass der Wagen oft dort stand – meist mit vier, manchmal auch mit zwei Personen darin. Sie beobachteten das Geschehen rund um den Marktplatz, hatten Einzelne im Visier oder stellten fest, ob unerwünschte »Zusammenrottungen« von Menschen stattfanden. Stasi-Autos standen auch gern vor Kirchen und Jugendclubs oder ihre Insassen mischten sich bei Veranstaltungen einfach unters Volk. An dem Abend in der Kleinkunstbühne seien mit Sicherheit auch Spitzel unter den Besuchern gewesen, sagte meine Tante leichthin. Sie nahm meine Hand und drückte sie entschuldigend, als sie merkte, wie sehr mich das erschreckte. »Am besten, du beachtest sie nicht«, sagte sie. »Dann kannst du dir bald einbilden, sie wären gar nicht da.«

Der Fleischer lag zwei Straßen weiter, schon von weitem zu erkennen an der langen Schlange, die sich bis hinaus auf den Gehsteig gebildet hatte. Lena hätte gern Rouladen gehabt, machte sich aber keine Hoffnungen, da die, falls sie überhaupt angeboten wurden, bestimmt schon gleich morgens um neun über den Ladentisch gegangen waren. Sie hatte Recht, wir standen anderthalb Stunden um Gulasch an, und trotz Lenas ermunternden Worten beobachtete ich besorgt jeden Einzelnen, der mit uns in der Schlange wartete.

Woran erkannte man einen Spitzel? Für meine Begriffe unterhielten sich die Leute recht laut und unerschrocken über das Warenangebot, die »Materialengpassliste« und darüber, dass es in Berlin die tollsten Sachen zu kaufen gab, während der Rest des Landes wohl eher nach dem Glücksprinzip versorgt wurde. Selbst die absolute Rarität, die Legende gewordene kostbarste Trophäe eines DDR-Einkaufsabenteuers war in der Hauptstadt gesehen worden: die Banane!

Hatten diese Kunden denn gar keine Angst? War eine Warteschlange keine *Zusammenrottung*? War es in diesem Land überhaupt erlaubt, sich mit Fremden zu unterhalten?

Mein Stasi-Schreck verebbte nur langsam, selbst wenn man den anderen Leuten anmerkte, dass die Anwesenheit von Spitzeln offenbar zu den eher alltäglichen Dingen zählte.

Nun stand uns nur noch der Einkauf im Konsum bevor, in dem Lena Stammkundin war. Inzwischen war es bereits dunkel geworden und meine Tante hatte es spürbar eilig. Routiniert reihten wir uns in eine weitere Warteschlange ein, aber es war nicht zu übersehen, dass der Elan der Wartenden – uns selbst eingeschlossen – um diese Stunde stark nachgelassen hatte. Müde starrten die Stehenden nach vorne zum Ladentisch oder auch nur auf den Rücken des Vordermannes.

Es muss bereits kurz vor Ladenschluss gewesen sein, als wir uns bis zur Theke vorgearbeitet hatten, wo Lenas Freundin unsere Einkäufe in die Kasse tippte: Milch, Butter, Zwieback, gleich mehrere Dosen Ölsardinen – weil es die heute gerade gab und möglicherweise morgen schon nicht mehr –, ein Waschmittel. Der Kauf von Eiern hingegen hatte, wie ich erfuhr, Zeit bis zum nächsten Einkauf. Sie waren anscheinend derzeit nicht knapp, was Lena an dem Pappschild erkannte: »Nimm ein Ei mehr!«

Ich hoffte inständig, dass das nun zu erwartende Schwätzchen uns nicht allzu lange aufhalten würde. Ich war müde, hatte Hunger und mir taten die Beine weh. Doch die beiden grüßten sich nur freundlich, wechselten ein »Wie geht's?« und Lena war so beschäftigt mit dem Einpacken ihrer Waren in die beiden großen Taschen … dass sie gar nicht zu bemerken schien, wie ihre vermeintliche Freundin plötzlich eine kleine rote Flasche unter dem Ladentisch hervorholte, sie ohne ein Wort in einer der Taschen verschwinden ließ … und dann auch noch einen Preis dafür eintippte!

Ich blinzelte. Was hatte das zu bedeuten? Lena sollte für etwas bezahlen, das sie gar nicht hatte haben wollen, das ihr einfach in die Tasche geschmuggelt worden war? Unglaublich! Blitzschnell griff ich in die Tiefen der Tasche, um die Flasche wieder hervorzuziehen und die Betrügerin mit den Worten »Lena, die hat dir gerade …!« ihrer Tat zu überführen. Allerdings stieß ich dabei nicht auf die Flasche, sondern mit Lenas Hand zusammen, die die meine mit großer Entschiedenheit wegschubste, während gleichzeitig ein Stiefel einen Treffer auf meinem rechten Fuß landete. Beleidigt klappte ich den Mund wieder zu. Bitte, dann sollte sie sich eben betrügen lassen!

Immer noch schmollend folgte ich ihr nach draußen, wo sie einen erwartungsvollen Blick in ihre Tasche warf und mit dem glücklichen Seufzer: »Ketschup!« entzückt die kleine Flasche beschaute. »Lilly, das wird ein Fest! Heute mache ich euch Pommes frites! Entschuldige, dass ich dich getreten habe, aber die Steigerung von Mangelware ist Bückware, und die bekommst du nur unterm Ladentisch und mit besonderen Beziehungen.«

Der Weg nach Hause war weit und ich hatte viel Zeit nachzudenken. Plötzlich dämmerte mir auch, was ich in der Buchhandlung erlebt hatte: Es gab bevorzugte Kunden, die früher als andere an die Beute herangelassen wurden oder einfach die eine oder andere Rarität unter der Hand zugesteckt bekamen! Das Ganze funktionierte offenbar nach dem Prinzip »Eine Hand wäscht die andere«: Lena legte Bücher für die Kaufhallenverkäuferin zurück und erhielt dafür eine Flasche Ketschup.

Ob es in der umgekehrten Richtung wohl auch so funktionierte? Wenn man eine Ware loswerden wollte, setzte man das Gerücht in die Welt, sie würde demnächst knapp …? Ich war verblüfft, welchen Einfallsreichtum man hier entwickeln musste, um die tägliche Versorgung zu gewährleisten. Ich konnte nur hoffen, dass meine eigene Fantasie würde mithalten können, wenn es erst einmal so weit war!

»Bodenfrost gemeldet«, hörte ich Onkel Rolf sagen, während er darauf wartete, Katrin ihr Abendessen zu bringen. »Findest du nicht, dass es reicht?«

Ich ließ sachte die Badezimmertür zuklappen, blieb im Flur stehen und horchte schamlos. »Du tust gerade so, als hätte ich sie rausgeschmissen«, wehrte sich Lena. Tack, tack, tack, tack, machte aufgebracht ihr Kartoffelmesser.

»In moralischem Sinne hast du das ja auch«, meinte Onkel Rolf. »Hör mal, ich respektiere eure Sturheit, wirklich. Ihr habt einander bewiesen, dass es euch ernst ist, jeder weiß, wo der andere steht … dagegen ist nichts einzuwenden. Aber so kann es doch nicht weitergehen. Soll sie sich da unten eine Lungenentzündung holen?«

»Hass macht einsam«, sagte Lena hart. »Das kann sie lernen.« Sie pfefferte einen Schwung Kartoffelstreifen ins kalte Wasser. »Ich habe keine Lust mehr, ihr ständig in allem nachzugeben! Da ist die Haustür, unverschlossen! Nein, Rolf. Diesmal gehe ich sie nicht holen.«

Ich verkrümelte mich bedrückt. Für diesen Familienstreit war ich der Auslöser, das wusste ich, aber das Wort Hass erschreckte mich. Katrin durfte mir die Tür vor der Nase zuknallen, mich aus ihrem Zimmer werfen und am Frühstückstisch schikanieren, aber hassen, hassen sollte sie mich nicht!

20

Ich war so überrumpelt, dass ich einfach beiseite trat und ihn einließ: den unbekannten Mann, der am nächsten Tag an der Wohnungstür klingelte und nach dem Öffnen mit den Worten: »Aha! Du bist bestimmt Lilly!« schnurstracks an mir vorbeiging. »Ist Lena da?«, fragte er und sah sich im Flur um. Dabei hatte ich den Eindruck, dass es ihm gelang, innerhalb weniger Augenblicke alles zu registrieren, was es bei uns zu sehen gab. Er sah nicht wie ein Einbrecher aus, aber ich wusste sofort, dass irgendetwas mit ihm nicht stimmte.

Till und ich hatten am Wohnzimmertisch Rummikub gespielt, das ich im Rucksack mitgeschleppt hatte. Rummikub war mein Lieblingsspiel, ich spielte es sogar allein, aber mit Till machte es wesentlich mehr Spaß. Er hatte die Regeln sofort kapiert und ich hatte richtig Mühe zu gewinnen. Als es an der Tür klingelte, war er in seinen nächsten Spielzug so vertieft, dass er die Störung gar nicht zu bemerken schien. So kam es, dass ich aufstand, um die Tür zu öffnen.

Der unbekannte Besucher kannte sich aus, er ging zielstrebig in die Küche und von dort ins Wohnzimmer … und die Rummisteine waren verschwunden! Durch die halb offene Tür sah ich, dass der Wohnzimmertisch leer war, als ob wir nicht eine Minute zuvor noch dort gesessen hätten! Till schlüpfte durch die zweite Wohnzimmertür in den Flur und flüsterte mir aufgeregt zu: »Ich hole Mama!« Dann hatte er auch schon seine Jacke vom Haken geangelt und war lautlos verschwunden.

Mein Herz schlug bis zum Hals, als ich ins Wohnzimmer ging. Der Unbekannte saß bereits im Sessel, als gehörte er dort hinein, und sah mich freundlich und fragend an.

»Lena und Onkel Rolf arbeiten«, hörte ich mich sagen und bekam auf der Stelle einen heißen Schreck. Genau diese Worte, so hatte man mir seit dem Kindergarten eingebläut, waren der erste Schritt zu ungehindertem Diebstahl, Entführung und noch Schlimmerem durch fremde Männer! Meine Wangen wurden abwechselnd rot und weiß, während ich mich auf die äußerste Sofalehne setzte und arglos dreinzublicken versuchte.

Aber in meinem Kopf arbeitete es fieberhaft. Wie lange konnte es dauern, bis Till mit Lena wiederkam? Hätte er nicht besser die Polizei verständigt? Wer war der Mann überhaupt und woher kannte er mich?

»Rita Engelharts kleine Tochter!«, sagte er und musterte mich wohlwollend. »Weißt du, dass ich deine Mutter von so klein auf kannte?«

Er zeigte mit der Hand eine Höhe von etwa 40 Zentimetern über dem Boden, was ich für etwas übertrieben hielt, und fügte hinzu: »Es hat mir furchtbar Leid getan, als ich hörte, dass sie gestorben ist. Ja, ich bin eigentlich nur gekommen, um dir mein Beileid auszusprechen. Und ich wollte dir sagen, dass ich wirklich froh bin, dass ich dir helfen konnte – zumindest vorübergehend.«

Klick, machte es in meinem Kopf. »Bernd?«, fragte ich und

alle Besorgnis fiel von mir ab. Ich konnte nicht anders, ich begann übers ganze Gesicht zu strahlen.

Es war wie die Begegnung mit Frau Giehse: Hier traf ich auf Menschen, die ich noch nie zuvor gesehen hatte, aber dennoch schon kannte – und dieser hier wäre immerhin beinahe mein Onkel geworden! Nicht, dass mir Onkel Rolf nicht bereits ans Herz gewachsen war ... aber ich war regelrecht entzückt, Bernd Hillmer kennen zu lernen, den meine Mutter so sehr gemocht und von dem ich geglaubt hatte, er habe sich im Streit von meiner Familie getrennt. Beinahe hätte ich ihn gefragt, ob er wieder Bücher las und was er in letzter Zeit erfunden hatte! Er war ein großer sportlicher Mann in lässigem Wollpullover, hatte ein freundliches offenes Gesicht und wirkte zehn Jahre jünger als Onkel Rolf, obwohl sie im selben Alter sein mussten. Ich konnte auf Anhieb gut verstehen, dass Lena einmal in ihn verliebt gewesen war.

Bernd Hillmer, bei seinem Namen angeredet, schlug erfreut auf die Sessellehne und lachte. »Entschuldige, ich dringe hier einfach so ein ...! Natürlich bin ich's: Bernd Hillmer, Notrufzentrale für ausgerissene oder sonst wie verschwundene Kinder der Familien Wollmann und Engelhart!«

Diese Bemerkung verstand ich nicht so ganz, aber er redete schon weiter: »Schöne Aufregung, nicht wahr? Bloß weil du bei deiner Familie sein willst, womit du – unter uns gesagt – Recht hast. Das sind feine Leute, Lena und Rolf ... ja, selbst der alte Rolf, wenn ich das auch ungern zugebe.«

Ich musste unwillkürlich lachen. »Ich weiß, dass Sie und Lena mal was miteinander hatten«, verriet ich.

Diese Mitteilung erheiterte Bernd sichtlich. »Hat sie das

etwa zugegeben?«, fragte er. »Tja, gegen die geballte Macht der Literatur kam ich natürlich nicht an. Was meinst du, sind sie glücklich?«

»Sehr«, sagte ich. »Sieht jedenfalls so aus«, schränkte ich ein.

Ich war selbst erstaunt, dass ich das hinzusetzte – dass Lena und Onkel Rolf glücklich miteinander waren, konnte ein Blinder sehen. Aber Bernd Hillmer hatte mich mit seinem Charme bereits eingewickelt und ich wollte ihn nicht vor den Kopf stoßen, selbst wenn das auf Kosten von Onkel Rolf ging.

»Sie ... Sie haben sie wohl lange nicht gesehen?«, fragte ich.

»Das kann man wohl sagen«, erwiderte Bernd und beugte sich vor. »Und du? Erzähl mal. Hast du's schon bereut?«

»N-nein«, sagte ich zögernd. »Das heißt ...«

»Alte Geschichten, hm?«, meinte er.

»Ja«, seufzte ich dankbar und rutschte von der Sofalehne in den Sitz. Es tat unerwartet gut, sich auch einmal einem Nicht-Familienmitglied anzuvertrauen. »Katrin kann mich nicht ausstehen«, gestand ich. »Sie wohnt jetzt im Gartenhaus und will erst wieder hervorkommen, wenn ich weg bin.«

»Das ist aber gar nicht nett von ihr«, entgegnete Bernd kopfschüttelnd. »Sie hat ja ein schweres Päckchen zu tragen, aber dafür kannst du doch nichts! Und die arme Rita hat das ganz sicher auch nicht so gewollt ...« Er sah mich an.

In der Nähe der Sofaritze befand sich ein Loch im Polster. Ich fühlte, wie sich mein Zeigefinger hineinbohrte und auf eine schon krümelige Füllung stieß. Ich bohrte immer tiefer, während ich darauf wartete, dass er weitersprach. Ich wollte das Sofa nicht noch mehr kaputtmachen, aber ich konnte einfach nicht damit aufhören. Ich ahnte, dass etwas auf mich zukam, wovor ich seit Wochen Angst hatte, dass jemand im Begriff war, all die kleinen Puzzleteilchen zusammenzusetzen, von denen ich längst wusste, dass sie da waren, und doch hoffte, ihnen nie zu begegnen ...

Aber Bernd plauderte unbefangen weiter: »Lilly, ich muss sagen, es imponiert mir, dass du diesen Schritt überhaupt gewagt hast. Es ist eine Menge passiert, aber das ist eine echte Chance, ein Neuanfang für euch alle! Wenn du mich fragst ... dranbleiben, unbedingt dranbleiben! Ich nehme an, wenn ihr alles untereinander geklärt habt, werdet ihr euch um eine dauerhafte Einreise für dich bemühen?«

»Ich glaube schon ...«, erwiderte ich schwach.

»Auf meine Hilfe kannst du jedenfalls zählen!«, versprach er. »Ich bin ... hm, sagen wir, in einer Position, in der ich manches bewegen kann.«

Er kam nicht dazu, mir die Einzelheiten zu erläutern, denn die Tür flog auf und Lena und Till kamen herein. Lena musste neben dem Fahrrad hergelaufen sein, sie war völlig außer Atem und sah, wie man auch von Bernd Hillmers Reaktion unschwer ableiten konnte, ausgesprochen rosig aus. Er fand sie ganz offensichtlich immer noch so anziehend, dass es sofort um sein Selbstbewusstsein geschehen war. Er sprang aus dem Sessel und stammelte: »Lena ...?!«

Meine Tante strich sich das vom Laufen zerzauste Haar aus der Stirn und gab ihm gefasst die Hand.

»Bernd ... wie schön«, behauptete sie, aber ihr Blick wich ihm aus und es war nicht zu übersehen, dass sie die Begegnung alles andere als schön fand.

»Ich musste doch mal nach euch sehen«, sagte Bernd verlegen. »Hat alles geklappt?«

»O ja«, antwortete Lena. Sie schien nach Worten zu ringen. »Wir können gar nicht wieder gut machen, was du für uns tust ... oder schon getan hast.«

»Ich würde es wieder tun«, entgegnete Bernd mit einem halben Lachen.

Lena lächelte. »Danke«, sagte sie schlicht.

»Tja«, antwortete Bernd, kratzte sich am Kopf und wandte sich in seinem Unbehagen Till zu, der mit verschränkten Armen neben Lena stand und ihn finster anstarrte. »Und du bist der kleine Sohn?«, fragte er kumpelhaft.

»Muss wohl«, sagte Till ablehnend.

Eine seltsame Spannung lag im Raum. Mein elfjähriger Cousin stand neben seiner Mutter, als wolle er sie verteidigen – wovor, war mir schleierhaft –, und dem netten, selbstsicheren Mann, mit dem ich eben gesprochen hatte, stockte mit einem Mal die Zunge. Das konnte doch unmöglich nur an der gescheiterten Liebe zu Lena liegen! Bernd machte eine etwas linkische Armbewegung und ließ seinen Blick durchs Zimmer schweifen.

»Kann ich sonst noch irgendetwas für euch tun?«, bot er an. »Die Wohnung habt ihr ja gut in Schuss. Aber diese alten Holzdielen ... weißt du was? Ich kenne da jemanden, der soll euch mal ein gutes Angebot machen für eine richtig schöne moderne Auslegeware!«

»Das ist nicht nötig«, wehrte Lena sofort ab.

Aber Bernd begann bereits den Raum zu durchschreiten, Quadratmeter zu messen und in ein kleines schwarzes Notizbuch einzutragen. »Lena, ich bitte dich, das ist doch eine Kleinigkeit«, behauptete er.

»Wir haben alles! Wir brauchen nichts!«, sagte Lena peinlich berührt.

»Da seid ihr die Einzigen, die ich kenne«, versetzte Bernd und marschierte mit Meterschritten in den Flur.

Meine Tante gab sich einen Ruck, folgte ihm hinaus und stellte sich direkt in seinen Weg. »Lass das, Bernd. Bitte!«, sagte sie scharf.

Bernd sah sie an, dann steckte er langsam sein Notizbuch weg. »Es ist meinetwegen, habe ich Recht? Es hat sich nichts geändert. Wenn's gar nicht anders geht, falle ich euch wieder ein, aber ansonsten wollt ihr nichts mit denen zu tun haben, die sich auch mal die Hände schmutzig machen für den Aufbau des Sozialismus.«

Lena wollte etwas sagen, aber er unterbrach sie. Seine Stimme, eben noch bitter und verletzt, war plötzlich schneidend. »Ihr seid doch nichts als Papiertiger. Ihr haltet eure Bücher hoch – so sauber und gerecht soll alles sein! –, aber wenn das nicht funktioniert, nicht funktionieren *kann*, dann bitte ohne euch! Ich dachte, es ist ein bisschen Zeit ins Land gegangen, man kann sich wieder als Freunde begegnen … Aber bitte, ich weiß ja jetzt Bescheid. Auf Wiedersehen, Lilly.«

»Auf Wiedersehen«, sagte ich schüchtern. Die anderen zwei schwiegen. Bernd Hillmer, der Freund aus Jugendtagen, drehte sich auf dem Absatz um und verließ, ohne sich noch einmal umzuschauen, die Wohnung, in der er vor Jahren aus und ein gegangen war.

Als die Tür hinter ihm ins Schloss gefallen war, sah Lena

mich an. Ich spürte, wie gedemütigt sie war, obwohl ich nicht recht verstand, was eben passiert war. »Machen wir uns einen Kakao?«, fragte ich unsicher.

Lena legte den Arm um Till und mich, und wir gingen zusammen in die Küche. »Wenn Freunde, die einmal dasselbe Ziel hatten, sich auf zwei verschiedenen Seiten wiederfinden, ist das für alle viel schlimmer, als wenn sie von Anfang an eine andere Meinung haben«, erklärte sie uns, während sie den Kakao in die Tassen rührte.

»Aber er ist nett«, wandte ich ein. »Mami mochte ihn.«

»Er hat sich für die andere Seite entschieden, Lilly«, wiederholte Lena und Ärger blitzte in ihren Augen auf. »Schlimm genug, dass wir ihn um Hilfe bitten mussten.«

Bernd arbeitete für das Ministerium, das die Menschen in diesem Land überwachte, und Lena gehörte zu denen, die sich jeden Tag davor in Acht nehmen mussten. So einfach und gleichzeitig so schwer zu verstehen war das.

Nach all dem anderen, was Bernd Hillmer angedeutet hatte, fragte ich sie nicht. Es lag nicht nur daran, dass ich die Unruhe erst einmal verdauen musste, die die Begegnung mit ihm in mir ausgelöst hatte. Ich ahnte vielmehr, dass es nur eine Person gab, mit der ich darüber sprechen konnte, und dass es allmählich Zeit wurde, dies zu tun.

Ich musste mit Katrin reden.

Wolken schoben sich vor den Mond, der hell in mein Zimmer schien. Ich machte kein Licht, um mich anzuziehen. Als ich nach draußen schlich, hörte ich die Standuhr im Wohnzimmer ein Uhr schlagen und war sicher, dass jeder im Haus schlief.

Und tatsächlich drangen durch die geschlossene Schlafzimmertür die unaufdringlichen, beruhigenden Schnarchgeräusche von Onkel Rolf.

Die Bodenplatten auf dem Weg zum Gartenhaus waren ein wenig locker und klapperten leise, als ich mich durch den Hof tastete. Im Mondlicht konnte ich das kleine Haus erkennen und die drei Treppenstufen, die zur Tür hinunterführten. Mit drei Fingern der rechten Hand drückte ich die quietschende Tür auf und horchte. Nichts.

Ich ließ die Tür offen, damit der Mond hineinscheinen konnte, blieb stehen und hoffte, dass Katrins Atemgeräusche mir den Weg wiesen ... aber es blieb geradezu unheimlich still. Hoffentlich war sie nicht bereits erfroren! Dieser Gedanke versetzte mir einen kleinen Stich, und für den Bruchteil einer fantasievollen Sekunde sah ich meine Verwandten vollkommen gebrochen um Katrins Grab stehen.

Aber dort auf dem Sofa lag eindeutig eine hügelige Masse, die atmete – tief unter Decken vergraben, weil es im Gartenhaus nur knapp über null Grad sein konnte. Ich setzte mich auf den Rand des Sofas und ließ einige Minuten verstreichen, in denen ich mich fragte, wie ich es denn nun anfangen sollte.

In den Hügel neben mir kam Bewegung. Ein Arm tauchte auf und schlug mehrere Lagen Decken zurück. Beim Anblick der Gestalt an ihrer Bettkante durchfuhr Katrin ein solcher Schreck, dass ein Ruck durch das ganze Sofa ging. Der blendende Lichtkegel einer Taschenlampe richtete sich direkt auf mich. »Bist du wahnsinnig?«, schnauzte sie mich an.

»Am Montag muss ich wieder zurück«, teilte ich ihr mit.

Katrin ließ die Taschenlampe sinken. »Na und? Lass mich in

Ruhe, Lilly. Ich weiß, dass du nichts dafür kannst. Aber du hast hier einfach nichts zu suchen, versteh das doch endlich.«

»Und warum nicht?«

»Frag Mama«, sagte Katrin verächtlich. »Mit der kannst du es doch so gut.«

Sie knipste die Taschenlampe aus und rollte sich wieder unter ihren Decken zusammen. »Was hast du denn gegen mich?«, fragte ich unglücklich.

»Hau ab«, knurrte es aus den Tiefen des Deckenhügels.

»Erst wenn ich weiß, warum.«

»Dann bleib eben sitzen. Von mir erfährst du nichts. Aber geh runter von meiner Decke!«

Sie riss mir einen Deckenzipfel unter dem Hintern weg. Ich blieb eine Weile abwartend sitzen, aber Katrin machte keine Anstalten, wieder aufzutauchen. Schließlich fing ich einfach an. »Meine Mutter hat nie von dir gesprochen, nur ein einziges Mal«, erzählte ich ihr. »Einmal hat Lena ein Foto von euch allen geschickt. Du warst auch darauf, aber ich wusste überhaupt nicht, wer du warst. Bis dahin hatte ich immer gedacht, Lena hätte nur den Till ...«

Katrin rührte sich nicht.

»An dem Tag in Hamburg, da ...«, begann ich erneut und stockte, weil ich wie im Zeitraffer noch einmal die Bilder vor mir sah, von denen ich wusste, dass ich sie nie würde in Worte fassen können: Lenas Gesicht, vom Licht der Kirchenfenster umspielt, den Drachen im Wind über dem Strand, die kleinen Wellen der Alster, als mein Stein hineinfiel. »Das war so schön«, sagte ich hilflos. »Und meine Mutter war gerade erst ein paar Tage tot.«

»Geh ins Bett, Lilly. Ich will das nicht hören«, drang es dumpf unter den Decken hervor.

»Ich hab doch sonst niemanden!«, erwiderte ich und begann zu schluchzen.

Das war das Letzte, was ich in Gegenwart von Katrin geplant hatte, aber ich konnte nichts dagegen tun, und irgendwie war es mir plötzlich auch egal. Katrin würde mich weiter hassen, ich würde nach Hamburg zurückkehren, und aus meiner Übersiedlung in die DDR würde sowieso nichts werden. Denn wenn nicht alle von uns dafür waren, konnte ich es ebenso gut bleiben lassen.

Plötzlich spürte ich eine Hand an meinem Arm. »Nun hör schon auf zu heulen«, fing Katrin an, aber dabei schlug ihre Stimme um, und mit einem Mal brach sie selbst in Tränen aus. »Sieht das hier vielleicht so aus, als ob ich jemanden hätte?«, schluchzte sie. »Ich sitze seit vier Tagen in dieser Scheißhütte, und es ist scheißkalt hier!«

Ehe wir wussten, wie uns geschah, hielten wir uns in den Armen und schniefen und heulten. Später haben wir oft darüber gelacht und noch Jahre danach den anderen vorgespielt, wie wir uns so einsam und verlassen fühlten, dass wir unversehens das heulende Elend bekamen. Aber damals im Gartenhaus war es überhaupt nicht komisch, es brach regelrecht über uns herein, und trotz aller späteren Scherze weiß ich, dass wir die Erinnerung daran insgeheim wie einen kostbaren Schatz hüten.

Ich weiß nicht, wie lange wir dort eng umschlungen weinten, bis Lena uns fand. Vielleicht hatte sie die Eisblumen an den Fenstern gesehen und entschieden, dass es Zeit war, Katrin nach Hause zu holen. Sie ging vor uns in die Hocke, sagte kein einziges Wort, aber legte jeder von uns eine Hand an die Wange und ließ sie dort, als wollte sie uns zeigen, dass ihre Liebe für uns beide reichen würde.

Und so kam es, dass es schließlich doch Lena war, die die Geschichte erzählte. Wir saßen alle zusammen im Wohnzimmer, obwohl es mitten in der Nacht war – Till, Katrin und ich unter Wolldecken auf dem Sofa, Onkel Rolf im Sessel mit dicken Socken an den Füßen und einer Tasse Tee. Lena stand am Fenster und schaute hinaus, sie trug ihre warme Strickjacke über dem Schlafanzug und hielt sich mit beiden Armen fest umschlungen, als ob ihr trotzdem noch kalt wäre.

»Ich war einfach so erschrocken«, sagte sie nach einer Weile. »Ich kam nach Hause und da lag dieser Zettel: Ich bin in Hamburg...« Sie drehte sich zu uns um. »Ich habe gar nicht lange überlegt, ich habe mich ins Auto gesetzt und bin losgefahren. Rita war meine kleine Schwester, ich war für sie verantwortlich... als unsere Eltern starben, war sie kaum älter als du, Katrin. Und ich wusste ja auch genau, wo sie sich immer trafen.

Den ganzen Weg nach Berlin habe ich nur gedacht: Hoffentlich komme ich nicht zu spät. Aber sie waren tatsächlich noch da. Rita und Jochen und ein junges Mädchen, das Jochen mitgebracht hatte...«

»Teresa«, flüsterte ich.

Lena nickte, und erst da fiel es mir wieder ein... die Begegnung der beiden an Mamis Grab und wie sie einander angeschaut hatten, das erste von vielen Rätseln. Ich hatte mich noch gewundert, ich hatte doch geglaubt, dass sie einander nie zuvor begegnet waren …

»Teresa hatte Rita wohl auf der Toilette der Gastwirtschaft geschminkt und ihr die Haare zurechtgemacht«, fuhr Lena fort. »Jedenfalls sahen sie sich im ersten Moment und in diesem Licht so verrückt ähnlich, dass ich gleich kapierte, was sie vorhatten und dass mein Auftauchen alles durcheinander brachte. Jochen ist schier ausgeflippt, als er mich sah. Er zerrte mich ins Auto, Rita und Teresa immer hinterher, und wir hatten einen Riesenstreit zu viert in unserem Wartburg, wo ich schon allein kaum noch reinpasste.«

Sie deutete mit ihren Händen einen riesigen Schwangerschaftsbauch an und ich erkannte verblüfft, dass damit Katrin ins Spiel kam. Aber wie alles zusammenhing, das hätte ich nicht im Traum ahnen können.

»Es war unbeschreiblich, völlig hysterisch«, erinnerte sich Lena. »Rita heulte und wollte die Sache abbrechen, aber Jochen wollte natürlich nichts davon wissen. Schließlich habe ich sie einfach gefragt: Rita, willst du wirklich mit ihm gehen? Und sie hat gesagt, ja. Damit war die Sache entschieden. Das Verrückte ist, dass mir nicht einen Augenblick der Gedanke gekommen ist, ich müsste sie anzeigen. Dabei war ich doch durch die ganze Schule gegangen …«

Sie brach ab und sah wieder aus dem Fenster, stand eine ganze Weile einfach nur da und starrte hinaus. Man hätte eine Stecknadel fallen hören können. Onkel Rolf hörte sogar auf, in seinem Tee zu rühren, wie er es die ganze Zeit getan hatte, wohl ohne sich dessen bewusst zu sein.

Schließlich holte Lena tief Luft und erzählte weiter. »Ich

habe es nicht nur nicht gemeldet, ich habe ihnen sogar geholfen. Sie hatten meinetwegen so viel Zeit verloren, dass Teresa es nicht mehr vor Mitternacht über die Grenze geschafft hätte. Ich habe sie mit dem Auto hingefahren. Denn das war ja der Plan ... zuerst Rita und Jochen und eine halbe Stunde später Teresa, der ja angeblich der Pass geklaut worden war. Teil eins hat auch gut geklappt, Rita und Jochen blieben völlig unbehelligt. Aber Teresa wurde sofort verhaftet.«

»Was?«, entfuhr es mir.

»Sie haben ihr nicht geglaubt«, sagte Lena und hob die Schultern. »Und den Rest hatten sie auch schnell aus ihr raus. Wie sie zur Grenze gekommen war. Wer das Auto gefahren hat. Als ich ein paar Stunden später zu Hause ankam, waren sie schon da.«

Ich sah, wie Onkel Rolf leicht nickte. Ich nehme an, er konnte das alles noch genau vor sich sehen ... die lange Winternacht, die Polizisten, die in der Wohnung warteten, Lena, die nach mehrstündiger Fahrt gegen Morgen erschöpft und traurig nach Hause kam ...

Selbst da wollte ich es noch nicht glauben. »Die drei Jahre«, stammelte ich. »Der Brief ... nein ... nein, das ist doch nicht wahr!«

Ich sprang auf, warf meine Decke zu Boden und wollte aus dem Zimmer laufen, einfach hinaus, weg von allem, weg von der Wahrheit und von dem, was Menschen einander antun können. Lena war schneller, stand mir im Weg und wollte mich festhalten, aber ich gab ihr einen so festen Stoß, dass sie erschrocken einige Schritte zurücktrat. Ich wollte an ihr vorbeilaufen ... aber da war noch etwas.

Ich blieb stehen und sah sie an. »Und Katrin? Und dein Baby?«

Lena machte den Mund auf, um etwas zu sagen, aber es kam kein Ton heraus. Stattdessen sagte Onkel Rolf: »Bernd Hillmer hat uns geholfen. Er hat herausgefunden, in welches Heim sie sie gebracht haben, und als Lena wieder freikam, haben wir mit seiner Hilfe Gott sei Dank auch Katrin wiederbekommen.«

Lena stand immer noch dort, wohin ich sie geschubst hatte, und sah mich beschwörend an. »Es war nicht Ritas Schuld, Lilly. Es war nicht einen Augenblick ihre Schuld. Ich habe ihr das immer wieder zu schreiben versucht, aber sie hat es nie verstanden. Ich dachte immer, eines Tages sehen wir uns wieder, und vielleicht glaubt sie mir es dann ...«, setzte sie verloren hinzu.

Wie es sich wohl anfühlt, wenn die Welt zusammenbricht? Scherbengleich stürzen Bilder und Gedanken durcheinander und bleiben als Trümmerfeld liegen, und es dauert endlos lange, bis man sie wieder einigermaßen geordnet und zusammengesetzt hat. Ich sah meine schöne, fröhliche Tante vor mir, die ihr Baby im Gefängnis hatte zur Welt bringen und hergeben müssen, meine Cousine, die drei lange, einsame Jahre im Kinderheim verbracht hatte, meinen stillen, sanften Onkel, der verzweifelt versucht hatte, sie zu finden und nach Hause zu holen, und ich konnte nicht einmal weinen. Erst viel später kamen die Gedanken an Mami und an all das, was sie fünfzehn Jahre lang mit sich herumgetragen hatte, eine Last, die so schwer gewesen war, dass sie nie mit mir darüber sprechen konnte. Wie sehr musste sie sich danach gesehnt und gleichzeitig Angst davor gehabt haben, ihre Schwester noch einmal wiederzusehen.

»Wenn du das alles gewusst hättest«, fragte plötzlich Katrin, »dann wärst du nicht gekommen, oder?«

»Natürlich nicht.« Nun kamen mir doch die Tränen.

»Aber das war das Schönste für mich«, sagte Lena lächelnd. »Deine Sicherheit, dass du zu uns gehörst ... dein Mut und dein Vertrauen. Ich habe gedacht, jetzt kann endlich alles gut werden.«

Ich schüttelte den Kopf. »Nach all dem«, flüsterte ich, »kann mich doch keiner von euch mehr haben wollen.«

»Doch«, antwortete Onkel Rolf sofort.

»Klar!«, meinte auch Till und nickte mir freundlich zu. Dabei hatte auch er alles gewusst, von Anfang an ...

Katrin hob den Kopf und sah mich lange an. »Ich auch«, sagte sie schließlich.

Lena holte tief Luft und gab einen kleinen Laut von sich, irgendwo zwischen Lachen und Weinen. »Willkommen zu Hause, Lilly«, sagte sie und sah mich liebevoll an.

Sie sprach es nicht aus, aber ich konnte ihr ansehen, was sie dachte: Jetzt kann keine Mauer der Welt uns mehr etwas anhaben.

21

Meine vierte Nacht. Durch die Vorhänge hindurch hüllte der Mond, der seit meiner Ankunft zu einem vollen runden Orange angewachsen war, das Zimmer in mattes Licht. In wenigen Stunden würde die Sonne aufgehen. Ich sah Katrins Schrank, die Schreibtischkante, die Schatten der kleinen Topfpflanzen auf dem Fensterbrett. Derselbe Anblick wie jede Nacht vor dem Einschlafen und trotzdem ganz anders.

»Wenn du willst, können wir die Betten zusammenrücken, Lilly. Ich meine ... wenn wir uns noch unterhalten wollen«, sagte Katrin in die Stille hinein.

Ich antwortete nicht, hörte aber, wie meine Cousine aus ihrem Bett stieg und es die paar Meter durch den Raum zu meinem Sofa schob. Sie kletterte wieder unter ihre Decke. Danach schwiegen wir eine ganze Weile, doch ich konnte an ihren Atemzügen erkennen, dass sie auch noch nicht schlief. »Was ist das Erste, woran du dich erinnerst?«, fragte ich schließlich.

»Wie Mama mit Till aus dem Krankenhaus kam. Wie wir alle vier im Bett gekuschelt haben, abends vor dem Schlafengehen ... da war ich fast fünf. Vom Heim weiß ich nur noch, dass ich immer schreckliche Angst hatte, ins Bett zu machen. Natürlich ist es dann doch passiert. Es hat erst aufgehört, als Till kam ...«

»Ich hätte auch fast einen kleinen Bruder gehabt. Mami hatte eine Fehlgeburt, das war ziemlich schlimm.«

Es war unglaublich, wie leicht es plötzlich war, miteinander zu reden. Es half, dass es dunkel war, dass man, nebeneinander liegend, die Stimme kaum zu heben brauchte. »Als Mama aus Hamburg zurückkam, war sie ganz durcheinander«, erzählte Katrin. »Sie hat immer wieder davon angefangen, dass es doch eigentlich normal wäre, wenn du zu uns kämst. Der arme Papa ist richtig nervös geworden. Er hat fleißig dagegen gehalten ... du würdest einen Kulturschock bekommen, du würdest spätestens nach drei Wochen wieder nach Hause wollen, du hättest in der Schule nicht mal Russisch gehabt und und und.«

»Und was hat ihn wirklich gestört?«

»Das Aufsehen, nehme ich an. Es werden einige Leute auf uns aufmerksam werden, wenn jemand aus dem Westen bei uns einzieht.«

»Armer Onkel Rolf«, sagte ich und fügte hinzu: »Ich kann wirklich kein Russisch.«

»Dann fängst du am besten gleich damit an. Wenn du erst mal hier bist, wird Mama dir helfen. Aber viel Spaß, das kann ich dir jetzt schon sagen. Sie ist *brutal* streng.«

»Lena? Quatsch!«, meinte ich, obwohl Katrin natürlich Recht behalten sollte. Lenas Russisch-Nachhilfestunden und meine dabei vergossenen Verzweiflungstränen habe ich heute noch in lebhafter Erinnerung. Wir saßen vor unserem Zelt am Balaton, wo wir zusammen die Sommerferien verbrachten, und während Onkel Rolf, Katrin und Till nach Herzenslust schwammen, fischten und faulenzten, paukten Lena und ich jeden Tag vier Stunden Vokabeln, Grammatik und Aussprache. Jede Minute, die ich unaufmerksam war, musste ich nacharbeiten. Wenn mich nicht alles täuscht, habe ich Lena sogar einmal vorgeworfen, auf meine Kosten ihre verlorenen Lehrerinnenjahre aufarbeiten zu wollen ...

»Vielleicht hat Papa aber auch an dich gedacht«, mutmaßte Katrin im Bett neben mir. »Ich meine, sieh dich doch mal um. Das Schlangestehen und dann doch nicht kriegen, was man braucht. Der Putz, der von den Wänden fällt, die ständige Angst, dass das Auto schlapp macht, kein Telefon zu haben, die Schäbigkeit überall ... ich hab das manchmal so satt!«

»Darauf kommt's doch nicht an«, murmelte ich.

»Das hat deine Mutter aber wohl anders gesehen«, erwiderte Katrin ein wenig spitz. »Ist dir überhaupt klar, was du aufgibst? Wie eng es in diesem Land ist? In den Ferien an der Ostsee haben wir der Schwedenfähre nachgeschaut. Sie fährt jeden Abend, sie ist ganz nah ... weißt du, was das für ein Gefühl ist? Ich wette, du hast keine Ahnung.«

Ich fühlte mich plötzlich müde. Diese Diskussion hatte ich schon zu oft geführt. »Und ich wette«, sagte ich, »Alleinsein ist schlimmer.«

Einige Sekunden verstrichen. »Ich weiß«, sagte Katrin dann leise. »Früher dachte ich, sie hätten mich im Heim vertauscht. Ich dachte, ich kann gar nicht ihr Kind sein, ich sehe ihr überhaupt nicht ähnlich! Frag nicht, wie oft ich mich im Spiegel angeguckt habe. Ganz sicher werde ich wohl nie sein, was meinst du?«

»Lena ist aber ganz sicher«, erwiderte ich. »Reicht dir das denn nicht?«

Katrin seufzte. »Manchmal hasse ich sie dafür«, murmelte

sie. »Und dann wieder ... kann ich gut verstehen, dass du gekommen bist. Ihretwegen.«

Ihre Traurigkeit – fremd, beängstigend – hing plötzlich wie Nebelschwaden im Raum. Sie war wie eine Krankheit, gegen die es kein Mittel gibt, und hilflos spürte ich, dass Katrin es wusste und Lena auch. In diesem Augenblick wünschte ich, Meggi wäre da. Sie hätte meiner Cousine etwas Tröstliches sagen können wie: »Lass doch einfach zu, dass sie dich lieben.« Aus ihrem Munde hätte es völlig natürlich geklungen. Bei mir wurde daraus ein: »Ich finde schon, dass du ihr ein bisschen ähnlich siehst.«

»Wirklich?«, fragte Katrin dankbar.

»Ja, unbedingt.«

Katrin streckte sich. Der schwierige Moment war vorüber. »Eigentlich schade, dass wir niemanden mehr im Westen haben, wenn du zu uns ziehst«, sagte sie schläfrig. »Es war schön, Päckchen von drüben zu bekommen. Die haben immer so herrlich gerochen.«

»Klar haben wir jemanden«, erwiderte ich froh. »Meine Freundin Meggi und meinen Freund Pascal.«

»Wollen wir hoffen, dass sie den nicht auch schon verhaftet haben«, brummte Katrin.

Das hatten »sie« zum Glück nicht, aber Pascal hält mir heute noch vor, dass er meinetwegen mit einem Fuß im Gefängnis gestanden habe. Nach seiner Rückkehr aus Acapulco mussten wir einige unangenehme Stunden auf dem Jugendamt über uns ergehen lassen, und zwar nicht nur mit der immer noch aufgeregten Frau Gubler und ihrem Chef, sondern sogar mit jemandem vom Ministerium. Die Aussprache war so ernst, dass Pascal vorsichtshalber einen Anwalt mitbrachte, weil er fürchtete, wegen Kindesentzugs belangt zu werden. Der Anwalt behielt zum Glück die Zügel in der Hand und ritt darauf herum, dass zu Beginn des Jahres 1989 – und mit Gorbi, Glasnost und Perestroika auf unserer Seite – in den Beziehungen zwischen BRD und DDR alle Zeichen auf Verständigung standen. Vorbehalte, ein Kind bei seiner Verwandtschaft in der DDR aufwachsen zu lassen, würden mit Sicherheit für Irritationen sorgen. Oder wolle man den Kollegen drüben allen Ernstes vermitteln, das Recht auf Familienzusammenführung hänge vom Wohnsitz ab?

Doch unter sechs Augen machte er uns keine Hoffnung auf einen schnellen Erfolg. Ich blieb im Internat, ich verbrachte die Wochenenden bei Meggi oder mit Pascal, ich schrieb lange sehnsüchtige Briefe »nach Hause« und lebte von meinen Erinnerungen an die Weihnachtswoche in Jena. Eine Zeit lang wachte ich sogar jeden Morgen pünktlich um fünf Uhr auf und begann den Tag in demselben Augenblick, in dem Lena durch ihre Zimmer huschte und das Feuer in den kleinen Öfen entzündete.

Ich versuchte, nichts zu vergessen – den Geruch der Wohnung, die Stimmen meiner Verwandten, den Klang der Treppenhausstufen, den Blick aus jedem einzelnen Fenster. Mein Zuhause eben.

Aber es gab auch andere Dinge – Fragen, die ich nicht zu stellen gewagt hatte, und den einen oder anderen bösen Traum von Gitterfenstern, zuschlagenden Türen und gestohlenen Kindern. Noch heute habe ich Schwierigkeiten, mir im Fernsehen Filme anzusehen, die in einem Gefängnis spielen.

»Hat Lena dir je etwas erzählt von ...« Ich wollte es unbedingt wissen, aber an dem Abend hatte ich die Worte kaum über die Lippen gebracht.

Ich war erleichtert, als Katrin antwortete: »Nein, nie. Sie spricht nicht darüber. Sie hat nur gesagt, dass alles im Leben einen Sinn hat und dass der Sinn dessen, was uns passiert ist, vielleicht darin liegt, dass sie und Papa so fest zusammengehalten haben. Die haben ihm in den Ohren gelegen, er solle sich scheiden lassen, aber er wollte nichts davon wissen. Mama haben sie sogar Scheidungspapiere vorgelegt, mit einer gefälschten Unterschrift von Papa. Aber sie hat gleich gewusst, dass das nicht sein kann. Komisch, nicht wahr? Dass sie so sicher sein konnte ...«

Mehr erzählte sie nicht, und eigentlich wollte ich das alles auch gar nicht genauer wissen. Aber ich konnte nichts dagegen tun, dass ich ständig daran denken musste – in Jena und auch dann noch, als ich längst wieder in Hamburg war.

In den wenigen Tagen, die noch blieben bis zu meiner Abreise, bemühten sich alle sehr um mich. Onkel Rolf spielte jeden Abend mit mir Rummycub, er wurde regelrecht süchtig danach und freute sich, dass ich ihm das Spiel daließ. Katrin nahm mich zu ihren beiden besten Freundinnen mit, die mich enthusiastisch befragten.

Sie hatten noch nie jemanden aus dem anderen Teil der Welt kennen gelernt, aber sowohl die antiwestliche Propaganda ihrer Regierung als auch die Sehnsüchte im Kopf, die der Empfang des Westfernsehens in ihnen weckte. Ich hatte den Eindruck, dass sie sich eine nebulöse Mischung aus Obdachlosenelend und Schlaraffenland vorstellten, in dem man nur den Mund aufzusperren und zu warten brauchte, bis einem die »Broiler«, die gebratenen Hähnchen, hineinflogen.

»Wenn meine Mutter etwas Schönes erlebt, sagt sie: Das ist ja wie im Westen«, erzählte Petra.

Ich setzte zu einer etwas unzusammenhängenden Rede an, dass es bei uns in der BRD weder so paradiesisch sei wie erträumt noch so schlimm wie befürchtet. Auch in der DDR gebe es Dinge, die ich schön fände, und Dinge, die mir nicht gefielen. Aber vor allem, und das sei das Entscheidende, lebten hier wie dort in der Mehrzahl friedliche Menschen, und selbst wenn die hiesige Bevölkerung durch Straßenschilder zum Kampf gegen uns aufgerufen wurde, könne ich ihnen versichern: Auch wir *Impirrealisten* wollten den Frieden.

Die drei gaben sich große Mühe, nicht zu lachen. »Kein Mensch guckt nach den Spruchbändern, Lilly«, beruhigten sie mich. »Mach dir keine Sorgen.«

Mit gemischten Gefühlen hörte ich von Fahnenappellen, von der paramilitärischen Ausbildung, die zum Schulunterricht dazugehörte, sowie vom Unterricht in »Staatsbürgerkunde«, in dem man Zungenbrecher wiederkäute wie: »Unter der Führung der Arbeiterklasse und ihrer marxistisch-leninistischen Partei erfüllten die Werktätigen des sozialistischen Zeiss-Werkes die Beschlüsse des x-ten Parteitags der SED.«

Aber Katrin und ihre Freundinnen schienen das alles gar nicht so ernst zu nehmen. »Wenn du mitmachst, lassen sie dich in Ruhe«, beruhigte mich Mona. »Wie du in Wirklichkeit dazu stehst, braucht ja niemand zu wissen.«

»Unser Klassenlehrer spricht ganz offen, wenn wir unter uns sind«, erzählte Katrin. »Aber in der Öffentlichkeit zieht er eine Schau ab, da muss jeder Ausflug unter dem Etikett der FDJ laufen. Völlig plemplem, aber was soll's? Ziehen wir halt unser Blauhemd an und unterwegs wieder aus. Peinlich wird es nur, wenn sie abfragen, was in der *Aktuellen Kamera* berichtet wurde. Dann stellt sich nämlich schnell heraus, wer lieber Westfernsehen geguckt hat ...«

Katrin, Mona und Petra sahen Filme, lasen Bücher, hörten Musik aus der BRD, aber als ich meinte: »Ist doch eigentlich blöd, dass wir geteilt sind«, zuckten sie nur mit den Schultern. Es gab vieles in ihrem Land, das sie genug schätzten, um nicht woanders leben zu wollen – etwa die günstigen Eintrittspreise, die es jedem ermöglichten, Theater und Konzerte zu besuchen, oder auch die großzügige Förderung begabter Kinder aus Familien, die sich dies aus eigenen Mitteln gar nicht hätten leisten können.

»Vorausgesetzt, du tust, was sie von dir erwarten. Wenn du zur Kirche gehörst, den Wehrdienst verweigerst, durch Kritik auffällst ... dann ist nichts zu machen, da kannst du so begabt sein, wie du willst«, klärte mich Mona auf.

Den größten Spaß schienen die drei aber an den Witzen und Anspielungen zu haben, die man sich hinter vorgehaltener Hand über das Leben in der Mangelwirtschaft und die angestrengten Beschönigungsversuche der Partei erzählte. »Das würde mir viel zu sehr fehlen«, behauptete Petra, und ich wurde das Gefühl nicht los, dass diese gemeinsamen Erlebnisse für eine Art der Verständigung untereinander sorgten, wie ich sie nicht kannte.

Nur dass sie den Westen nicht einmal sehen durften, empörte sie; das war das Einzige, was sie wirklich nicht verstanden. »Ich will doch gar nicht drüben bleiben«, sagte Petra immer wieder. »Ich will doch nur mal gucken!«

Ich erfuhr, dass Mona Comics zeichnete wie eine meiner Freundinnen am Eppendorfer Gymnasium, dass Petra wie Meggi gern vor dem Radio saß und die Hitparade aufnahm. Sie hatte sogar an den Kummerkasten einer Jugendzeitschrift geschrieben, als sie einmal unglücklich verliebt aus dem Sommerlager kam, und bekam einen Lachanfall, als ich Meggis Brief an Frau Irene rezitierte. Obwohl ich »demokratisch« und Katrin und ihre Freundinnen »sozialistisch« erzogen worden waren und unsere jeweiligen Länder ein großes Tamtam um diesen Unterschied machten, unterschieden wir uns bei weitem nicht so sehr voneinander, wie man uns weismachen wollte. Wir nahmen uns vor, uns öfter zu treffen, sobald ich übergesiedelt war, und ich spürte, wie sehr ich mich schon jetzt darauf freute.

Till kam natürlich zu seinem Besuch im Intershop. Es war ein wenig umständlicher, als ich es mir vorgestellt hatte, da wir zunächst lange in der Bank anstehen mussten, um mein Geld in »Forumschecks« umzutauschen. Dabei wurden wir sogar noch vorgelassen, da den anderen Wartenden Tills Gezappel so auf die Nerven ging. Wie sollte es erst im Intershop werden …?

Ich erlebte eine Überraschung: Es verschlug ihm die Sprache. Er zog an den Regalen vorbei, die mit Lebensmitteln, Kosmetika, Haushalts- und Spielwaren aus westdeutscher Produktion bestückt waren, und geriet angesichts der fast hundert Mark, die ihm zur Verfügung standen, derart unter Druck, dass er schließlich nur ein Matchboxauto und eine Rolle Smarties erstand. Schweigend radelten wir nach Hause, wo wir – ebenfalls wortlos – übereinkamen, dass ich die restlichen Schecks in der Küchenschublade zurücklassen würde, wo Lena sie nach meiner Abreise finden und für den Haushalt verwenden konnte.

Till ging mit mir auch ins Planetarium, druckste anschließend eine Weile herum und wollte dann von mir wissen, ob ich glaubte, dass meine Mutter im Himmel sei, vielleicht sogar als Stern unter Sternen.

»Nein«, sagte ich. »So weit oben ist sie nicht. Sie ist die ganze Zeit hier, manchmal höre ich sie sogar.«

Mein Cousin ließ seinen Blick in die Lüfte schweifen. »Wahrscheinlich gibt es noch Etagen dazwischen«, überlegte er. »Sonst wird es doch total voll hier unten.«

Diese Gedanken müssen ihn noch eine Weile beschäftigt haben, denn als er in der Silvesternacht mit Onkel Rolfs Hilfe im Hinterhof Raketen abfeuerte, schrie er jedes Mal aus Leibeskräften: »Achtung, die ist für Oma und Opa! Die ist für Großtante Becky! Und jetzt kommt die allerschönste – für Tante Rita!«

Aber die Unbefangenheit Lena gegenüber, die ich so genossen hatte, war vorüber. Es sollte lange dauern, bis sie mich wieder anlachen, meine Wange berühren oder mich in den Arm nehmen konnte, ohne dass ich all das Schreckliche vor Augen hatte, das sie der Flucht meiner Mutter wegen erlebt hatte.

Ich bin sicher, dass sie es gemerkt hat, aber sie tat das einzig Richtige und verhielt sich so, als ob sich nichts zwischen uns geändert hätte. Und als ich zu Ostern endlich wieder nach Jena durfte – diesmal ganz legal, mit meinem alternden Hamster im

Gepäck und einem Besuchervisum für die Dauer meiner Ferien! –, als ich an dem mir schon vertrauten Bahnhof ausstieg und meine Familie dort warten sah, da war es Lena, der ich mit einem Riesensatz in die Arme flog und die ich gar nicht mehr loslassen wollte.

Epilog

»Den Bahnhof gibt es immer noch. Wenn man den Berg hochläuft und sich rechts hält, dann kommt man nach kurzer Zeit an das Tempelchen mit der Büste von Ernst Abbe darin, die im Dunkeln golden angestrahlt wird und mich jedes Mal an meine erste Ankunft in Jena erinnert. Der Platz, auf dem sie steht, sieht inzwischen natürlich ganz anders aus, aber manchmal mache ich es wie an dem Abend, an dem ich mit Lena auf unserem Balkon in der Isestraße stand. Ich kneife die Augen ein wenig zu, bis ich meine Umgebung nur noch ganz verschwommen sehe, und dann ist es, als wäre ich wieder dreizehn Jahre alt und könnte über den Platz hinweg, am anderen Ende der Straße, Lenas Haus erkennen und das Licht, dem ich bis dorthin gefolgt bin ...«

Gregor fragt: »Wohnt sie noch da?«, und blickt zu meiner Freude ein wenig enttäuscht, als ich den Kopf schüttle.

»Sie leben noch immer im selben Teil der Altstadt, aber auf der anderen Seite des Baches, wo die Einfamilienhäuser Gasheizung, zwei Bäder und einen kleinen Garten haben. Onkel Rolf hat sehr lange gebraucht, Lena von dem Umzug zu überzeugen. Ihr sollen die Tränen über die Wangen gelaufen sein, als sie als Letztes ihre Klaviernoten über die Brücke nach drüben getragen hat. Aber inzwischen lieben wir natürlich auch ihr zweites Haus heiß und innig, denn schließlich kommt es nicht darauf an, wo es steht, sondern wer darin wohnt, nicht wahr? Außerdem können wir jetzt sogar einen Hund halten! Er heißt Tassilo, stand eines Tages einfach im Garten und tat, als gehörte er zu uns. Seine Pfoten waren ganz wund, als wäre er unendlich weit gelaufen, um uns zu finden.«

Es ist still geworden im Museum. Die Bar ist längst geschlossen, die Musik verstummt, hier und da sitzt noch ein versprengtes Grüppchen Kollegen an einem Tisch, auf den Treppenstufen oder in einer Fensternische. Noch nie habe ich an einem einzigen Abend so viel geredet oder hat mir jemand so lange zugehört.

»Es ist halb drei!«, sage ich, plötzlich bleischwer vor Müdigkeit. »Die restlichen dreizehn Jahre kannst du ja im Geschichtsbuch nachlesen.«

Ich stehe auf, er bleibt sitzen. »Lilly«, sagt er mit einem Mal, »es ist Sonntag. Wenn du willst, können wir zum Frühstück in Jena sein.«

»Wie ...?«

»Es ist heute kein Problem mehr, hast du das vergessen? Mein Auto steht vor der Tür.«

»Du meinst ... einfach so?«

Ich schaue sprachlos an mir hinunter – entlang an den weißen Steinchen auf Mamis Kleid bis hinab auf die hochhackigen Sandaletten, dann auf die elegante kleine Handtasche, in der sich nichts befindet außer meinem Portmonee, einer Packung Papiertaschentücher und dem Schlüssel zu der winzigen Wohnung, die ich mir von meinem Volontärsgehalt leiste. »Worauf warten wir?«, meint Gregor. »Im Auto erzählst du mir den Rest. Komm schon, was ist denn dabei? Du willst mir doch nicht erzählen, dass du deine jugendliche Spontaneität schon verloren hast?«

Ich gehe vor ihm durch den Haupteingang, die Museumstreppe hinunter, leicht schwindlig vor Müdigkeit und schaudernd vor plötzlicher nächtlicher Kühle, aber gleichwohl unter dem glasklaren Eindruck der unerfreulichen Situation, die mir höchstwahrscheinlich nun bevorsteht. Ich sehe es schon kommen: Gleich wird er fragen, wo ich wohne und ob er mich nach Hause begleiten darf. Selbst schuld, beschimpfe ich mich im Stillen. »Nein, Gregor, dass du dir vier Stunden mein Leben angehört hast, heißt nicht, dass ich dich mit nach Hause nehme«, werde ich sagen müssen wie eine dumme Gans.

Über den anderen, angeblichen Einfall denke ich gar nicht erst nach, das kann nicht sein Ernst sein. Obwohl sein Auto kein aufschneiderischer Spielzeugflitzer ist, sondern ein solider, Vertrauen erweckender blauer Golf. Obwohl wir durch eine stille Stadt mit schlafenden Ampeln hinaus zur A3 fahren, ohne dass er mich nach dem Weg zu meiner Wohnung fragt. Obwohl ...

»Du bist verrückt«, sage ich matt.

»Ich möchte euch gern eine Freude machen, Lilly. Wann würdest du sie sonst wiedersehen?«

»Nun ... im September. Ich kann ja schlecht gleich wieder Urlaub nehmen.«

»Dann Hand aufs Herz: Hast du Sehnsucht oder nicht?«

»Fürchterlich«, gestehe ich nach kurzem inneren Kampf. Meine Stimme zittert. Diese ganze erste Woche habe ich mir nicht erlaubt, an zu Hause zu denken.

Da wirft mir Gregor einen so liebevollen Blick zu, dass mein

Herz zwei Schläge aussetzt. »Deine Geschichte hat mich richtig froh gemacht«, sagt er. »Erzählst du mir, was danach aus euch geworden ist, oder willst du erst einmal eine Runde schlafen?«

»Was ist mit dir?«

»Notorischer Nachtmensch. Ich lege mich lieber heute Mittag in euren Garten. Ihr habt doch jetzt einen Garten, sagst du?«

Im Seitenfenster sausen als schwarze Schatten die Bäume vorbei, Leuchtpfosten, ein Hinweisschild zu einer Raststätte, vor uns liegen die Rücklichter eines einzelnen, erst weit entfernten, dann immer näheren Reisebusses. Schlafen kann ich immer noch, jetzt muss ich erst einmal dafür sorgen, dass mein Fahrer wach bleibt. Ich streife die Schuhe ab, kuschele mich in die Decke, die Gregor mir aus dem Kofferraum geholt hat, und erzähle weiter. Nach Hause, zum Frühstück! Ich kann es noch nicht fassen.

Mehr als anderthalb Jahre hat es nach meiner Flucht in den Osten gedauert, bis ich endlich für immer bei meiner Familie bleiben und in Jena zur Schule gehen durfte – eine Zeit der Hochspannung, deren Vorboten bereits unseren idyllischen Zeltplatz am Balaton im Sommer 1989 gestreift hatten.

Schnell hatte es sich herumgesprochen: Die Grenze zwischen Ungarn und Österreich steht offen! Gehen oder bleiben – auf einmal schien sich jeder entscheiden zu müssen. Verwaiste Zelte, lange Reihen von Trabis und Wartburgs, der Stolz ihrer Besitzer, herrenlos zurückgelassen am Wegrand nahe der Grenze … Ganze Familien verschwanden von einem Tag auf den anderen oder blieben und zerstritten sich darüber.

Als Lena Ende September nach Hamburg kam, um über Details meiner Übersiedlung in die DDR zu sprechen, hatten Scharen von DDR-Bürgern den Sommerurlaub in Ungarn und der Tschechoslowakei zur Flucht in den Westen genutzt. In Prag stürmten und besetzten fast fünftausend Menschen die bundesdeutsche Botschaft, bis man ihnen nach langem Tauziehen die Ausreise gestattete. Als die Sonderzüge mit diesen Überglücklichen ohne zu halten durch die DDR in die Bundesrepublik fuhren, musste das Militär entschlossen einschreiten, um Menschen daran zu hindern, während der Fahrt aufzuspringen.

Man müsse die Situation abwarten, gab man Lena vorsichtig zu verstehen, man könne mich nicht in ein Land schicken, in dem möglicherweise Bürgerkrieg drohe. Ob nicht lieber sie in der BRD bleiben wolle? Der Nachzug ihrer Familienangehörigen sei vielleicht sogar schon innerhalb weniger Monate zu regeln ...

Als ich mich nach sieben ergebnislos verstrichenen Tagen ein weiteres Mal von meiner Tante verabschiedete, hatte ich solche Angst um sie, dass ich mich auf der Bahnhofstoilette übergab. Die Frage, ob sie bleiben wollte, hatte ich ihr nicht gestellt, merkte ich doch selbst, wie begierig Lena darauf war, in dieser Situation nach Hause zurückzukehren. Ich musste daran denken, was Mami mir von ihrer Vergangenheit erzählt hatte, von der vergeblichen Hoffnung der jungen Leute auf Veränderung. Konnte es sein, dass Lena nur darauf gewartet hatte, dass in ihrem Land endlich etwas geschah – und sei es noch so gefährlich?

Bang verfolgte ich im Fernsehen die heimlich aus dem Land

geschmuggelten Bilder jener atemlosen Wochen, die aus Lichterprozessionen und Mahnwachen zu bestehen schienen, jener Wochen, die als »Novemberrevolution« in die Geschichte eingehen und schließlich in Berlin die Mauer zum Einsturz bringen sollten. Ein glücklicher Ausgang, den niemand ernsthaft vorhersehen, vielleicht nicht einmal wirklich fassen konnte. Jedes winzige Licht in einer Montagsdemonstration stand für einen Menschen, der sein Leben riskierte.

Ein Knistern lag über dem Land, und zwischen Lena und Onkel Rolf knallte es sogar. Meine Tante kam abends spät nach Hause, nahm an Diskussionen und Treffen teil, und in der Küche gab es jede Nacht gedämpft-gereizte Debatten, weil Onkel Rolf befürchtete, dass die bislang zurückhaltende Reaktion des Politbüros jeden Augenblick umschlagen konnte. Aber zu guter Letzt marschierte auch er mit einer Kerze in der Hand durch die Stadt, und ich bekam eine Gänsehaut, als Katrin mir erzählte, wie überall aus den Häusern Menschen kamen und sich mit dem Ruf »Wir sind das Volk!« und »Wir bleiben hier!« der Prozession anschlossen.

Ich hatte schon geschlafen, als die Nachtpförtnerin, was sie noch nie zuvor getan hatte, hinauf in die Wohnetage gelaufen kam und mich wachrüttelte: »Lilly, komm mit, das darfst du nicht verpassen!« Sie war vollkommen aufgelöst und hatte geweint, und ich war schlagartig hellwach und rannte barfuß mit ihr an die Pforte hinunter, wo wie immer um diese Zeit ihr kleiner Fernseher lief.

Ich weiß nicht, was ich erwartet hatte, aber ganz gewiss nicht Bilder der überglücklichen Berliner, die auf der Mauer tanzten und frenetisch jeden einzelnen Bürger der DDR feierten, der in diesen ersten Stunden der Zeitenwende mit seinem Trabi, seinem Fahrrad oder zu Fuß die gefallene Grenze passierte. Einige trugen noch ihren Schlafanzug, die meisten weinten, dem Reporter blieb die Stimme weg und Grenzbeamte bekamen Blumen überreicht. Mein eigenes Schluchzen wurde mir erst bewusst, als die Nachtpförtnerin (die mich anschließend bat, sie Hilde zu nennen) mich in den Arm nahm und drückte, bis mir die Luft wegblieb.

»Jetzt kannst du endlich rüber zu deinen Leuten!«, sagte sie. »Bald wird es dort so sein wie bei uns.«

Und so kam es, dass ich, obwohl ich im folgenden Sommer nach Jena umziehen durfte, nur ganz kurze Zeit in der DDR gelebt habe. Denn erst kam die D-Mark, dann der Beitritt der DDR zur Bundesrepublik – und auf einmal lebte ich wieder in der BRD, wenn auch in den »neuen Bundesländern«!

Ist es wirklich so geworden wie »bei uns«? Ich weiß es nicht. Es ist schwer zu sagen, da sich auch in Westdeutschland seitdem so vieles verändert hat. Sicher ist, dass nicht alle glücklich geworden sind, dass es vielen nicht schnell genug geht und andere von den Veränderungen derart überrumpelt wurden, dass sie sich wieder nach »der guten alten DDR« zurücksehnen, mit Mauer und allem, wo man wenigstens wusste, woran man war. Und dass es immer noch genügend Menschen gibt, die kein Interesse daran haben, die von der anderen Seite auch nur kennen zu lernen.

Warum wir nicht einfach das Beste aus beiden Systemen übernommen hätten, wollte ich von Lena einmal etwas naiv wissen, dann könnten doch alle zufrieden sein. Sie hob bloß die Schultern. »Darauf wollten die meisten nicht warten«, erwiderte sie. »Den Menschen bei uns ist zu spät bewusst geworden, dass sie auch etwas zu geben hatten.«

Und: Die DDR war seit Jahren pleite. Der technische Standard lag weit hinter dem des Westens zurück und verkraftete den Übergang zur Marktwirtschaft nicht. Alteingesessene Firmen gingen ebenso Konkurs wie marode Fabriken, für deren Modernisierung sich kein Investor fand, und die traditionellen Absatzmärkte der DDR in Osteuropa brachen innerhalb kürzester Zeit zusammen, nachdem die Waren in D-Mark bezahlt werden mussten. Arbeitslosenzahlen schnellten in die Höhe und selbst die, die noch Arbeit hatten, merkten bald, dass ihr Lohn bei weitem nicht für all die schönen neuen Dinge reichen würde, die nun endlich in den Läden angeboten wurden. Gewiefte Geschäftsleute aus der alten Bundesrepublik nutzten die Gunst der Stunde und machten satten Gewinn mit den Träumen der Neubürger. Für viele wurde es das böseste Erwachen, das man sich vorstellen kann.

Ein Exodus begann – der Arbeit hinterher. Wer in den Plattenbauten am Rande der großen Städte lebte, musste mit ansehen, wie es nachts hinter immer mehr Fenstern dunkel blieb; wer sich im Westen um einen Arbeitsplatz bewarb, hatte mit einem Mal Konkurrenz aus dem Osten. Betrug!, schrie es auf beiden Seiten. Den einen hatte man »blühende Landschaften« versprochen, den anderen, dass es sie keinerlei Opfer kosten würde. Nun gaben sie einander die Schuld. Neue Begriffe tauchten auf und fanden sogar Eingang in die Wörterbücher: »Ossi« und »Wessi«.

»Als wäre die Grenze noch da«, konstatierte ich etwas traurig nach meinem ersten Schuljahr. Die neuen Klassenkameraden – ein Jahr jünger als ich, da ich wegen meiner nicht nachweisbaren Russischkenntnisse vorsorglich eine Klasse zurückgestuft worden war – gaben mir von Anfang an zu verstehen, dass ich nie richtig dazugehören würde. Zwar fand ich nach und nach einige, wenn auch nicht sehr enge Freundinnen, doch bei manchen hat sich das Misstrauen bis zum Abitur nicht gelegt.

Lena tröstete mich: »Das gibt sich schon wieder. Es braucht nur viel mehr Zeit, als alle gedacht haben. Irgendwann muss es aufwärts gehen, und dann sind auch die Leute wieder freundlicher zueinander.«

Lena war nach der Wende unter den Ersten, die ihren Arbeitsplatz verloren. Der Buchhandlung blieben die Kunden weg und auch *The Mousetrap* lösten sich auf, weil zwei Bandmitglieder in den Westen gingen und ohnehin niemand mehr politische Lieder hören wollte. Seitdem hat sie alles Mögliche gemacht, von Hausaufgabenbetreuung über Stadtführungen bis hin zur halbehrenamtlichen Arbeit für das »Bündnis 90«. Schließlich landete sie über eine Arbeitsbeschaffungsmaßnahme in einem Bürgerbüro, wo sie heute noch arbeitet und sich der mannigfachen Sorgen der Jenenser annimmt. Sie schreibt Eingaben an Behörden, hat eine kleine Verbraucherbibliothek eingerichtet und wird hin und wieder sogar gebeten, in Nachbarschaftsstreitigkeiten zu vermitteln. Aber ganz oft hört sie auch einfach nur zu und trinkt mit den Leuten eine Tasse Kaffee.

Onkel Rolf behielt seine Stelle im Verlag. Ein großer Konzern hat den übernommen und vor dem Aus bewahrt, aber immer noch kann mein Onkel nicht die Bücher machen, die er gerne machen würde. Denn nun gibt es zwar keine verbotenen Autoren mehr, aber dafür Bücher, die sich nicht »rechnen«. Onkel Rolf redet gern davon, dass er die paar Jahre bis zur Rente auch noch durchhält. Sein Haar ist, wie um dies moralisch zu unterstützen, schlohweiß geworden, was erstaunlich gut zu ihm passt. Zu Hause ist er viel entspannter und fröhlicher als früher, er hat die Gartenarbeit für sich entdeckt und dabei oft eine kleine Schar Nachbarskinder um sich, die ihm helfen, Wildkräuter für Tees anzubauen. Onkel Rolf und Lena feiern bald ihren dreißigsten Hochzeitstag, und zur Frankfurter Buchmesse fahren sie jetzt jedes Jahr zusammen.

Einmal fuhren sie auch nach Berlin, um die Akten einzusehen, die das Ministerium für Staatssicherheit über sie angelegt hatte. Beide kamen sehr bedrückt zurück. Die Bespitzelung der eigenen Bevölkerung durch die Stasi war noch weit umfassender gewesen, als sie sich hatten träumen lassen. Zu den »Informellen Mitarbeitern« des Geheimdienstes, die unter einem Decknamen von Zeit zu Zeit über Äußerungen und Aktivitäten meiner Tante berichteten, gehörten eine Kollegin und eine Nachbarin, die noch jahrelang mit uns im selben Haus lebte. Onkel Rolfs einziges Treffen mit meiner Mutter in Frankfurt war ebenso in seinen Akten festgehalten wie meine »Kontaktaufnahmen« seit dem Herbst 1988.

Aber mit einem hatte Lena Recht gehabt: Bernd Hillmer war nicht derjenige gewesen, der Rudi mit der Mütze denunziert hatte. Es war eine Frau, die junge Lehrerin Susann, die sich dadurch vielleicht irgendwelche Vorteile versprochen hatte. Was nach der Wende aus Bernd geworden ist, wissen wir nicht. Lena hat gehört, dass er in den Mittleren Osten gegangen sein soll; als ehemaliger hauptamtlicher Mitarbeiter der Stasi hätte er in Deutschland niemals wieder einen Arbeitsplatz gefunden.

Ich habe Bernd trotz allem nicht vergessen, dass er meiner Familie geholfen hat, dass Katrin vielleicht nicht zu ihren Eltern zurückgekehrt und Lena und Rolf durch meinen unbefugten Grenzübertritt womöglich in ernsthafte Schwierigkeiten geraten wären, wenn er sich nicht eingeschaltet hätte. Ich habe ihm auch nicht vergessen, dass er freundlich zu meiner Mutter war. Ich glaube fest daran, dass ein Mensch nicht nur gut oder nur böse ist. Ich verstehe aber auch, dass Lena nach allem, was sie mit der Stasi erlebt hat, so etwas von mir nicht hören will.

Katrin verbindet die Wende-Zeiten mit einem wahren Wechselbad der Gefühle. Gleich zu Beginn unseres Urlaubs in Ungarn hatte sie sich unsterblich in Martin aus Chemnitz verliebt, das zu der Zeit noch Karl-Marx-Stadt hieß. Er campte ein paar Zelte weiter mit seinen Freunden und beinahe wäre sie mit ihm über die Grenze nach Österreich gegangen. Martin nahm es nicht besonders gut auf, dass Katrin sich schweren Herzens dagegen entschied. Die Grenzöffnung zwischen DDR und BRD hielt sie für ein Zeichen des Schicksals, dass es ihr bestimmt sein sollte, Martin wiederzusehen. Aber als sie ihn im darauf folgenden Frühjahr in Berlin besuchen wollte, bereitete er ihr einen ausgesprochen kühlen Empfang. Vielleicht kannte er ihre Geschichte nicht und wusste nicht, was eine andere Flucht vor vielen Jahren in unserer Familie ausgelöst hatte. Katrin brauchte sehr lange, um sich von dieser Enttäuschung zu erholen. Heute arbeitet meine Cousine in einer

Computerfirma in Heidelberg und hält Schulungen für Anwender, und wie man so hört, haben Männer bei ihr im Kurs nichts zu lachen.

Till ist mein bester Freund geblieben. Er ist es, den ich anrufe, wenn ich mich freue oder ärgere oder mich selbst nicht mehr verstehe – wenn etwa der riesigen Freude über das Volontariat in einem renommierten Kölner Museum ein plötzlicher, lächerlicher Horror vor meinem Wegzug aus Jena folgt! Wenn es sein muss, kommt er sogar aus Berlin, um mich aufzuheitern. Till ist während seines Journalistikstudiums als Radiomoderator entdeckt worden, was, wie er sagt, seine Rettung war, denn das Studium machte ihm wenig Freude. Er wohnt mit zwei Freunden in einer großen Wohnung in Neukölln und schweigt diskret darüber, dass er offensichtlich von Frauen umschwärmt wird. Das Vorsprechen beim Radiosender hat ihm übrigens Pascals Freund Jan vermittelt, was wieder einmal beweist, dass man in den entscheidenden Situationen des Lebens Freunde braucht.

Pascals Freunde wurden nach und nach aus der WG weggeheiratet, bis er schließlich allein übrig blieb und sich entscheiden musste. So behauptet er zwar, aber es ist klar zu sehen, dass er ganz vernarrt ist in seine Birgitta und die zwei kleinen Plotins, die die beiden in die Welt gesetzt haben: Jerome und Christophe. Ich hatte fast ein bisschen Angst, Birgitta kennen zu lernen, und war sehr erleichtert, dass sie keinerlei Ähnlichkeit mit meiner Mutter hat. Sie ist größer als Pascal, rundlich und hübsch – nicht wie eine Fotografie, eher wie ein Gemälde. Wir schlossen einander sofort ins Herz. »Lilly hat noch einen Koffer in Hamburg«, sagt sie gern. Und sie hat Recht, es ist beinahe, als hätte ich dort ein zweites Zuhause behalten.

Frau Giehse ist zwei Jahre nach der Wende gestorben, ihre letzte Trudi hat sie nur um wenige Wochen überlebt. Ich habe ihr noch oft die Kohlen aus dem Keller geholt, später, als sie es selbst nicht mehr konnte, auch für sie eingekauft. Hin und wieder hat sie mir von sich erzählt und davon, wie tief die Geschichte meiner Familie sie erschüttert hatte. »Ich bin seit meiner Jugend Kommunistin, habe Verfolgung und KZ überstanden und bin gleich nach der Gründung der DDR aus Wuppertal hergezogen. Ja, da staunst du: Ich bin auch aus dem Westen gekommen, vor über vierzig Jahren! Meine Verwandten wollten nichts mehr mit mir zu tun haben, aber das war mir egal. Für mich war die DDR das einzige Land, das ernsthaft gegen den Faschismus kämpfte.« Sie schüttelte bitter den Kopf. »Seit dieser entsetzlichen Tragödie habe ich unser Land mit anderen Augen gesehen. Das waren gute Mädchen, alle beide, und sie hatten nichts Unrechtes getan. Es ist gut, dass du zurückgekommen bist, Lilly.«

Frau Giehse konnte übrigens bis zuletzt in ihrer Wohnung bleiben, da alle Nachbarn zusammen für sie sorgten. Ein Ehepaar aus unserem alten Haus kümmert sich heute noch um ihr Grab.

Meggi besuchte mich kurz entschlossen in den Herbstferien nach meiner Übersiedlung. Sie traf gleichzeitig mit dem Telegramm ein, in dem sie ihren Besuch ankündigte, und Onkel Rolf, der mit einer Erkältung das Bett hütete, war das Privileg beschieden, beide in Empfang zu nehmen. Noch während er im Treppenhaus das Telegramm aufschlitzte, stapfte ein »bildschönes strahlendes Wesen in Latzhosen und wilden Locken« auf ihn zu. Onkel Rolf jagte blitzartig der Gedanke durch den Kopf, dass er einen gestreiften Altherrenbademantel und Wollsocken trug und sich an diesem Morgen nicht einmal rasiert hatte, da entsetzte ihn das Wesen auch schon mit den Worten: »Und Sie müssen Onkel Rolf sein! Sie sehen genauso aus, wie ich Sie mir vorgestellt habe!«

Meggi gab ihm die Hand, ging an ihm vorbei in die Wohnung und öffnete zielstrebig die Tür zu Katrins und meinem Zimmer, wo sie ihre Reisetasche abstellte. »Nein, lassen Sie nur«, wehrte sie den schwachen Versuch meines Onkels ab, sie aufzuhalten. »Ich kenne mich aus.«

Die eine Woche, die Meggi bei uns verbrachte, war ein voller Erfolg. Auf Till machte sie solchen Eindruck, dass er von sich aus anbot, auf dem Wohnzimmersofa zu nächtigen und ihr sein Zimmer zu überlassen. Mit Lena diskutierte sie über Politik und über mich, mit Onkel Rolf über »zerbrochene Lebensentwürfe«, mit Katrin ging sie auf eine leider vergebliche Demo gegen die Schließung des Jugendtheaterclubs, dem man die Fördergelder gestrichen hatte. Wenn ich mich recht erinnere, haben sie zusammen sogar ein Schild gemalt: »Der Tod der Kunst – der Anfang vom Ende der Zivilisation«.

Meggi ging derart in meiner Familie auf, dass ihr für mich, ihre beste Freundin, kaum Zeit zu bleiben schien! Immerhin war ich es, der sie am letzten Abend ihren Entschluss mitteilte: »Was soll ich auf irgendeiner langweiligen Elite-Uni? Hier spielt sich das Leben ab! Dieser ganze Aufbruch, der Wiederaufbau, die fundamentalen Lebenskrisen! Lilly, nach dem Abitur studieren wir zusammen in Jena!«

»Und deine Eltern? Die haben dich schon vor Jahren in England angemeldet! Dein Vater hat mir die Prospekte gezeigt!«

»Die haben mich auch nicht gefragt, als sie nach Brüssel gegangen sind. Ich werde ihnen sagen, wie froh ich bin, dass sie mich dazu erzogen haben, meine eigenen Entscheidungen zu treffen!«

Meggis Eltern waren entsetzt – aber schlau. Sie wählten, ganz die geübten Diplomaten, eine Strategie der Zurückhaltung: Wenn sie Meggi scheinbar gewähren ließen, würde sie schon von selbst zur Vernunft kommen! Vier Jahre lang muss man in diesem Haushalt nichts anderes getan haben, als um den heißen Brei herumzureden.

Nur ein einziges Mal zeigte Meggis Mutter Schwäche: als sie Lena bei einem Besuch in Jena anvertraute, sie und ihr Mann hätten »natürlich andere Hoffnungen« für ihre Tochter. Meine Tante war selber diplomatisch genug, darauf nicht näher einzugehen. Erst als Meggi, neunzehn Jahre alt, ein Jenaer Vorlesungsverzeichnis offen herumliegen ließ und anfing, Ikea-Regale in ihren Polo zu laden, wurde ihren Eltern klar, dass sie wirklich zu tun im Begriff war, was sie schon seit Jahren ankündigte.

Meggi studiert Jura und will Richterin werden, während ich mich fast sechs Jahre lang mit Geschichte und Archäologie abgeplagt habe und nach »nur« einem Dreivierteljahr Stellensuche nun endlich ins Arbeitsleben eingetreten bin. Unsere kleine WG, in der Meggi jetzt ohne mich wohnt, liegt in unserer alten Straße, nur ein paar hundert Meter entfernt von Lena und Onkel Rolf, die froh waren, eine Zeit lang wenigstens noch eines ihrer drei Kinder in der Nähe zu haben.

Unsere kleine WG! Wer hätte gedacht, dass ich einmal diese liebevollen Worte aussprechen würde? »Unsere kleine WG« war nämlich der Anlass für die tiefste und bitterste Auseinandersetzung, die ich jemals mit Lena gehabt habe. Ich war wie vom Donner gerührt, als ich erfuhr, dass sie nicht die Absicht hatte, mich in ihr neues Haus mitzunehmen. Sie versuchte es mir so schonend beizubringen, dass ich es erst nach Wochen kapierte: Meine Tante und mein Onkel hielten es für richtig, dass ich »einen ersten Schritt hinaus« tat. Ein paar Häuser weiter sei eine kleine Wohnung frei geworden – zweieinhalb Zimmer, Küche, Bad – und Meggi wolle doch schon lange heraus aus dem Studentenwohnheim. Sie, Lena, habe schon einmal einen Besichtigungstermin für uns ausgemacht.

Ich muss sie daraufhin sehr lange und sehr entsetzt angestarrt haben – lange genug, dass ihre demonstrativ zur Schau getragene Selbstsicherheit Risse bekam. »Es ist nicht so, dass wir dich loswerden wollen«, sagte sie zittrig und machte es dadurch noch ein wenig schlimmer, denn der Gedanke wäre mir von selbst erst zwei Minuten später gekommen. »Aber irgendwann wird es doch sowieso passieren, und auf diese Weise können wir alle schon einmal ein bisschen üben.«

»Moment«, erwiderte ich und versuchte zu lachen. »Seit Wochen reden wir über nichts anderes als das neue Haus, und ich soll gar nicht mit?«

»Wir wären immer noch beisammen, Lilly. Es sind keine drei Minuten. Wir könnten zusammen abendessen, spazieren gehen, im Garten sitzen ...«

Ich sprang auf. »Ihr habt nie die Absicht gehabt, mich mitzunehmen, stimmt's? Ihr habt mich angelogen!«

Lena schlug auf den Esstisch. »Das ist nicht wahr! Jetzt hör mir doch erst mal zu!«

»Was gibt's denn da noch zu hören? Soll ich dir mal was sagen? Ich kann ja wieder nach Hamburg gehen!«, schrie ich sie an, stürmte hinaus und knallte die Tür.

In meinem Zimmer lag ich für den Rest des Nachmittags auf dem Bett, grübelte und heulte. Lena kam mir nicht hinterher, sodass ich sie auch nicht hinauswerfen konnte. Stattdessen klopfte es irgendwann an die Tür und auf mein lautes: »Nein! Bleib draußen!« trat Meggi ins Zimmer.

»Tu mir einen Gefallen und behalt's für dich«, begrüßte ich sie unfreundlich. Eine Lebensberatung von Meggi war das Letzte, worauf ich jetzt Lust hatte. »Du warst die ganze Zeit eingeweiht, habe ich Recht?«

»Wäre ich eingeweiht gewesen, hätte ich die Sache etwas geschickter eingefädelt«, meinte meine Freundin. »Dann hätte ich dich nämlich selbst gefragt und die arme Lena aus dem Spiel gehalten.«

»Als Katrin und Till gegangen sind, hat sie geweint und gehadert«, sagte ich mit zitternder Stimme. »Von wegen die neuen Zeiten, die schon wieder Familien auseinander reißen. Mich schickt sie weg, obwohl es noch gar nicht sein müsste!«

Meggi setzte sich aufs Bett. »Katrin und Till sind ja auch leichter von zu Hause weggegangen als du. Sie sind viel fester verankert«, erklärte sie geduldig. »Sie erwarten mit viel größerer Selbstverständlichkeit, dass es ein Elternhaus gibt, in das sie bei Sturm und Wetter zurückkehren können. Aber Lena weiß, dass es bei dir anders ist. Dir wird es einmal schwer fallen. Dieser ganze Streit zeigt, dass sie Recht hat. Du musst kleinere Schritte machen.« Sie zögerte einen Moment und setzte hinzu: »Glaubst du nicht, dass wir es miteinander auch sehr lustig haben können …?«

Lustig war das richtige Wort. Mit Meggi zusammenzuleben war ein Feuerwerk von Spaß, von spontanen Unternehmungen und neuen Freunden, die sich bei uns die Klinke in die Hand gaben.

Mein Bekanntenkreis erweiterte sich schlagartig. Plötzlich wurde ich auf Partys eingeladen, hatte Angebote für gemeinsame Reisen, saß beim Mittagstisch in der Mensa nicht mehr allein. Und wenn ich etwas anderes wollte – ein paar Stunden wieder Kind sein, eine liebevoll gekochte gemeinsame Mahlzeit, einen ruhigen Liegestuhl im Garten –, brauchte ich nur über die Brücke zu gehen. Ich hatte einen Schlüssel, ich war dort zu Hause, auch wenn ich woanders schlief. Lena und Onkel Rolf hatten in allem Recht gehabt.

»Man muss weggehen können und doch sein wie ein Baum«, heißt es in einem Gedicht von Hilde Domin, das Lena mir abgeschrieben und eingerahmt hat, »als bliebe die Wurzel im Boden, als zöge die Landschaft und wir ständen fest …« Das Gedicht hängt jetzt in meiner Wohnung in Köln, damit ich nicht vergesse, dass ich – dank Lena – eine Wurzel habe, die eine ganze Menge aushält. Obwohl es nicht ohne Tränen auf beiden Seiten abging, als ich dann tatsächlich fortziehen musste.

Und nun komme ich nach nur einer Woche zurück, ein lebendig gewordenes Zeitschriftencover aus den Siebzigern, mit einem neugierigen Doktor der Vor- und Frühgeschichte im Schlepp!

Der Doktor ist offenbar ein Freund sich langsam steigernder Spannung: Er will erst das alte Haus sehen, ob mit oder ohne Licht im Fenster, das Auto in der alten Straße parken und zu Fuß mit mir über die Brücke gehen. Aufmerksam, wie er ist, hält er an der Tankstelle kurz vor der Stadt und kommt mit einer großen Tüte Sonntagsbrötchen und einer druckfrischen Zeitung zurück. Onkel Rolf, so viel steht hiermit bereits fest, wird ihn lieben.

In unserer alten Straße ist es schwierig geworden, einen Parkplatz zu finden, und so lotse ich Gregor in die Seitenstraße, in der Meggi ihre häufig wechselnden Altwagen abstellt. Meggi selbst können wir noch nicht herausklingeln, ihre Klappfensterläden sind – wie fast überall ringsum – noch fest geschlossen. Aus der Stadt wehen Glockenschläge hinüber: acht Uhr.

Wir schlendern mitten auf der Straße über nasses Kopfsteinpflaster am alten Haus, an Trudis Hundewiese, am ehemaligen Konsum vorbei, der heute eine Lotto-Annahmestelle ist. Ich versuche, alles mit Gregors Augen zu sehen: den schläfrigen Charme der größtenteils noch unrestaurierten Hausfassaden, die dicht belaubten Bäume auf der anderen Straßenseite, den kleinen Bach auf seinem Weg in die Unterstadt und die Fußgängerbrücke mit ihrem schmalen Eisengeländer. Es ist der Teil der Stadt, der sich seit damals am wenigsten verändert hat, der Teil, den ich am meisten liebe. Ich bin so froh, dass ich Gregor einfach an der Hand nehme. Er sagt nichts, aber es ist nicht schwer zu erkennen, wie sehr ihm das und alles andere hier gefällt.

Auf der Brücke bleiben wir stehen, stützen uns aufs Geländer und blicken in das vom nächtlichen Regen aufgewühlte Wasser. Der Regen liegt noch schwer über der Stadt, knistert in den Zweigen und glänzt auf der Wiese. Die Brücke hängt im grauweißen Dunst, Nebel beinahe, die Sonne wird es heute schwer haben. Wir sind fast allein auf der Welt, nur eine einsame Spaziergängerin im blauen Wachsmantel stapft am Bach entlang in unsere Richtung, gefolgt von einem großen tatterigen Hund. Energische Schritte, Silberfäden im blonden Haar, eine Hand schwenkt fröhlich die Hundeleine …

»Da ist sie ja!«, sagt Gregor verblüfft.

Ich blinzele. Er hat Recht. Aber woher weiß er …?

Egal! Ich löse mich vom Brückengeländer und laufe los, bin wieder dreizehn, im Ferienkindalter, die Stöckelsandalen an meinen Füßen verwandeln sich in Siebenmeilenstiefel. Zu Hause! Lena strauchelt einen Moment vor Überraschung – ist es Lilly oder Rita, die da auf sie zustürzt? Kann ich es selbst mit Sicherheit sagen? Vielleicht sind es immer Mami und ich, die Lena umarmen. Vielleicht habe ich ihr Leben in manchen Punkten ganz einfach weitergelebt.

Ganz sicher weiß ich nur, dass aus einem Ende ein Anfang werden kann und dass der meine einmal darin bestand, auf einen jener unzerstörbar glücklichen Menschen zu treffen, die fest daran glauben, dass alles im Leben einen Sinn hat.

Ich wüsste zu gerne, ob auch Gregor ein Anfang ist.